Tödliches Dilemma
Künstler in der politischen Falle

Dieser Roman ist

meinem Bruder Wilhelm Witsch

gewidmet

Aus Erinnerungen an meine Kindheit, Schul- und Studienzeit in Transsilvanien/Siebenbürgen und Bukarest sowie den historischen Fakten in Rumänien (1952-1974), hegte ich lange schon den Wunsch, einen unterhaltsamen Polit-Krimi auf musikalischem Hintergrund zu schreiben. Dessen Inhalt widerspiegelt die politischen Gegebenheiten in der vorher genannten Zeitperiode, aber er spricht gleichzeitig mittels einer jungen Violinistin als Protagonistin auch die Leidenschaft von Musikinteressierten an. Das Dilemma Musik/Politik rückt in den Mittelpunkt, um damit einerseits zum Nachdenken anzuregen, und andererseits das historisch nachweisbare Geschehen durch einen narrativen Inhalt aufzulockern.

Bemerkungen, Hinweise und Korrekturhilfen von Renate Ungar-Emms, Aleksandra Socewicz und Irene Scharenberg trugen maßgeblich dazu bei, dass ich diesen Roman letztendlich veröffentlichen ließ.

Herzlichen Dank an alle, die mir dabei geholfen haben.

RICHARD WITSCH

Tödliches Dilemma

Künstler in der politischen Falle

Siebenbürgen-Roman

Bibliografische Information der Deutschen Nationalbibliothek:
Die Deutsche Nationalbibliothek verzeichnet diese Publikation
in der Deutschen Nationalbibliografie; detaillierte bibliografische
Daten sind im Internet über https://portal.dnb.de/ abrufbar.

© 2022 Dr. Richard Witsch
Coverbild:
Aleksandra Socewicz/Täuschender Glanz
Coverbild/Rückseite: Richard Witsch
Satz, Umschlaggestaltung, Herstellung und Verlag:
BoD – Books on Demand, Norderstedt

ISBN: 978-3-7568-0438-2

Inhalt

Prolog

Der Roman *Tödliches Dilemma* knüpft inhaltlich an historische Ereignisse in der Zeitspanne zwischen 1952 und 1974 in Transsilvanien/Rumänien und an Erinnerungen aus der Kindheit, Jugend-, Schul- und Studienzeit des aus Siebenbürgen stammenden Autors.

Der geschichtliche Rahmen ermöglichte den Zugriff auf zahlreiche Szenarien mit viel Raum für unterhaltsame Dialoge und Einblicke in soziale und kulturelle Zusammenhänge jener Zeit. In den Handlungsablauf werden Tatsachen aus dem kommunistischen Rumänien der Nachkriegszeit implementiert, um die von Verunsicherung geprägte gesellschaftliche Atmosphäre als Hintergrundkulisse zu veranschaulichen. Demütigende und unberechenbare Maßnahmen der Securitate (Geheimdienst) an der deutschen Minderheit in Siebenbürgen, aber auch an anderen westlich orientierten politischen Strömungen im Land, trugen maßgeblich zur Furcht vor der Kommunistischen Partei (KP) und deren Exekutive bei. Die aufkeimenden Probleme aufgrund von Zwängen des diktatorischen Regimes, der Konflikt zwischen Kirche und Staatsmacht, die menschenverachtenden Methoden, das Schüren von Angst und die Stellung der Frau im patriarchalisch geprägten rumänischen sozialistischen Gesellschaftssystem, werden punktuell verdeutlicht und begründend in die sich steigernde Spannung des Plots integriert.

Politisch motivierte Morde und von der Securitate bedrohte oder genötigte Zeugen, ermöglichen im Roman das Nachvollziehen von Ursache und Wirkung in der jeweiligen Konfliktsituation und die schrittweise Entlarvung der wahren Täter. Differierende Weltanschauungen und Auseinandersetzungen sowie emotionale Momente und Schicksale werden in die Handlung ergänzend eingebunden.

Die junge Protagonistin, Ophelia, ist eine virtuose Konzertviolinistin. Auf deren erfolgreicher internationalen Reputation und der mutigen Reaktion ihrer Mutter, Helene, gegen erniedrigende Maßnahmen von Regierungsvertretern, basiert der Ablauf des spannungsgeladenen Inhalts. Dies ermöglicht tiefgreifende Einblicke in das damalige von Diskriminierung und Staatskriminalität geprägte politische System.

Die aufregende Handlung wird in allen Phasen, mittels musikinterpretatorischer Details aus dem konzertanten Leben der jungen talentierten Violinsolistin, unterhaltsam und auch für den Laien verständlich, aufgelockert.

Siebenbürgisches Wunderkind

Nachkriegszeit in einer siebenbürgischen Kleinstadt

Januar – Mai 1952

Guten Morgen, Michael! Du bist schon wieder so früh wach?«, grüßte Helene freundlich lächelnd, während sie das Arbeitszimmer ihres Ehemanns im Pfarramt der Evangelischen Kirche zu Heltau/Siebenbürgen betrat.

»Guten Morgen, Helene, du kennst mich ja. *Morgenstund hat Gold im Mund*, sagt man. Wie geht's dir heute an diesem schönen Maientag?«, antwortete Michael fragend zurück und umarmte seine Ehefrau liebevoll.

»Danke, ich fühle mich heute recht wohl«, sagte Helene lächelnd, streichelte mit der rechten Hand über ihren leicht gewölbten Bauch und fragte: »Du arbeitest an deiner Predigt? Worum geht's denn dieses Mal am 18. Mai?«

»*Die Aufgabe der Menschenweiblichkeit*«, antwortete Michael.

»Wie bitte?«, erwiderte Helene erstaunt mit fragendem Blick.

»Nun, in einer Zeit in der in Erden, ›im Garten des Bösen‹, die Gebote der Nächstenliebe in Vergessenheit geraten, denke nur an die Auswirkungen des Krieges, versuche ich die Menschen aufzurütteln«, sagte Michael mit ernster Miene.

»Hm – meinst du, die merkwürdigen Gegebenheiten kann man beeinflussen? Wie soll das geschehen? Haben die Leute während des Krieges nicht Leid genug erleben müssen? Sind sie nicht schon aufgerüttelt? Ich hätte eher gesagt, sie müssten jetzt zu Ruhe kommen. Könntest du mir deine Gedanken dazu im Vorfeld anvertrauen?«, forderte sie ihn bittend auf.

»Gern mein Liebling, bitte nimm Platz«, er wies mit seiner

rechten Hand auf den gegenüberstehenden Bürosessel. Helene machte es sich gemütlich und sah ihn gespannt an, während er sich räusperte und seinen Blick gedankenverloren durchs Fenster auf die mittelalterliche Kirchenmauer richtete.

»Wie in den heiligen Schriften erwähnt, gibt es seit Jahrtausenden die Versuchungen und die nie endenden Einflüsse, wonach u.a. die Hauptbestimmung der Frau die Mutterschaft ist. Diese einseitige Betrachtung der Weiblichkeit haben sich viele Männer gedankenlos angeeignet und die schlimmen Auswüchse der falschen Anschauung und den Sinn der Ehe auf bloß ›Irdisches-Versorgt-Werden‹ beschränkt.«

»Meinst du wirklich, dass man solch tiefverwurzelte Einstellungen, die sich über Generationen heraus kristallisiert haben, noch beeinflussen kann? Und was willst du damit bei den Kirchenmitgliedern bewirken?«, fragte Helene etwas verwundert und schüttelte nachdenklich ihren Kopf mit den blonden krausen Haaren.

»Nun, das Weibliche will ich auf keinen Fall entwerten, aber gegen die einseitige und herablassende Art der Behandlung der Frau möchte ich einige Denkanstöße geben und darauf hinweisen, dass die Frau, genauso wie der Mann, viel mehr auf Erden imstande war zu erreichen und ist, verglichen mit dem, was ihr von der Männerwelt zugemutet wurde und es immer noch tut.«

Helene sah ihm schweigend, aber zustimmend ins rundliche Gesicht, glitt mit ihrem Blick über seinen leichten Bauchansatz und fragte etwas unsicher: »Was hat das mit dem ›Garten des Bösen‹ auf Erden und den sich ausbreitenden Lastern zu tun?«

Michaels Stirn krauste sich leicht, er dachte kurz nach und versuchte zu erklären: »Die meisten Übeltaten der Menschen entspringen nicht gezielter Willkür und Bosheit, sondern weithin verbreiteter Unsitten und Laster, oft ohne Rücksicht auf gegenseitige Verluste. Mit übernommenen, meist wenig durch-dachten und tradierten Gewohnheiten und Normen lebt es sich anscheinend besser als mit Geboten des Guten. Ich denke dabei auch an die Ursachen der Zwangsdeportation unserer Mütter im Januar 1945.«

Es klopfte an der Tür und Michael bat: »Herein!«

Die Tür öffnete sich und Anna, Helenes Schwester, betrat den Raum.

»Guten Morgen, entschuldigt meine Störung zu so früher Stunde, aber ich habe, wie Helene versprochen, die hand-schriftlichen Erinnerungen unserer Mutter über die Deporta-tion 1945 in die Sowjetunion lange gesucht und stellt euch mal vor – jetzt endlich gefunden.« Ein zufriedenes, triumphierendes Lächeln in den blauen mandelförmigen Augen verschönerte ihr ovales, etwas blasses Gesicht.

Michael sah Helene überrascht und fragend an, wohl wis-send, dass diese Epoche in der Biographie vieler Siebenbürger Sachsen noch ganz frisch in Erinnerung ist und noch schwer auf Herz und Seele lag.

Helene erhob sich, bot Anna einen Stuhl an, neigte sich über das Manuskript und fragte: »Darf ich es vorlesen?«

Beide nickten und Helene begann:

»Die Deportation kam überraschend. Ich wurde am 13. Ja-nuar 1945, mitten im kalten Winter, früh morgens, in unserer Hermannstädter Wohnung von bewaffneten rumänischen und russischen Soldaten gezwungen meinen Koffer zu packen, mich warm zu kleiden und zum Bahnhof mitzugehen. Auf die Frage wohin, erhielt ich als Antwort ›dawei, dawei‹. Meine beiden Mädchen, Anna und Helene waren damals drei und andert-halb Jahre alt. Nachbarn wurden unter Drohung von Gewalt gezwungen, die Kleinkinder aufzunehmen, um sie später an Verwandte zu übergeben. Sowohl ich als auch tausende andere Frauen wurden zwei Wochen lang mit Zügen in Viehwagons,

unter unmenschlichen hygienischen Bedingungen und Ernäh-
rungsumständen in die Ukraine/Sowjetunion transportiert.
Einige von uns, die weniger widerstandsfähigen, sind unter-
wegs verhungert, erfroren und sogar verstorben. Leni, meine
Schulfreundin, auch. Sie war immer schon etwas zart gebaut
und anfällig für Krankheiten. Sie hatte es nicht geschafft. Viele
der Anderen erkrankten an der Ruhr. Wir hatten ja auch keine
Toilette im Wagon! Nur einen Eimer, den wir alle benutz-
ten und der in unregelmäßigen Abständen geleert wurde. Es
herrschten himmelschreiende Zustände! Die Zartbesaiteten
lagen bald erbärmlich da und keiner konnte eingreifen und
ihnen helfen. Nach einer Woche schon begann die Hälfte der
Frauen an zu husten. Einige verstarben wohl an Lungenentzündung noch kurz vor unserer Ankunft im Arbeitslager. Um die
Kranken mussten wir uns kümmern so gut es ging. Einige von
uns hatten noch von zuhause einige Medikamente und warme
Decken mit. Was mit den Verstorbenen passierte, wurde uns
nicht mitgeteilt. Die Stimmung im Viehwaggon wurde von
Tag zu Tag verzweifelter. Einige heulten ohne Unterlass, andere
schwiegen bekümmert und einige hatten ab und an hysterische
Anfälle. Aber nichts half! Die zuständigen russischen Soldaten
fühlten sich nicht verantwortlich – sie nannten uns ›hitlerista‹
und dafür brauchten wir keinen Dolmetscher. Im Lager angekommen wurden wir in ungeheizten Holzbaracken auf zwei-
stöckigen Pritschen untergebracht. Bald schon machten sich
Läuse, Flöhe und Wanzen breit. Abends wurde es zum Ritual,
uns gegenseitig zu entlausen, soweit es ging. Die Nahrung bestand aus minderwertigen kleinen Brotmengen oder hauptsächlich aus salziger Weißkohlsuppe mit ein paar schwimmen-
den Kohlblättchen. Es stimmt zwar, dass einige, die vorher an
Magengeschwüren litten, nach so viel Kohlsuppe nicht mehr
die üblichen Magenprobleme hatten, dafür aber verloren wir
alle innerhalb einer kurzen Zeit zehn bis zwanzig Kilo an

Gewicht und hatten ständig Hunger. Wer keinen richtigen Hunger kennengelernt hat, wird es auch nicht verstehen, dass wir nach ein paar Monaten kaum noch an die Kinder und Eltern zuhause dachten, sondern nur noch an das Essen. Das war wohl das Schlimmste! Wir wurden zu Schwerstarbeiten am Bau oder in Bergwerken gezwungen. Auch für das Betteln erwiesen sich die meisten bald nicht mehr zu vornehm. Wenn Offiziere es erlaubten, durften wir in die umliegenden Wohnsiedlungen der Russen und Ukrainer betteln gehen, um fehlende Nahrungsmittel zu ergattern. Oft waren es nur Kartoffelschalen und Essensreste, die uns zugeworfen wurden. Die Kartoffelschalen wurden dann gewaschen und gekocht: ein Festessen! Meistens verjagte und beleidigte man uns als ›njemka‹ oder ›hitlerista‹. Hungerödeme, viele Mangelerscheinungserkrankungen, Diphtherie, Ruhr, Typhus u.a. führten im Laufe der Jahre bei Tausenden der Zwangsdeportierten zum Tode. Immer wieder vertröstete man uns, bald heimkehren zu dürfen, aber ein Jahr nach dem anderen verstrich und die Erinnerung an Zuhause wurde blass und blässer. Erst Ende Juni 1948 wurden die meisten Überlebenden mit der Bahn in ihre Heimat nach Siebenbürgen oder ins Banat entlassen. Wir waren schwach und abgemagert, einige von uns kamen mit einem dicken Wasserbauch zuhause an- dazu gehörte auch ich! Der allgemeine körperliche und psychische Zustand der Rückkehrer war katastrophal. Den eigenen Kindern musste erst beigebracht werden, dass wir ihre Mütter waren. Viele Kinder hatten ihre Eltern, die während der Deportation oder im Krieg starben, nie erleben können. Die verursachten psychischen Schäden an den vielen Kindern aus jener Zeit sind heute noch feststellbar.«

Helene, Anna und Michael sahen sich von dem Gehörten betroffen und mit Tränen in den Augen an und schwiegen nachdenklich. »Was haben unsere Eltern, Männer und Frauen, bloß alles mitgemacht?«, flüsterte Michael nunmehr mit erstickter Stimme.

Anna verabschiedete sich.

Nach einer Weile erst setzte Michael das unterbrochene Gespräch mit Helene fort und ergänzte es, an den Inhalt des vorgelesenen Manuskripts anbindend.

»Viele Männer sind aus dem Krieg nicht mehr zurückgekommen während andere verwundet und traumatisiert waren. Die Frauen haben indessen, Haus und Hof zusammengehalten, alleine Kinder erzogen, nicht wissend, ob die Väter überhaupt wieder nach Hause zurückkehren. Und dann, ehe die Väter zurückkamen, wurden viele der Siebenbürger Frauen im arbeitsfähigen Alter nach Russland verschleppt. Auch im Falle dieser Verschleppung waren hauptsächlich Frauen die Leidtragenden autokratischer Entscheidungen. Und das Leid hat in Siebenbürgen immer noch nicht aufgehört. Die letzten Väter sind erst seit Monaten wieder heimgekehrt und es fällt vielen schwer, in der hiesigen neuen Wirklichkeit wieder Fuß zu fassen. Von dem Leid, das den Kindern dadurch widerfahren ist, möchte ich an dieser Stelle gar nicht sprechen. Nur – das Leben geht weiter. Wie können wir es schaffen, ohne noch größeren Schaden unsere Wirklichkeit lebenswert und gottgefällig zu gestalten? Einst rief in der griechischen Mythologie *Daphne* nach dem Beistand der göttlichen *Klugheit* und ihren Tugenden, da diese unter den Menschen kaum noch vorhanden waren.«

»Was meinst du damit?«, erkundigte sich Helene mit fragendem Blick.

»Ganz einfach«, erwiderte Michael ruhig und fuhr fort: »Da die *Klugheit*, die Mutter der Tugenden, unter den Menschen abwesend zu sein schien, sollte zur Rettung, die gewappnete Göttin Athene auftreten, um die müßigen Amoretten zu vertreiben. Und dies im Glauben, dass auch die lasterhaften Geschosse der Wollust vergehen werden, das heißt wenn wir uns von der Klugheit leiten lassen und Gefühlen, wie Vergeltung, Gier, und anderen absagen, haben wir eine gute Chance, uns unserem aller Heil wieder einigermaßen zu nähern.«

»Und du versuchst dich also in die Position von *Athene* zu versetzen, um mit der Macht des Wortes möglichst viele Laster im Denken und Empfinden der Mitmenschen zu verändern?«, bemerkte Helene fragend.

»Ja, so ungefähr … und noch viel mehr …«, flüsterte Michael und sah die schlanke Gestalt seiner Frau nachdenklich und erwartungsvoll an.

Dann fragte er ablenkend: »Du wolltest mit mir gewiss über etwas Anderes reden?«

»So ist es Michael: Könntest du mich heute zur frauenärztlichen Untersuchung begleiten?«

Michael erhob sich, ging auf Helene zu und sagte liebevoll: »Helene, ich komme selbstverständlich mit, danke für die Erinnerung an den Termin.«

Nach der Untersuchung der schwangeren Helene teilte die Ärztin mit: »Frau Schön, das werdende Baby entwickelt sich sehr gut, die Geburt ist voraussichtlich Ende November zu erwarten. Bitte melden sie sich zum nächsten Termin im Juni an und sehen Sie sich zwischenzeitlich nach einer Hebamme um. Ich empfehle Ihnen Spaziergänge an der frischen Luft in den blühenden Kirschgärten von Heltau und Michelsberg. Und vergessen Sie nicht, dem Kind oft lieblich klingende Musik auf dem Klavier vorzuspielen.«

Helene antwortete: »Stimmt, das haben wir auch schon gehört, vor allem die Musik von Mozart soll Embryos sehr ansprechen. Aber das tue ich schon aus beruflichen Gründen jeden Tag mehrfach, manchmal stundenlang.«

»Das glaube ich gerne, es müsste dann ein Wunderkind werden!«, prophezeite die Ärztin schmunzelnd. Helene und Michael lächelten glücklich und dankend zurück. Sie wirkten erleichtert. Freundlich und zufrieden verabschiedeten sie sich von ihr.

»Freust du dich?«, fragte Helene als sie am Marktplatz in Richtung Kirche gingen.

»Ja, aber natürlich, ich bin glücklich«, antwortete Michael, umfasste Helene an der Schulter und küsste sie auf die Wange.

»Nicht hier, Herr Pfarrer«, sagte Helene errötend, blickte sich um und hakte ihre linke Hand unter seinen Arm.

Während sie sich der Wohnung am Pfarrhaus näherten, fragte Helene: »Nun – da du dich in deiner Predigt mit dem Thema Frauen befasst, sollte ich dir vielleicht ein paar Tipps geben können, oder? Darf ich dir bei der Vorbereitung der Sonntagspredigt helfen?«

»Ja, gern«, antwortete er spontan und angenehm überrascht von ihrem Angebot. Er gab ihr noch einen Hinweis: »Bis morgen Abend muss ich die Predigt fertigstellen, deshalb bitte ich, mir möglichst heute schon Vorschläge zu unterbreiten. Nachdem meine Formulierungen handschriftlich vorliegen, wäre ich sehr dankbar, wenn du das Manuskript ebenfalls kritisch durchliest, um Änderungen oder Ergänzungen rechtzeitig einarbeiten zu können.«

Helene küsste ihn liebevoll, bevor sie die Pfarrerswohnung betraten. Ihre Anregungen zur Predigt waren schon ein paar Stunden später auf seinem Tisch.

Am Nachmittag des nächsten Tages ging Helene ins Arbeitszimmer ihres Mannes und fragte: »Wann kann ich das Manuskript lesen, Liebster?

»Ich benötige noch zwei Stunden, um deine Vorschläge, die ich sehr schätze, in den Kontext zu integrieren. Ich komme dann auf dich zu.«

Helene verließ den Raum und widmete sich dem Einstudieren von Musikwerken für das nächste Konzert der Kirchengemeinde. Während des Klavierspiels erinnerte sie sich an die prophezeienden Worte der Frauenärztin: »Es müsste dann ein Wunderkind werden! Wenn es nur gesund auf die Welt käme, Musik mag und ich ihm Unterricht geben könnte – das wäre schon Glück genug für mich, dachte sie leicht beseelt vor sich hin …«

Schon während des Abendbrots kündigte Michael an: »Ich bin sehr gespannt auf den Eindruck den unser Manuskript bei dir hinterlassen wird.«

»Ach so, ist es fertig? Aber wieso ›unser‹ Manuskript?«, fragte Helene.

Michael holte das Manuskript aus seiner Arbeitsmappe und überreichte es Helene: »Deine Vorschläge fand ich so gut, dass ich die gesamte Predigt umgearbeitet habe. Demnach finde ich, ist es berechtigterweise› ›unser‹ Manuskript. Ich bin neugierig auf deine Meinung.«

Helene zog sich mit dem Predigttext auf ihr Zimmer zurück und nahm sich den Inhalt im Detail vor. Sie konnte auch nichts mehr hinzufügen: »Es ist perfekt! Ich frage mich, wie die Predigt bei der Kirchengemeinde ankommt. So gut kennen wir die Gemeinde ja noch nicht. Wahrscheinlich wird sie staunen. Ich bin gespannt wie die Securitate (Geheimdienst) darauf reagieren wird.«

Michael schwieg nachdenklich, bevor er fast flüsternd und etwas ängstlich sagte: »Hoffentlich werde ich nicht auch vorgeladen … Ich habe versucht, rein politische Aussagen möglichst zu umgehen. Außerdem habe ich mich auf das menschliche Leid schlechthin konzentriert und darauf, wie wir mit dieser neuen Zeit im Sinne des allgemeinen Friedens umgehen können.«

Helene sah ihn forschend an und dachte: »Warum ist mein Mann nur so furchtsam? Nun – so fehl am Platz war Michaels Sorge nicht.«

Nur ein paar Meter weiter fand ein anderes Treffen statt:

Johann Fleischer, ein Mitglied des Presbyteriums der Evangelischen Kirche in Heltau, besuchte nach monatelanger schwerer Erkrankung und einem langen Aufenthalt in einem Hermannstädter Krankenhaus den Vorsitzenden, Walter Herbert, im Presbyterium.

»Grüß Gott, Walter, ich hab's überstanden und bin wieder da.«

»Grüß Gott, Johann, freut mich sehr, dich wiederzusehen. Bitte nimm Platz und erzähle mir, wie es dir so geht.«

Johann setzte sich und berichtete über seine Magenerkrankung und die langsame Genesung. Anschließend erinnerte er: »Eigentlich wollte ich von dir mehr über unseren neuen Pfarrer, Michael Schön, erfahren«, er blickte den Vorsitzenden neugierig und erwartungsvoll an.

Walter betrachtete freundlich, mit forschendem Blick Johanns alterndes Gesicht und seinen Kopf mit den schütteren, grauen Haaren dann berichtete er: »Michael Schön, wurde ab April 1952 vom Hermannstädter Bischof zum Pfarrer an unserer Evangelischen Kirche berufen. Er zog bereits im März mit seiner frisch vermählten Ehefrau, Helene, einer Pianistin, in das evangelische Pfarrhaus ein, wo sie von den Heltauer Siebenbürger Sachsen herzlich aufgenommen wurden. Ihr freundliches, zuvorkommendes und hilfsbereites Wesen kam gut an bei den Kirchenmitgliedern. Das Presbyterium schätzt inzwischen Michaels Qualitäten als Pfarrer und Wohltäter sowie den Einsatz bei der Kirchenrestaurierung hoch ein. Er pflegt gute Verbindungen zum Hermannstädter Bischof. Seine Kontakte zu führenden Parteimitgliedern im Heltauer und Hermannstädter Stadtrat werden zwar kritisch gesehen, aber wohlwollend hingenommen, insofern diese der Kirchengemeinde dienlich sind. Helene, gründete auf Initiative ihres Schwagers, Josef Hermann, einen Kirchenchor, erteilt inzwischen Klavierunterricht und unterstützt Michael bei der Auswahl des jeweils passenden musikalischen Kirchenrepertoires. Gelegentlich tritt sie als Pianistin bei Klavierkonzerten in Heltau und Hermannstadt auf. Außerdem pflegt sie Verbindungen zu ehemaligen Studienkollegen*innen aus Bukarest und Klausenburg, die gelegentlich als Kirchengäste eingeladen werden. Um den Haushalt des Pfarrers und seiner Ehefrau kümmert sich die Erzieherin, Anna Hermann, Helenes Schwester. Diese wohnt mit ihrem Ehemann, Josef, Chordirigent und Parteimitglied, auf Drängen der Securitate, in der Einliegerwohnung am Pfarrhaus. Der neue Pfarrer und seine junge Ehefrau erwarten inzwischen ein Kind.«

Johann, der aufmerksam zugehört hatte, nickte, nutzte Walters Redepause und stellte fest: »Wie ich höre, hat sich viel getan während meiner Abwesenheit. Aber warum hat sich unser alter Pfarrer Georg verabschiedet? Wir waren doch alle sehr zufrieden mit ihm und seiner mutigen Einstellung, auch was heikle Themen anging. Er sah zwar zuletzt sehr gebrechlich aus und wie ich erfuhr, wurde er irgendwann zu einem Gespräch beim Geheimdienst vorgeladen?«

Johanns Frage überraschte Walter, der ihn deshalb etwas verdutzt ansah und dann zu berichten begann: »Das weißt du nicht? Er erlag Anfang Februar einem plötzlichen Tod«, berichtete Walter und ergänzte: »Die Obduktion soll als Todesursache Herzversagen ergeben haben. Mehr ist mir nicht bekannt …«, fügte er noch hinzu und schwieg andeutungsvoll, so dass Johann vorerst nicht weiterfragte, obwohl er sich an Georgs unangenehme Vorladung bei der Securitate im Januar 1952 noch sehr gut erinnerte und gerne mehr dazu in Erfahrung gebracht hätte. Schließlich stand er auf und verabschiedete sich von Walter mit einem Gruß an den neuen Pfarrer und die anderen Presbyter.

Am Sonntag predigte Michael nun zum dritten Mal in der Heltauer Evangelischen Kirche, die bis auf den letzten Platz besetzt war. Einige waren seit der Kriegsgefangenschaft zum ersten Mal wieder dabei, sie hatten in der Ferne Gott und den Glauben wieder entdeckt. Die Frauen kamen um Gott für die Wiederkehr ihrer Männer zu danken, aber Einige auch, um sich im Glauben Trost zu holen für die emotionalen Verluste und für die im Krieg oder Verschleppung Verstorbenen und die schwer Erkrankten zu beten. Die Erwartungen an die Predigten des neuen Pfarrers waren ungewöhnlich hoch. Beim Betreten der Kirche ermutigte Helene ihren Mann flüsternd, während die Gemeinde sich von den Sitzplätzen erhob und der Organist zur Begrüßung und Eröffnung der Zusammenkunft zu Ehren Gottes einen Orgelchoral von J.S. Bach zum Erklingen brachte. Nach der Beendigung des üblichen Eröffnungsrituals in den evangelischen Gottesdienst, folgte die Predigt, auf die die meisten Kirchgänger sehr gespannt warteten. Michael bestieg die Treppen zur Kanzel und postierte sich vor dem Rednerpult. Die Kirchenbesucher verfolgten jede seiner Bewegungen aufmerksam. Einen Moment betrachtete er den mit Menschen gefüllten Kirchenraum mit innerer Angespanntheit. Es herrschte eine vollkommene Stille, welche die fast handgreiflich spürbare Spannung noch mehr steigerte. Dann begann er seine Predigt: «Liebe Gemeinde, es lag mir sehr am Herzen in meinen ersten Predigten in unserer Kirche die Bedeutung der Frau hervorzuheben und an ihr Leid in unserer Gesellschaft zu erinnern.»

Nach einleitenden Sätzen kam er direkt zum Kern der Predigt: »Der Bibel nach wurde Eva aus der Rippe Adams entnommen, das heißt sinnbildlich sind beide gleichen Fleisches und Blutes. Frauen und Männer sind ausgestattet mit ähnlichen wesentlichen Merkmalen, auch wenn wir die Unterschiede alle sehr zu schätzen wissen. Wir haben in der unsagbar schweren

Kriegszeit und der folgenden Umbruchsperiode sehr viel Leid miterlebt, alle Männer und Frauen gleichermaßen. Sicherlich – die Männer, viele von ihnen an der Front – mussten tagtäglich im Kampf mit dem Tod rechnen und auch damit, dass sie ihre Familien, Eltern, Frau und Kinder nie mehr sehen werden. Aber auch die zurück gebliebenen Frauen mussten sich täglich in den Kampf stürzen – einen anderen Kampf, auch ums Überleben in Kriegszeiten und mussten alleine Haus und Hof hüten, oft die unsagbar schwere Arbeit leisten auf den Äckern, in den Gärten, im Haus und nicht zuletzt die Kinder versorgen und ihnen auch den fehlenden Vater ersetzen. Schließlich – und das war eine zusätzliche bittere Pille – wurden viele unserer arbeitsfähigen Siebenbürger Frauen, manchmal sogar mit Kleinkindern unter zwei Jahren, vier Monate vor Kriegsende, im Januar 1945 in Arbeitslager der Sowjetunion verfrachtet, wo sie zu Schwerstarbeit, auf dem Bau oder ›unter Tage‹ verpflichtet waren und das zwei bis vier Jahre lang. Freilich fragen wir uns, warum nur unsere Frauen und unsere Männer zum Aufbau in die Sowjetunion herangeholt worden sind, waren doch auch unsere rumänischen und ungarischen Nachbarn in unserem Land auch in die Kriegsereignisse mitverwickelt. Das soll das Leid der russischen Bevölkerung, die auch durch unsere Männer im Krieg immenses Elend erfahren hatten, keineswegs kleinreden. Kriege zeigen immer ihre hässliche Fratze. Wie immer, mit Gottes Hilfe werden wir diese schreckliche Zeit auch überstehen und ein friedliches Leben noch mehr zu schätzen und würdigen wissen. Gott wird uns auch helfen, die ganze Wahrheit über die Deportation unserer Frauen und zum Teil junger Männer zu erfahren. Bis dahin aber, lasst uns beten, diese grausame Zeit recht bald zu vergessen und lasst uns zeigen, dass wir alle gemeinsam auch in dieser Nachkriegszeit mit Nachsicht, Verzeihen und gutem Vorbild vorangehen, um wieder eine menschenfreundliche Gemeinschaft, an der

Gott Gefallen findet, aufzubauen. Dieser Weg allerdings sollte in mancher Hinsicht bestimmte Einstellungen revidieren und korrigieren, um keinen ›faulen‹ Kern zu säen, den wir später bereuen. Es ist uns allen bewusst, was wir unseren Frauen im täglichen Leben, im Haushalt, in der Erziehung der Kinder, im Familienleben, an den Arbeitsplätzen, auch während der Deportation und überall verdanken. Aber, haben wir das Wirken der Frauen tatsächlich so zu schätzen gewusst, wie sie es verdienen, wie es von Gott gewollt war? Ich meine nicht das wesenhaft äußerlich Frauliche, das uns anzieht, aber oft missbraucht wird, um die untergeordnete Rolle der physisch schwachen Frau seit Jahrtausenden beizubehalten. Ich meine auch nicht bloß den Gedanken, dass der Hauptzweck der Frau in der Mutterschaft zu suchen ist, das wäre eine Degradierung der Frau, sondern ich meine die reine, sanfte, treue und starke Frauenseele, die dem Mann Halt gibt, wenn er da ist und die gesamte Last auf sich nimmt, wenn er nicht da sein kann. Und die Frau die gleich einem Herd im Haus, Wärme und Geborgenheit ausstrahlt, Nähe und Sicherheit verspricht und unserem Leben auch geistige Vollkommenheit vermitteln kann. Wenn die Frau sich der Stärke ihres Frau-Seins bewusst wird, wenn wir sie gesellschaftlich den Männern gleichstellen, werden auch wir, Männer und Kinder, die ganze Gemeinschaft eine neue pulsierende Energie verspüren, die uns Kraft spendet, die Widrigkeiten des uns auferlegten Lebens besser zu umschiffen, sie zu bewältigen. Die Frau verankert mit ihrem Zartgefühl den Mann mit dem göttlichen Licht, den er in seinem Wirken in der Schöpfung braucht. Allein das Sein der Frau auf der Welt bringt schon die Erfüllung, die dem Mann fehlt. Ist es nicht so, dass Frauen, die ihren Lebenssinn im Mutterdasein alleine sehen, nur einem Teil ihrer Aufgabe gerecht werden? Gemeinsam werden wir eine neue friedliche Welt aufbauen, eine Welt die auch gottgefällig sein wird, eine die dem göttlichen Schöpfungsgesetz entspricht.«

Michaels Blick verlor sich für einige Sekunden im scheinbar unendlichen Raum, machte eine Redepause und horchte in die spannungsgeladene Stille, dann fuhr er schlussfolgernd fort: »Wir Erdenmenschen, Männer und Frauen, sind in dieser Schöpfung, um Glückseligkeit in der Gemeinschaft zu finden! Wir sind soziale Geschöpfe Gottes, die auf Augenhöhe miteinander agieren sollten. Dafür müssen wir die Sprache der allmächtigen Kraft verstehen lernen. Nur so können wir dessen Willen empfinden, das ist unser Ziel im Wandel durch die Schöpfung, zu der wir gehören. Diese Kraft gab Männern UND Frauen die Willensfreiheit auf gleicher Augenhöhe. Mögen wir sie nutzen, um in dieser neuen Zeit die richtigen Entscheidungen, auch hinsichtlich der neuen Bewertung der Rolle der Frau im Sinne der unbeugsamen Schöpfungsgesetze, zu treffen! Gott sei mit Euch«

Nach der Predigt und den abschließenden Handlungen, beendete Michael den Dienst zur Ehre Gottes auf traditionelle Art und Weise: Während der Organist mit dem *Praeludium und Fuge c-Moll* von Rudolf Lassel die Kirchengemeinde musikalisch entließ, verabschiedeten sich Michael und Helene am Kirchenportal von den Kirchenbesuchern durch Handschlag und guten Wünschen. Viele Gemeindemitglieder bedankten sich persönlich für die ermutigenden und tröstenden Worte und viele Frauen, so schien es Michael, schenkten ihm zum Abschied ein besonderes Lächeln. Beide, Helene und Michael, waren zufrieden mit dem Gottesdienst.

Am Montag, nachmittags, meldete sich Michaels Schwager, Josef Hermann, ein etwa 1,80 m großer schlanker Mann mit länglicher, markanter Kopfform, hellbraunem Teint, kurz geschorenen, schwarzen Haaren und willensstarkem Gesichtsausdruck mit sarkastischen Zügen. Er bat schon in der Mittagszeit um ein persönliches Gespräch, das ihm Michael gewährte.

»Guten Tag, Michael!«, grüßte er mit einem ironischen Unterton und kam, ohne Umschweife, zum eigentlichen Anliegen: »Deine Predigt hatte ich gestern mit großem Interesse verfolgt. Viele Kirchenmitglieder waren sehr begeistert, aber auch nachdenklich und diskutierten, wie ich höre, über den Inhalt noch stundenlang zu Hause in ihren Familien.«

»Dann hat die Predigt wohl ihren Zweck erfüllt, nehme ich an«, erwiderte Michael mit feststellendem Unterton.

»Ja und Nein«, antwortete Josef.

Michael blickte ihn fragend und erwartungsvoll an: Nanu, was willst du damit sagen?«, bat er seinen Schwager.

Josef räusperte sich und begann zu sprechen: »Einerseits hat die Predigt unsere Gemeinde aufgerüttelt und die Position der Frau in unserer sozialistischen Gesellschaft zur Diskussion und Neuüberlegung veranlasst, andererseits hat der Inhalt deiner Predigt der Kommunistischen Partei (KP) missfallen.«

»Was den zweiten Punkt betrifft, bitte ich um mehr Einzelheiten, da ich meine Predigt nicht als Loblied für die KP erstellte«, forderte Michael leicht betroffen.

»Nun, heute vormittags kam ein Offizier der Securitate zu mir in die Wohnung, um sich über den Inhalt deiner gestrigen Predigt zu beschweren.«

»Um was ging es ihm konkret?«, erkundigte sich Michael misstrauisch.

»Er vertrat die Meinung, dass du den bestehenden gesellschaftlichen Status zwischen Mann und Frau in unserer sozialistischen Gesellschaft, nach dem zweiten Weltkrieg, anzweifeln und eventuell eine politische Frauenbewegung heraufbeschwören würdest. Die Erinnerung an die Deportation missfiel ihm in besonderer Weise, denn du hast Fragen aufgeworfen, die nur die siebenbürgisch-sächsische Minderheit angeht. Es ist uns ja eindrücklich mitgeteilt worden, dass die Sowjets, Stalin, nur volksdeutsche Frauen und Männer zur Wiederaufbauarbeiten nach Russland forderten. Die neue rumänische kommunistische Regierung hatte uns dies ausdrücklich versichert. Du sprachst in deiner Predigt von der ›Wahrheit die Gott eines Tages ans Licht bringt‹. Der Offizier beauftragte mich mit dir ein klärendes Gespräch zu führen, damit sich derartige Inhalte in den folgenden Predigten nicht wiederholen.«

Michael schwieg entsetzt, dachte über Josefs Worte nach und erwiderte: »Es wundert mich nicht, dass die Securitate dich, als Mitglied der KP, als Ersten angesprochen hat. Dennoch bin ich dankbar, dass ich überhaupt benachrichtigt werde. Ich würde gern deine persönliche Meinung dazu hören.«

Michaels Forderung verunsicherte Josef sichtlich. Er wurde etwas blass und seine Augenlider zuckten nervös, als er antwortete: »Du weißt, dass die kommunistische Ideologie gleichzeitig ein Bekenntnis zur Gottlosigkeit ist, in der die Schöpfungsgesetze ignoriert werden. Du solltest das Thema der Deportation nicht mehr ansprechen, weil du damit das von der Regierung Gesagte in Frage stellst. Es ändert ja sowieso nichts mehr am Tatbestand. Viele der Deportierten sind ja wieder zuhause. Vergiss nicht, die Parteimitgliedschaft bietet mir viele Vorteile, die ich teilweise auch meinen Verwandten, nebenbei bemerkt auch euch, zukommen lasse, wenn sie mich gegenüber der Partei nicht kompromittieren.«

»Habe ich dich jemals kompromittiert?«, fragte Michael insistierend.

»Mich persönlich nicht, weil ich dich teilweise verstehe, aber als Parteimitglied empfinde ich deine Predigt schon kompromittierend. Deshalb wurde ich beauftragt dich zu warnen und an deinen Vorgänger, Pfarrer Georg, zu erinnern.«

»Was soll das bedeuten? Musste Pfarrer Georg deshalb sterben!?«, entgegnete Michael erbost.

»Ich hoffe nicht!«, antwortete Josef kleinlaut.

Josefs Worte wirkten auf Michael lähmend und einschüchternd. Er ergänzte resigniert: »Ich habe die Heilige Schrift, in Verbindung mit philosophisch-gesellschaftlichen Ideen, auf den heutigen Status der Frau in unserem vorrangig traditionell-patriarchalisch geprägten politischen System zu deuten versucht. Vor Fehlinterpretationen und Meinungsverschiedenheiten bin ich übrigens auch nicht gefeit. Aber aufgrund deiner Securitate-Warnung bleibt mir wohl zukünftig nichts Anderes übrig als noch vorsichtiger wie bisher mit der eingeschränkten Meinungsfreiheit, die uns auferlegt wird, umzugehen! Das, was uns von unserer Regierung als ›Würde des Menschen‹ vorgegaukelt wird, ist ein unbestimmter Rechtsbegriff, der von allen Regierungen weltweit so interpretiert wird, wie es ihnen gerade ins Konzept passt. Die Menschenwürde unter staatlicher Gewalt hat einen Absolutheitsanspruch erreicht, der eigentlich eine Abkehr von den Gesetzen der Natur, also von der schöpferischen Energie, darstellt. Übrigens, es ist die Pflicht des Menschen die Sprache dieser Energie, an die du dich weigerst zu glauben, verstehen zu lernen, wenn man als Mensch in ihrer Schöpfung weiterkommen will. Alles andere bringt unwillkürlich Schaden und stellt ein Hemmnis dar!«

Josef erhob sich mit einem herablassenden Blick auf Michael gerichtet und reichte ihm scheinbar zustimmend die Hand zur Verabschiedung. Dann entfernte er sich mit einem etwas übertriebenen selbstzufriedenen, ironischen Lächeln aus dem Raum.

»Was wollte Josef?«, fragte Helene am Abend.

Michael erzählte ihr den Verlauf des Gesprächs wahrheitsgetreu.

Helene war sichtlich betreten über die Art und Weise, wie die KP durch Einsatz des Geheimdienstes und Josefs Parteimitgliedschaft, ihren Einfluss auf die Evangelische Kirche, die Meinungsfreiheit und die Rechte der Siebenbürger Deutschen als nationale Minderheit in Heltau, ausübte. Sie sagte schlussfolgernd: »Jetzt wissen wir wenigstens von welcher Seite ›der Wind‹ weht!«

»Ich hoffe, dass er sich zukünftig nicht auch noch in meine Familienangelegenheiten einmischt!«, ergänzte Michael mit einem merkwürdigen Blick auf Helene.

Dann schwieg er, senkte den Blick betroffen und wirkte gekränkt über die nun weniger spannungsfreie Situation zu Beginn seiner Karriere als Pfarrer. Er empfand diese Vorgehensweise als geistige Unterdrückung. Schließlich äußerte er seine Besorgnis: »Ich bin mir nicht mehr sicher, ob die Annahme der Pfarrerstelle an der Heltauer Evangelischen Kirche eine kluge Entscheidung von mir gewesen ist.«

Helene umarmte ihn mit Tränen in den Augen. Sie ahnte, dass die Zukunft noch unangenehme Überraschungen in ›peto‹ haben könnte, flüsterte aber, »Das werden wir schon hinkriegen.«

Während der Feier nach der Taufe des neugeborenen Enkels des Presbyters Johann Fleischer, die im Pavillion der staatlichen Obstfarm, einem Heltauer Festplatz in der Nähe des Grigoriwaldes stattfand, ergriff Michael die Gelegenheit, um mit Johann zu sprechen und sich über das Schicksal seines Vorgängers, Pfarrer Georg, zu informieren:

»Wie verhielt sich Pfarrer Georg als Pfarrer, als Mensch und im Umgang mit der Partei« fragte Michael.

Johann blickte sich sorgsam um, legte seinen Zeigefinger auf die Lippen und sprach leise: »Seid vorsichtig, Herr Pfarrer, heutzutage lauert überall die Securitate, sogar einige unserer Kirchenmitglieder sind Spitzel des Geheimdienstes geworden!«

Michael wurde leiser, neigte sich näher zu Johann und fragte: »Es wird einiges über Georg gemunkelt, was wissen Sie über sein Schicksal?«

»Einen Tag bevor ich im Januar in die Hermannstädter Klinik eingewiesen wurde, besuchte mich Pfarrer Georg. Er erkundigte sich nach meinem gesundheitlichen Zustand und berichtete auch über ein Gespräch, das er während seiner Vorladung bei der Securitate mit dem dortigen diensthabenden Offizier, Vasile Ionescu, hatte.«

Michael wurde neugierig und fragte: »Und … was gab er preis?«

»Der Offizier habe ihn darauf hingewiesen, dass der staatliche Geheimdienst befürchtet, dass die deutsche Bevölkerung in Heltau und Michelsberg eine Rebellion gegen die KP organisiere, um Minderheiten- und Wahlrechte durchzusetzen. Dies könne auch auf Hermannstadt übergreifen und die ungarische Bevölkerung in Transsilvanien zum Widerstand anstacheln. Die Regierung in Bukarest will den angeblich drohenden Verlust Transsilvaniens, das, wie Sie wissen, bis 1920 zum ungarischen Staatsgebiet gehörte, vermeiden.«

»Was hatte Pfarrer Georg damit zu tun?«, erkundigte sich Michael.

»Pfarrer Georg wusste mehr als alle anderen hier in Heltau. Er baute in seine Predigten oft ermutigende Beispiele und Vergleiche ein, die die verlorene Autonomie der Siebenbürger Deutschen hervorhoben. Er forderte seine Gemeinde auf, sich für ihre Rechte, die sie nach dem zweiten Weltkrieg fast vollständig verloren hatten, einzusetzen. Außerdem erinnerte er regelmäßig an das Leid und die erniedrigende Deportation, die ihnen angetan wurde und deren Folgen noch überall sichtbar sind. Die letzten Deportierten sind erst vor kurzem nach Hause gekommen und, was sie erzählen, lässt einem die Haare zu Berge stehen«, berichtete Johann.

»Was vermuten Sie?«, fragte Michael.

»Ich nehme an, dass Pfarrer Georg nicht eines natürlichen Todes gestorben ist«, äußerte Johann seinen Verdacht.

»Wieso glauben Sie das?«, fragte Michael.

»Pfarrer Georg teilte mir in unserem Gespräch mit, dass Vasile Ionescu ihm gedroht habe, dass die Partei unkonventionelle Maßnahmen ergreifen würde, falls er den Inhalt seiner nächsten Predigt Ende Januar 1952 nicht den politischen Gegebenheiten anpassen würde. Der Securitateoffizier soll ebenfalls geäußert haben, dass er auf Anweisungen der Geheimdienstzentrale in Bukarest handeln würde«, offenbarte Johann.

»Und wie ich vermute, hielt sich Pfarrer Georg nicht an die Warnung des Offiziers?«, mutmaßte Michael.

»Ja, Pfarrer Georg war kein Feigling und vielleicht tatsächlich auch kein Diplomat, im Gegenteil, er war mutig und bedauerte in seinen Predigten weiterhin die verlorenen Rechte der Deutschen in Siebenbürgen, äußerte sich kritisch zu den Enteignungen im Rahmen der sogenannten Bodenreform, die viele Familien in wirtschaftliche Not stürzte, wobei ein großer Teil des nationalisierten Bodens brach liegenblieb. Außerdem äußerte er sich sehr kritisch der KP unter Ana Pauker und dem noch jungen Nicolae Cervulescu, gegenüber, die von Stalin geforderte Deportation im Januar 1945 von Deutschen aus Siebenbürgen und dem Banat in die Sowjetunion, befürwortet zu haben.«

»Wissen Sie, wer im Fall Georg der Täter sein könnte?«, fragte Michael.

»Nein, genau weiß ich es nicht«, antwortete Johann und gab zu: »Ich kann übrigens meine Vermutung auch nicht beweisen. An dem betreffenden Februar-Abend, bevor Pfarrer Georg starb, wurde ein Bekannter Eures Schwagers, Josef, von Pfarrer Georgs Haushaltshilfe in dessen Arbeitszimmer gesehen. Mehr weiß ich nicht! Vielleicht weiß das Dienstmädchen mehr ...« Michael wurde nachdenklich ...

September 1952
Es vergingen mehrere Monate und die Folgen des Zweiten Weltkriegs waren im gesellschaftlichen Leben in allen Bereichen noch

spürbar. Die Lebensmittelknappheit war wie fast in ganz Europa nicht beseitigt und eine neue Generation von Kindern wurde geboren. Michael formulierte seine Predigten vorsichtiger, obwohl dies von einem Teil der Gemeinde als feige eingestuft wurde und Helene ihn manchmal kritisch darauf ansprach.

»Hast Du jetzt wirklich auch Angst vor der Securitate?«, fragte sie.

Michaels Gesicht verkrampfte sich, bevor er traurig antwortete: »Ja, ein wenig schon, ich möchte nämlich nicht, dass ihr, du und unser Kind, das noch nicht geboren ist, ohne Mann und Vater leben müsst.«

Er informierte Helene auch über Johanns Verdacht, dass Pfarrer Georg sehr wahrscheinlich durch Fremdeingriff gestorben ist.

Jetzt konnte Helene ihn allerdings auch verstehen, obwohl sie andererseits einen Mann mit mehr Mut vorgezogen hätte. Das Gespenst der Angst breitete sich langsam, aber sicher auch über ihre Familie aus, was ihr ein Gefühl der Hilflosigkeit und Ohnmacht bescherte. Aber für Michael war das anscheinend die einzige Möglichkeit als Pfarrer, seine Familie und sich vor der »Securitate« zu schützen. Das konnte sie nachvollziehen.

Auch Helene befasste sich mit den neuen Erkenntnissen, begann nachts lange wach zu liegen und überlegte, wie man sich Klarheit über das tatsächliche Geschehen um Pfarrer Georg verschaffen konnte, da sie die Nachrichten über seinen Tod sehr beunruhigten. Deshalb suchte sie eines Abends das Dienstmädchen des verstorbenen Pfarrers auf.

»Guten Abend Susi, darf ich mit Dir ›unter vier Augen‹ sprechen?«

»Treten Sie ein, Frau Pfarrerin, nehmen Sie Platz.«

Helene setzte sich auf den von Susi bereitgestellten Stuhl und Susi nahm ihr gegenüber Platz. Sie betrachtete Helene neugierig und fragte: »Wie kann ich helfen?«

Helene begann zögernd zu sprechen: »Susi, ich habe erfahren, dass Du am Abend, bevor Pfarrer Georg starb, einen Mann im Arbeitszimmer des Pfarrers gesehen haben sollst. Stimmt das?«

Susi war überrascht über diese Frage, wurde unruhig und ihre Hände begannen zu zittern.

Ihre Antwort fiel stockend aus: »Ja …, ich sah ihn …, als ich mich von Pfarrer Georg verabschiedete.«

»Kannst Du Dich noch an irgendetwas erinnern?«, fragte Helene in beruhigendem Ton.

»Eigentlich gab es nichts Außergewöhnliches. Ich legte, wie üblich vor der abendlichen Verabschiedung, die Tasse mit dem Kamillentee auf Pfarrer Georgs Schreibtisch und verließ das Arbeitszimmer.«

»Ist dir bei Pfarrer Georg an dem Abend etwas Besonderes aufgefallen?«

Susi dachte nach und erinnerte sich: »Pfarrer Georg wirkte ungewöhnlich nervös und starrte den Mann sehr misstrauisch an, als ich ging.«

Helene erhob sich und wollte sich verabschieden, als Susi plötzlich noch ergänzte: »Es war schon dunkel, als ich draußen war und beim Vorbeigehen am Fenster des beleuchteten Arbeitszimmers konnte ich genau erkennen, dass der Pfarrer nicht mehr im Raum war. Dafür sah ich den Mann über der Teetasse am Schreibtisch in gebeugter Haltung stehen.«

Helene horchte gespannt zu und forderte: »Weiter Susi!«

»Mehr konnte ich nicht sehen, da ich am Fenster bereits vorbeigegangen war«, berichtete Susi.

»Bitte beschreibe den Mann, wenn es Dir noch möglich ist«, forderte Helene.

»Er war ungefähr 1,70 m groß und korpulent, ungefähr 50 Jahre alt, dunkles, kurz geschnittenes Haar, braune Augen, glattrasiert und hatte eine gräulich wirkende Gesichtsfarbe.

Auf seiner rechten Wange konnte man eine Warze erkennen. Er trug ein blaues Hemd und einen grauen Anzug.«

»Hattest Du den Mann vorher jemals gesehen?«, fragte Helene noch, während sie von ihrem Sitz aufstand.

»Nein, ich sah ihn vorher noch nie«, antwortete Susi.

Helene ließ sich ihre Aufregung nicht anmerken und verabschiedete sich: »Herzlichen Dank Susi, Du hast mir sehr geholfen, einen angenehmen Abend wünsche ich Dir noch. Sei unbesorgt, Dir geschieht nichts.«

Im Pfarrhaus informierte Helene ihren Mann umgehend über das Gespräch mit Susi. Michael hörte alarmiert zu und schwieg mehrere Minuten, bevor er sagte: »Sehr merkwürdig, dass Georg noch an demselben Abend starb. Könnte es sein, dass der Mann, von dem Susi berichtete, während Georgs räumlicher Abwesenheit, ein tödliches Gift in den Tee schüttete?«

Helene schwieg ebenfalls länger als gewöhnlich, dann sagte sie: »Möglich wäre es!«

»Was sollen wir tun?«, flüsterte Michael ängstlich, langsam und unsicher.

»Wir überlegen noch«, antwortete Helene und betrachtete ihren Mann genauer. Sein rundliches Gesicht war fülliger geworden und er hatte ein Bäuchlein zugelegt. Es entging ihr in letzter Zeit nicht, dass Michael übermäßig stark auf persönliche Sicherheit bedacht war. Auch seine Furchtsamkeit der KP gegenüber mündete oft in weniger mutigem Verhalten. Aber wer könnte ihm das unter diesen Umständen übel nehmen?

Dezember 1952 – Januar 1961

»Ein kräftiges und gesundes Mädchen!«, rief die Hebamme dem Pfarrer nach stundenlangem Warten zu. Am Montag, dem 1. Dezember 1952 wurde Helenes und Michaels Tochter in der Pfarrerswohnung geboren. Die Taufe fand, wie üblich kurz nach der Geburt, am Sonntag, dem 7. Dezember in der Evangelischen Kirche zu Heltau, statt. Die Eltern entschieden sich für den in siebenbürgischen Kreisen recht seltenen griechischen Vornamen Ophelia. Die Taufpaten waren ein ehemaliges Studienpaar von Helene, Peter und Karin Schuster, aus Mediasch herangereist, die schon eine Weile insgeheim den Wunsch hatten, sich angesichts der politischen und wirtschaftlichen Gegebenheiten nach Kriegsende in Siebenbürgen endgültig in den Westen zu ihren in Deutschland verbliebenen Eltern abzusetzen. Leider blieben ihre Bemühungen ohne Erfolg, auch wenn es sich um eine Familienzusammenführung handelte und nun in Heltau zu Besuch bei Familie Schön eingeladen waren.

Ophelia erfüllte die Herzen der Eltern und auch der Kirchengemeinde mit Liebe und Freude. Besonders Anna schloss Ophelia liebevoll in ihr Herz und entwickelte sich, da ihre Ehe mit Josef bisher kinderlos blieb, zur ›Ersatzmutter‹. Als liebevolle Erzieherin blühte Anna im Umgang mit ihrer Nichte auf, und brachte ihr erzieherisches Talent musterhaft zur Geltung. Dies ermöglichte Helene weiterhin ihre Musiktätigkeiten als Pianistin, Chorleiterin und Klavierpädagogin in Heltau und Hermannstadt auszuüben, auch wenn das als Pfarrerin nicht üblich war und von einigen Gemeindemitgliedern kritisch beurteilt wurde.

Die musikalische Erziehung der Tochter übernahm in den ersten sechs Jahren Helene. Als dreijähriges Kind konnte die begabte Ophelia schon einige mittelschwere Klavierstücke auswendig spielen und beherrschte als fünfjähriges Mädchen bereits die Grundbegriffe des Notenlesens. Vom Äußeren her wies sie eine starke Ähnlichkeit mit ihrer Mutter auf: Ophelia hatte blonde, gelockte Haare, ein kantiges Gesicht mit milden Zügen und hellblauen Augen. Schon als Kind war sie willensstark und bewies große Ausdauer und Selbstdisziplin, wenn sie am Klavierspiel oder anderen Tätigkeiten Gefallen fand. Bei kirchlichen Anlässen und Familienfesten durfte Ophelia oft vorspielen und erntete lobenden und ermutigenden Beifall. Als sechsjähriges Kind trat sie bereits öffentlich im Hermannstädter Staatstheatersaal als »Wunderkind« am Klavier auf. Sie hatte auch Glück, denn Josef, ihr Onkel, vermittelte der außergewöhnlich begabten Ophelia einen Hochschulprofessor namens Marcel Voicu, für den beginnenden Violinunterricht. Bereits im Alter von acht Jahren spielte Ophelia mit ihrer Violine vor dem Hermannstädter Publikum Werke von J.S. Bach vor.

Die KP wurde, dank Josefs Initiative, auf die talentierte Ophelia aufmerksam und förderte diese durch zusätzlichen kostenlosen Unterricht, um auf diese Weise die Kompetenz der Partei in der lokalen Kulturförderung zu beweisen. Zwar wurde sie in eine Familie, die der ethnischen Minderheit der Siebenbürger Sachsen angehörte, geboren, aber gerade das wusste die Partei auch als Zeichen ihrer gerechten Behandlung aller Minderheiten im Land zu verkaufen: »Wir unterstützen alle, ohne Unterschiede in der Ethnie der Begabten zu machen!«

Helene und Michael waren sehr stolz auf ihre musikalisch begabte Tochter und begleiteten sie anfangs bei allen Darbietungen und Konzerten in Hermannstadt, Klausenburg und Bukarest, was angesichts der schlechten Zug- und Busverbindungen im Nachkriegsrumänien viel Zeit in Anspruch nahm. Einige Heltauer Bewohner – böse Zungen gibt es überall – die die Pfarrersfamilie besser kannten, meinten, dass Ophelias Eltern, vor allem die Mutter, ihr Kind gelegentlich als Erfüllungsgehilfin für die eigene Geltungssucht missbrauchten.

Josef Hermann, Helenes Schwager, der parallel zu seiner Tätigkeit als Chordirigent inzwischen einflussreicher Parteifunktionär und Geheimdienstmitarbeiter in Hermannstadt war, beobachtete die außergewöhnliche Entwicklung Ophelias erst kritisch und in gewisser Weise neidisch. Was hätte er drum gegeben auch ein Kind zu haben, das er unter die Fittiche nehmen konnte, um seine Talente zu fördern! Nun, immerhin war Ophelia seine Nichte. In seiner kulturpolitischen Funktion boten sich Ophelias talentierte Öffentlichkeitsaufführungen dazu an, um seine eigenen Fähigkeiten, wenn auch nicht künstlerischer Art, unter Beweis zu stellen. »Ich habe kein außergewöhnliches musikalisches Talent, aber ich kann Menschen ›lesen‹, kann sie beeinflussen, kann sie mir willig machen«, dachte er. Anna, seine Ehefrau, eine dunkelhaarige hübsche Dame um die dreißig, die früher eine offene und lebenslustige junge Frau war, veränderte sich nach der Heirat mit Josef zunehmend: Sie wurde still und übermäßig gewissenhaft, verlor aber an Lebensfreude, wirkte kühl, unnahbar und misstrauisch allem Ungewöhnlichen gegenüber. Auch Helene fiel es auf, dass ihre Schwester im Laufe der Jahre unter dem Einfluss Josefs oder weil sie kinderlos blieb, sich den anderen gegenüber mehr und mehr verschloss und ihre allgemeine Haltung verspannt wirkte. Zudem beharrte sie oft monoton, rechthaberisch und starrsinnig auf ihren Standpunkten. Josef gegenüber verhielt sie sich schweigend, mit Abwehr und merkwürdiger Weise mit Trotz, so als hüte sie ein Geheimnis, das zu verraten sie in eine missliche Lage bringen könnte. Während sie früher Überraschungen fröhlich aufnahm, hasste sie nun unangemeldeten Besuch und reagierte ängstlich. Sie wurde halsstarrig und stur gegenüber jeder kritischen Bemerkung. Helene betrachtete diese psychischen Veränderungen ihrer Schwester mit großer Sorge und konnte sich keinen Reim darauf bilden. Was war mit Anna bloß los? Deshalb lud sie Anna, anlässlich Ophelias achten Geburtstag, zu einem Besuch in die Pfarrwohnung ein. Anna freute sich auf die Gelegenheit, sich aus ihrer selbst gewählten Isolation etwas zu befreien und nahm die Einladung an.

Nach den üblichen Gesprächen bei derartigen Anlässen,

fragte Helene ihre Schwester wie beiläufig, ob sie einen Mann, der zu Susis Beschreibung passe, kennen würde.

Anna wurde sofort misstrauisch und antwortete schroff: »Wieso? Warum fragst du?«

Helene reagierte ruhig und begründete wahrheitsgetreu: »Vor einigen Wochen habe ein derartig aussehender Mann sich im Pfarrhaus erkundigt, wo Josef wohnen würde.«

»Ach so, das ist Josefs Dienstkollege, Ionel Munteanu, ein Moldauer aus Bukarest, der in Hermannstadt wohnt.«, antwortete Anna jetzt ohne Argwohn.

Helene informierte sich in der darauffolgenden Woche sehr vorsichtig bei Kollegen ihres Schwagers und fand heraus, dass es sich bei Ionel Munteanu um einen langjährigen Securitate-Agenten handele. Das gab alles noch keinen Sinn. Einige Mosaik-Steinchen fehlten noch …

Juli 1961

Inzwischen hatte sich die wirtschaftliche Situation Rumäniens nach dem Krieg nur langsam verbessert. Überall im Land, gab es Essensmarken, speziell für Brot. Die staatlichen Angestellten bekamen diese mit ihrer monatlichen »Geld Tüte«. Die wenigen nicht staatlich Angestellten hatten keinen Anspruch auf Brotmarken. Diese konnten sich beim Bäcker nur das überteuerte Weißbrot kaufen, es sei denn man hatte »Beziehungen«. Auch politisch mussten sich die noch vom Krieg gebeutelten Rückkehrer oder Deportierte an neue »Richtlinien« gewöhnen: Die Ansprüche auf den enteigneten Besitz, Land oder Betrieb durften nicht angesprochen werden. Sympathie den westlichen Ländern gegenüber wurde als Verrat dem eigenen Land gegenüber gewertet, als reaktionär. Freie Meinungsäußerung wurde langsam zu einem höchst kostbaren Gut, das man nur in vertrautem Kreis ausüben konnte.

Die Hysterie der RKP-Führung unter dem sowjetischen

KGB-Einfluss verstärkte sich und nahm oft groteske Züge an. Im Heltauer Kino, in der Nähe des Sportplatzes, wurden zunehmend antideutsche Kriegsfilme gezeigt, obwohl Rumänien bis 1944 an der Seite Deutschlands gegen die Sowjetunion kämpfte. Dies geschah einerseits, um die Bevölkerung an die Verbrechen der NS zu erinnern, andererseits aber auch, um die deutsche Minderheit konsequent einzuschüchtern und ihre Tendenzen nach mehr Autonomie und Rückgabe des 1948 von der RKP konfiszierten Eigentums im Keim zu ersticken.

Die politische Diskriminierung als Ausdruck der allgemeinen Furcht vor einem Aufstand gegen die erstarkte KP, durch die Securitate und deren Spitzel machte auch bei Kindern nicht halt.

»Was war los gestern? Warum ist der Securitate-Wagen in der Kloosgasse auf dem Hügel zur Villa ›Flora‹ vorgefahren?«, fragte Hans Korp seinen Nachbarn Georg Göttferth.

»Angeblich hatte der 9-jährige Sohn des Baumeisters auf die Betonterrasse der Villa mit Kreide Hakenkreuze gemalt. Der in demselben Haus wohnende Agraringenieur und Geheimdienst-Spitzel, Hănescu, telefonierte darauf zwei Securitate-Mitarbeiter herbei, um den angeblich ›politisch provozierenden‹ Fall aufzuklären. Gleich zu Beginn der Befragung verabreichte einer der Beamten dem nichtsahnenden und verängstigten 9-jährigen Volker zwei kräftige Ohrfeigen, die den Jungen total einschüchterten was wohl auch Sinn der Züchtigung gewesen sein sollte.

»Wer gab dir den Auftrag diese Zeichen auf die Terrasse zu malen? War es dein Vater?«, fragte der Geheimdienstler in grobem Tonfall mit erhobener Hand zum nächsten Schlag ausholend.

Das geohrfeigte Kind wusste nicht, wie ihm geschah und schüttelte nur den Kopf. Natürlich wusste er es nicht. Was war denn so besonders an diesem Zeichen? Klar, das Kreuz, deren

Enden alle mit einem zusätzlichen Strich versehen waren, alle in eine Richtung zeigend, wie bei einer Papier Spielmühle, ja, es war interessant. Aber was war schon dabei? Ein zusätzlicher Stoß in den Rücken vom hässlichen Beamten mit der schrecklichen Narbe im Gesicht und sein unerträglich harter, drohender Blick, brachte Volker zurück in die Wirklichkeit. Angestrengt bemühte er sich um eine Antwort: »Vielleicht habe ich es beim Nachbarn gesehen …« antwortetet er verwirrt und gleichzeitig erleichtert, das ihm eine Antwort einfiel.

Der andere Geheimdienstler fasste nun den Jungen brutal am Oberarm, zerrte ihn zum Nachbarhaus und schrie ihn an: »Zeige mir den Nachbarn!«

»Nicht hier, vielleicht beim nächsten Nachbarn«, verwies der total verängstigte Junge, nachdem ihm der brutale Mann einen Fußtritt verpasste.

Sie gingen weiter zum gegenüberliegenden Nachbarhaus, wo bereits mehrere gaffende Bewohner neugierig, aber mit unverhohlener Angst im Gesicht warteten.

»Wer war es? Dein Vater?«, brüllte der erfolglose Staatsdiener drohend.

Ein Nachbar, Hans Göttferth, verwies den Vertreter der Securitate voller Mitgefühl mit dem weinenden Kind darauf, dass es sich hier um ein unschuldiges Kind handle, das mit Politik nichts anfangen könne.

»Sie haben hier nichts zu sagen!«, ließ der Beamte grob und ungehalten vernehmen.

»Macht es Ihnen wirklich Spaß, den Jungen zu verprügeln?«, entgegnete Hans Göttferth erbost und wandte sich an das Kind: »Du warst doch heute im Kino, Volker? Stimmt das?«

»Ja«, bestätigte Volker.

»Wer war es? Dein Vater?«, unterbrach der Beamte, noch immer wild um sich schlagend, sichtlich und nur darauf hinaus, eine Bestätigung seiner Vermutung zu bekommen.

»Ich hab's heute im Kino gesehen!«, gestand Volker, der sich nun, durch Göttferth ermutigt, erinnerte.

Plötzlich schwiegen alle betroffen, auch die Securitate-Männer! Natürlich! Dort konnte man täglich Hakenkreuze in der Wochenschau sehen! Noch immer voller Wut und wild herumgestikulierend entfernten sich die Geheimdienstler ohne ein Wort der Entschuldigung. Volker ging von Herrn Göttferth begleitet weinend nach Hause, wo seine Mutter ihn beruhigend in die Arme nahm und dann auf der Terrasse die Hakenkreuze mit Wasser wegwischte.

Solche Erlebnisse sprachen sich herum, wiederholten sich in der einen oder anderen Form und ab und zu hörte man auch von Menschen, die wegen scheinbar »pro-westlich« orientierten Aussagen jahrelang im Gefängnis verschwanden oder gar nicht mehr heimkamen und angeblich an einer Lungenentzündung oder einem Leberversagen während der Strafarbeit verstorben waren.

Das Klima der Freiheit, der patriotischen Pflichterfüllung, der Zusammenhalt auch in der Siebenbürger Minderheit veränderte sich, passte sich an die neuen politischen Gegebenheiten an.

April – Mai 1968
Die Jahre vergingen und Ophelia entwickelte sich nicht nur musikalisch, sondern auch geistig und körperlich gut. Als 15-jähriges Mädchen ähnelte sie noch mehr ihrer Mutter. Sie wurde in Hermannstadt von der KP weiterhin gefördert.

An einem sonnigen Tag überrasche Josef seine Schwägerin: »Bei der KP konnte ich durchsetzen, dass Dir und Ophelia eine kostenlose Studienwohnung am *Großen Ring* in Hermannstadt zur Verfügung gestellt wird.«

»Warum?«, erwiderte Helene.

»Um mehr Zeit für Ophelias Ausbildung unter deiner mütterlichen Aufsicht zu gewinnen«, argumentierte Josef.

Helene überlegte und sah ein, dass das städtisch-künstlerische Milieu in Hermannstadt tatsächlich mehr Vorteile als das dörflich geprägte Heltau bot. »Ab wann?«, fragte sie.

»So bald wie möglich, wenn Du einwilligst«, sagte Josef.

»Ich bespreche dies noch mit Michael«, antwortete Helene unentschlossen.

Nach einer Woche Bedenkzeit willigte Michael ein. Ophelias musikalische Ausbildung unter der Obhut Helenes erschien ihm in Hermannstadt vorteilhafter zu sein.

Helene verbrachte nun oft wochenlang zusammen mit Ophelia in Hermannstadt und widmete sich fast ausschließlich der häuslichen Versorgung und musikalischen Ausbildung ihrer Tochter. Ophelia wurde allmählich zur indirekten ›Erfüllungsgehilfin‹ für Helenes Geltungsbedürfnis. Den wahren Öffentlichkeitserfolg, der Helene als Pianistin früher versagt blieb, hatte nun ihre Tochter, die sich zunehmend öfter im Rampenlicht der Öffentlichkeit sonnte. Helenes scheinbar eingeschlafener Ehrgeiz wurde wiedererweckt und sie nahm es auch billigend in Kauf, Michael und ihre Verpflichtungen als Pfarrersfrau zunehmend zu vernachlässigen. Michael hingegen, der seiner Tätigkeit als Pfarrer in Heltau gewissenhaft nachging, vermisste anfangs die Nähe seiner Frau, fühlte sich aber genötigt, nach und nach seinerseits auch seine Ehefrau seltener zu sehen. Natürlich war er auch an der vielversprechenden Karriere seiner Tochter interessiert, aber irgendetwas stimmte da nicht. Nur ... er konnte nicht genau sagen, was da verkehrt lief. Für Helene wurde Ophelias Karriere fast zum alleinigen Sinn ihres alltäglichen Lebens, was langsam zur Ausprägung einer gewissen Profilierungssucht führte und andere Aufgaben links liegen blieben, behaupteten einige Presbyter der Evangelischen Kirche in Heltau.

Josef, der jetzt im Hermannstädter Rathaus eine Tätigkeit

als lokaler Kulturpolitiker ausübte, unterstützte Ophelia und Helene auch weiterhin und tatkräftig bei der Vermittlung von Auftritten, war er doch gleichzeitig dabei, an seinen politischen Ambitionen zu ›schrauben‹.

Da er und Helene sich in Hermannstadt fast täglich anlässlich der Besprechungen zu Vorbereitungen für Ophelias Konzerte, in Hermannstadt trafen, verliebte er sich heimlich in seine anmutige Schwägerin und versuchte sich ihr auch emotional zu nähern. Helene wirkte anfangs verunsichert über Josefs widersprüchliches Verhalten und begann ihn als Ursache für Annas psychische Veränderungen verantwortlich zu machen. Josef schien sein Gesicht jeder Lage anpassen zu können. Kaum betrat jemand die Szene, verwandelte er sich in pure Redlichkeit. Er beherrschte die Kunst der Verstellung virtuos. Hinterlistig gelang es ihm oft seinen Willen durchzusetzen. Nur im Umgang mit Ophelia schien er alles richtig zu machen und Helene konnte ihm nichts vorwerfen.

Josef hatte sich bereits als unerlässlich für Ophelias weitere Musikkarriere, in der von der KP dominierten Hierarchie, positioniert. Dadurch fügte sich Helene allmählich in ihr Schicksal, um die Ausbildung und Karriere ihrer Tochter, und indirekt die eigenen Vorteile für ihre persönliche Geltung, nicht zu gefährden.

»Hallo Helene, was steht diese Woche auf Ophelias Tagesordnung«, fragte Josef mit frech-verliebtem Blick seine Schwägerin, während er mit ihr in der Cafeteria am *Alten Rathaus* einen Kaffee, den er spendierte, genoss.

»Ophelia probt derzeit am Klavier mit dem Hermannstädter Kammerorchester die *h-Moll-Suite* von J.S. Bach ein. Die erste Aufführung soll im Saal der ASTRA-Bibliothek, anlässlich einer Sitzung des Hermannstädter Stadtrats, am letzten Dienstag im Mai 1968, stattfinden, wie dir bereits bekannt ist.«

»Was folgt am Wochenende?«, erkundigte sich Josef und ignorierte Helenes Nebenbemerkung, die zu verstehen gab, dass er doch die Fäden in der Hand hielt.

»Ophelia spielt Ende Mai am Samstag, 1968 ein Violinkonzert mit der Philharmonie in Kronstadt und tags darauf im Bukarester Großen Konzertsaal des Athenäums, in der Nähe des ehemaligen Königspalastes«, informierte Helene.

»Welches Konzert?«, wollte Josef wissen.

»Max Bruch, *Konzert für Violine und Orchester Nr. 1, g-Moll*«, antwortete Helene merkwürdig gelassen und in ruhigem Ton, obwohl sie wusste, dass Josef dies alles bereits bekannt war, hatte er doch selbst die Aufführungen in Kronstadt und Bukarest organisiert.

»Da muss ich etwas korrigieren«, fügte Josef hinzu und präzisierte: »Das Bukarester Konzert findet am 25. Mai nicht im Athenäum, sondern im Bukarester Rundfunkhaus statt.«

Helene wirkte überrascht, deshalb begründete er: »Ich musste aus parteipolitischen Gründen umdisponieren.«

Helene schwieg, aber sie spürte, wie sie und Ophelia immer mehr von Josef und der KP für deren Reputationsinteressen benutzt wurden. Josef unterbrach ihre Überlegungen und bat Helene am Abend in seine Wohnung am »Kleinen Ring« zu kommen, um gemeinsam die Organisation und den Programmablauf der bevorstehenden Konzerte zu besprechen und miteinander abzustimmen. Helene war unangenehm überrascht, da ihr Josefs Annäherungsversuche während der letzten Wochen stärker aufgefallen waren. Helene versuchte instinktiv eine Ausrede zu finden, um Josefs Forderung zu entgehen. Es fielen ihr jedoch keine plausiblen Argumente ein. Als Josef auch noch darauf bestand, weil er am nächsten Tag in der Parteisitzung über die Bedeutung der beiden Konzerte für das aufblühende Kulturleben im sozialistischen Nachkriegs-Rumänien einen Vortrag halten müsse, sagte sie zu, um Ophelias Konzerte und ihre eigene Präsenz nicht zu gefährden.

Abends, um 21:00 Uhr, klingelte Helene an Josefs Wohnungstür. Josef öffnete, sie begrüßten sich, und er bat Helene herein. Helene trug einen hellblauen Rock mit rotem Gürtel, weiße, kurzärmelige Bluse und ein dunkelblaues Jackett. Der farbliche Kontrast zu ihren krausen, blonden Haaren, den hellblauen Augen und den femininen Gesichtszügen wirkte auf Josef erregend.

Er bemerkte: »Du siehst heute besonders attraktiv aus.«

Helene wurde etwas unruhig und nervös, auch angesichts eines Gefühls, etwas Verbotenes zu tun. Was tat sie bloß hier? Sie entgegnete: »Danke, könnten wir das Programm besprechen?«

Er erwiderte: »Sicherlich.«

Josef hatte alle Fäden in der Hand und bat sie auf dem Sofa Platz zu nehmen.

»Kann ich dir etwas anbieten? Ich habe einen lieblichen *Feteasca*-Wein aus der Moldau und einen guten hausgebrannten Kräuterlikör«, bot er in fragendem Ton an.

Mit »Danke, ich trinke gern etwas von dem Wein«, akzeptierte Helene sein Angebot.

Josef wurde sehr charmant, reichte ihr das Weinglas und sie stießen auf Ophelias Konzerte an.

Während Josef und sie über Dies und Das sprachen, was er bei der morgigen Partei-Sitzung wissen musste, tranken beide noch ein weiteres Weinglas leer. Sie verriet ihm noch weitere interpretatorische Einzelheiten über die beiden Musikwerke und erzählte nebenbei einige lustige Begebenheiten während der bisherigen Proben.

Langsam röteten sich Helenes Wangen leicht vom Wein und ihr Gesichtsausdruck wurde weich und gelöst. Sie besprachen weitere Einzelheiten, die für die bevorstehenden Konzerte wichtig sein könnten und Josef bot ihr zwischendurch noch ein Gläschen Likör an. Als Helene aufstehen wollte, um zur Toilette zu gehen, bot Josef ihr seinen Arm an und zog sie dann plötzlich an sich. Helene, total überrascht, stieß ihn leicht von sich, aber wohl nicht überzeugend genug und ließ es schließlich geschehen, da sie in dem Moment leicht beschwipst war und von einem angenehmen, warmen, leicht berauschenden Gefühl erfasst wurde. Als sie von der Toilette zurückkam, umarmte er sie wieder und küsste sie zärtlich am Hals, dann am Ohr, auf die rechte Wange und schließlich auf ihren Mund. Helene, war leicht benommen und akzeptierte Josefs Verhalten nicht nur, sondern erwiderte den Kuss leidenschaftlich. Lange schon hatte kein Mann sie so angefasst und sie so begehrt. Selbst Josef, war von seinem Erfolg bei Helene sehr angenehm überrascht und ermutigt. Er drückte sie nun fest an sich, dann entkleidete er sie und sich selbst.

Die nächste Stunde verbrachten sie gemeinsam.

Später, auf dem Weg zu ihrer Wohnung, plagte Helene ihr schlechtes Gewissen. Worauf hatte sie sich hier nur eingelassen? Sie erinnerte sich plötzlich an Michaels Worte in seiner ersten Predigt 1952 in der Heltauer Evangelischen Kirche, an der sie mitgewirkt hatte: *Und die Aufgabe der Frau ist, finde ich, nicht in erster Linie die Mutterschaft, sondern es ist Frau-Sein in ihrer hohen, unnahbaren Würde! Alles andere wäre eine Degradierung der Frau! Und genau dies steht dem göttlichen Schöpfungsgesetz entgegen, denn die Frau verankert mit ihrem Zartempfinden den Mann mit dem göttlichen Licht, das ihm erst den Halt gibt, den er in seinem Wirken in der Schöpfung braucht.*

War das die Degradierung des Weibes? Wo waren ihr Zartempfinden und das göttliche Licht, das von der Frau ausgeht, nur geblieben? Wo war die unnahbare Würde ihrer Weiblichkeit?

Aber Michael kann gut predigen: Das wirkliche Leben ist anders! Das darf nicht wieder passieren!

Am nächsten Tag trafen sich Josef und Helene abends in der Cafeteria am ›Großen Ring‹, unweit des Brukenthal-Museums. Helene war auf der Hut, um nicht wieder auf diesen Mann hereinzufallen, aber sie verfolgte auch eigene Interessen. Während sie scheinbar harmlos mit Josef plauderte, fragte sie ihn »Kennst du einen Herrn Ionel Munteanu?«

Josef sah sie überrascht an und entgegnete: »Warum fragst du nach ihm?«

»Vor Wochen erschien er im Heltauer Pfarrhaus und suchte dich«, antwortete Helene ehrlich, ohne Details, die sie von Susi erfahren hatte, zu erwähnen.

»Ach ja, er überbrachte mir eine dienstliche Nachricht.«, ergänzte Josef.

Dann änderte Josef das Gesprächsthema recht abrupt und fragte: »Hättest Du etwas dagegen, wenn ich in Kronstadt und Bukarest bei Ophelias Konzerten dabei sein werde?«

Sie sah ihm verunsichert in die Augen und machte ihn auf das Unterkunftsproblem aufmerksam. Gleichzeitig stellte sie Josefs relativ große, schlanke und trotzdem kräftige Statur erst jetzt so richtig fest. Seine dunklen Haare waren immer frisch frisiert. Er hatte dunkle, blitzende Augen und buschige, schwarze Augenbrauen. Seine Gesichtszüge strahlten Intelligenz, gemischt mit Misstrauen, aber auch Verwegenheit, aus.

»Kein Problem, Helene, ich werde im jeweiligen Partei-Hotel übernachten«, war seine entwaffnende Antwort, mit der er Helene aus ihren Gedanken riss.

Dagegen konnte Helene nichts einwenden und schwieg, da die 15-jährige Ophelia ihre mütterliche Unterstützung bei Konzertauftritten emotional dringend benötigte und Michael am Wochenende als Pfarrer in der Heltauer Kirche sowieso immer eingebunden war. Helene konnte sich gar nicht vorstellen bei Ophelias Auftritten nicht anwesend zu sein. Sie fühlte sich nun Josef, der sich seit Jahren für Ophelia und sie selbst unzählige Male einsetzte, kostenlosen Unterricht förderte und Ophelias Konzertauftritte ermöglichte und organisierte, zunehmend ausgeliefert. Ein unangenehmes Gefühl überkam sie beim Gedanken, dass Josef im Hermannstädter Kreis inzwischen als Volksverräter und Spitzel der Securitate galt.

Das Kammermusik-Konzert im Hermannstädter ASTRA-Saal war ein besonderer Erfolg für Ophelia, die von der anwesenden kommunistischen Elite Hermannstadts gefeiert und als Resultat sozialistischer Kulturpolitik präsentiert wurde. Ihr Onkel, Josef, fand lobende Worte und bezeichnete Ophelia als »Stern« am Horizont rumänischer Kulturpolitik. Auch die Presse berichtete ausführlich über das Konzert mit der *h-Moll Suite* von J.S. Bach und hob das virtuose Klavierspiel Ophelias hervor: *Ophelia Schön, die junge, talentierte Pianistin beherrschte den Klavierpart der h-Moll Bachsuite hervorragend. Sie passte sich dem Solospiel der Querflöte perfekt an und das Kammerorchester begleitete, zusammen mit Ophelias Klavierspiel, meisterhaft. Die Badinerie wurde vom Kammermusikensemble, dank Ophelias können, in einem ›Wahnsinns‹-Tempo perfekt gespielt.* Von diesem ermutigenden Lob war Teenager Ophelia selbstverständlich sehr angetan und ihrem Onkel überaus dankbar, vor allem auch als sie hörte, dass sie mit ihrer Mutter und Josef in einer Wolga-Limousine nach Kronstadt und Bukarest fahren würden.

Ophelias Generalprobe mit dem *Max Bruch-Violinkonzert Nr. 1* wurde am Samstag, 24. Mai, 17:00 Uhr, im Rahmen eines öffentlichen Konzertes in der Kronstädter *Schwarzen Kirche* aufgeführt. Ihr Violinspiel fand auch diesmal in der politisch beeinflussten lokalen Presse, dank Josefs Vorinformation, höchstes Lob: *Ophelia Schön, die 15-jährige Violinsolistin aus Hermannstadt, interpretierte die drei Sätze des Konzertes für Violine und Orchester von Max Bruch in hervorragender Weise.*

Das Thema und dessen Variationen im 1. Satz, ›Allegro moderato‹ schaffte sie auf ihrer Violine mit beeindruckender Sicherheit und erzielte, zusammen mit dem begleitenden Orchester, einen emotional, mitreißenden Pathos in Melodik, Rhythmik und Gespür für Lautstärke. Auch im ›Adagio‹ fesselte sie die Zuhörer durch äußerst sensibles Spiel. Dazu gelang ihr die Verstärkung des Kontrastes im ›Finale. Allegro energico‹ in mitreißender Weise. Die Zuhörer hatten oft das Gefühl, dass Ophelia und ihre Violine miteinander verschmolzen seien, in völliger Vergessenheit, vor einem Publikum zu spielen.

Den Höhepunkt in Ophelias bisheriger Violinistinnen-Solokarriere sollte das Konzert am Sonntag, dem 25. Mai im Bukarester Rundfunkhaus einnehmen. Josef setzte sich dafür in besonderer Weise ein, da Ophelias Erfolg im Konzertsaal gleichzeitig auch sein bisheriger größter Erfolg als Kulturpolitiker bedeuten würde. Natürlich wollte er auch Helene imponieren, um sie emotional immer wieder für sich gewinnen zu können.

»Wo findet die Probe statt?«, fragte Helene nachdem sie am Sonntag, 10:00 Uhr, mit der Limousine in Bukarest angekommen waren.

»Im Rundfunksaal«, antwortete Josef, sie beruhigend.

»Und welches Orchester begleitet mich?«, wollte Ophelia wissen.

»Das Bukarester Rundfunk-Sinfonieorchester«, antwortete Josef und ergänzte: »Ich konnte es so einrichten, dass das Konzert im Fernsehen übertragen wird. Die Probe ist um 15:00 Uhr und das Konzert um 20:00 Uhr vorgesehen.«

»Und das sagst du uns erst jetzt!?«, rief Helene leicht entrüstet. Wie kannst du uns das antun?« Ich hätte Ophelia darauf vorbereiten müssen. Auch ein etwas ausgefalleneres Kleid hätte ich ihr nähen lassen müssen.«

Natürlich waren beide, Helene und ihre Tochter über diese

Wende sehr überrascht und in gewisser Weise überrumpelt. Josefs Imponiergehabe zeigte Wirkung.

Ophelia wurde etwas nervös: »Aber dann wird jede meiner Bewegungen bis ins kleinste Detail im TV übertragen und das ganze Land kann mich sehen und hören …«, äußerte sie naiv und leicht verunsichert, mit einem Blick auf ihre Mutter.

»Ja mein Schatz, das stimmt, aber bei allen bisherigen Konzerten ist das auch geschehen, nämlich unter den Augen der Zuschauer, die dich auf der Bühne bewunderten und du hast trotzdem ganz ruhig vorgespielt.«

»Aber diesmal könnte die gesamte Aufnahme wiederholt gesehen und überprüft werden …«, stellte Ophelia etwas nachdenklich fest.

»Das hat für dich einen großen Vorteil, denn du sammelst Auftrittserfahrungen und deine Bekanntheit im In- und Ausland steigt beträchtlich. Außerdem bezahlt dir der rumänische Rundfunk für diese und jede weitere Übertragung ein Honorar«, belehrte Josef das finanziell noch unerfahrene junge Mädchen.

Helene horchte auf und fragte: »Stimmt das wirklich?«

»Ja sicherlich, den Vertrag mit dem TV hatte ich bereits vor zwei Wochen ausgehandelt«, gab Josef bekannt.

Helene hatte keine Ahnung von derartigen Verträgen und fühlte sich abermals von den Tatsachen eingeholt. Wie kam es, dass Josef all das für Ophelia organisiert hatte, ohne sie um ihr Einverständnis zu bitten. Aber sie gab keinen Kommentar dazu, weil sie erfahrungsgemäß wusste, dass die Normalbürgerin im Sozialismus zu solchen Geschäften kaum Zugang hatte. Abmachungen dieser Art geschahen auf einer höheren Ebene, von der sie sich ausgeschlossen fühlte. Vorerst entschied sie sich zu schweigen. An derartige finanzielle Optionen hatte Helene bisher noch nicht gedacht. Sie nahm sich vor, später mit Ophelia darüber zu sprechen, nachdem sie sich genauer informiert hatte. Ophelia war vorerst zufrieden, da sie jetzt schon als Teenager ihr erstes Geld verdienen durfte.

Josef lud beide zum Mittagessen in ein luxuriöses Restaurant in der Nähe des Athenäums ein. Ophelia war beeindruckt von den geschmackvoll eingerichteten Räumen, den hohen Decken, der dämmerigen gemütlichen Beleuchtung, während Helene das Lokal seit ihrer Studienzeit schon kannte. Anschließend führte Josef beide in das Hotel für Parteimitglieder mit einer gehobenen Ausstattung, wo Helene und Ophelia das Doppelbettzimmer Nr. 7 und er selbst ein weiteres Zimmer Nr. 12 auf demselben Flur bezogen.

Ophelia entspannte sich eine halbe Stunde und bereitete sich dann für die Probe mit dem Rundfunk-Sinfonieorchester vor. Ihre Mutter sorgte, so gut es ging dafür, dass sie elegant und trotzdem leger wirkte. Dann ließen sie sich zum Rundfunkhaus fahren und betraten dort den Konzertsaal, wo sie von den Musikern neugierig empfangen wurden. Der Dirigent persönlich geleitete Ophelia anschließend in einen Vorbereitungsraum, um sich auf ihrer Violine einzuspielen.

Die junge Violinistin war begeistert vom Klang des Rundfunk-Sinfonieorchesters und passte ihre Soloeinsätze gekonnt der Rhythmik, Harmonik und Lautstärke an, so dass ihr natürliches Empfinden sich traumhaft sicher entfalten konnte. Erst nach dem Schlussakkord, kam sie aus ihrem Trance-artigen Zustand wieder in die Realität zurück und wurde vom begeisterten Applaus der Musiker aufgefangen. Ja, jetzt konnten auch sie die Beliebtheit und das Können dieser jungen Violinistin nachvollziehen. Der Dirigent reichte ihr dankend die Hand und gratulierte für diese Probe, die Konzertniveau gehabt habe.

»Wir freuen uns auf das heutige Abendkonzert mit Dir, Ophelia«, sagte er und zwinkerte ihr freundlich ermutigend zu.

Im Anschluss brachte der Chauffeur Helene und Ophelia ins

Parteihotel zurück. Während Josef angeblich zu einer Partei-
sitzung eilte, rief er noch zwischen »Tür und Angel«: »Ich lasse
euch vom Chauffeur rechtzeitig abholen, nach dem Konzert
gibt's ein Bankett, dazu sind wir eingeladen!«

Helene und Ophelia versuchten ein wenig im Hotelzimmer zu
schlafen, aber vergebens. So viel war an diesem Tag passiert!
Schließlich hieß es aufstehen und sich für die Vorführung fertig zu machen. Nach dem Duschen half Helene ihrer Tochter
beim Richten der Haare und Anlegen der Konzertkleidung.
Pünktlich um 19:00 Uhr brachte sie der Chauffeur dann zum
Rundfunkhaus, wo sie vom Direktor empfangen und direkt
in den Vorbereitungsraum für Solistinnen geführt wurden.
Ophelia entnahm sofort ihre Violine dem Geigenkasten und
begann sich für das Konzert einzuspielen, während Helene in
die Cafeteria ging, um Mineralwasser zu holen. Zehn Minuten
vor Konzertbeginn kam sie zu Ophelia zurück, blickte vorher
durch den leicht zur Seite geschobenen Bühnenvorhang und
stellte fest, dass der Konzertsaal voll besetzt war. Dann betrat
sie Ophelias Vorbereitungsraum, umarmte ihre Tochter beruhigend, reichte ihr das Glas mit Mineralwasser und überprüfte
mit kritischem, stolzen Mutterblick ihre Kleidung, die Frisur
und ihren Gesichtsausdruck.

»Wie fühlst Du Dich mein Kind?« fragte Helene. Nun – ich
bin etwas aufgeregt«, sagte Ophelia zugebend, »aber ich habe
mich durchs Einspielen ablenken können.«

»Sehr gut Ophelia«, sie umarmte ihre Tochter mütterlich und
sagte: »Ich setze mich in die zweite Sitzreihe neben deinen Prof.
für Violine, aber ich werde in Gedanken ständig bei dir sein.
Bitte mache jetzt deine Atem- und Konzentrationsübungen.
Der Direktor wird dich in den nächsten Minuten abholen.«
Helene war sich wohl bewusst, dass sie während des Konzerts
in der zweiten vorderen Reihe, von der anwesenden Kultur-

Elite, als Mutter Ophelias auch gesehen und im Fernsehen übertragen wird. Das erfüllte sie mit Genugtuung. Sie küsste ihre Tochter zärtlich, umarmte sie noch einmal, sah ihr liebevoll in die Augen, wünschte einen gelungenen Auftritt und verließ den Raum.

Der Direktor des Rundfunkhauses erschien auf der Bühne des Konzertsaals und ging auf die Mitte zu. Es wurde still im Konzertsaal, man hörte nur noch das Klicken der Fotokameras.

Als er seine rechte Hand hob, verstummten alle Geräusche und er begrüßte das Publikum: »Im Auftrag unserer jugendlichen Violinsolistin, Ophelia Schön aus Hermannstadt, begrüße ich sie herzlich und wünsche allen einen angenehmen Konzertabend. Ophelia freut sich sehr mit dem großartigen Rundfunk-Sinfonieorchester in Bukarest auftreten zu dürfen.«

Es erfolgte ein lauter Applaus und dann holte der Direktor Ophelia aus dem Übungsraum.

Die Tür öffnete sich als Ophelia gerade dabei war, den Geigenbogen zum Hauptthema des ersten Konzertsatzes anzusetzen. Sie unterbrach ihr Übungsspiel.

»Es ist so weit Ophelia. Bist du bereit? Im Saal warten viele begeisterte Zuschauer auf das Violinkonzert. Spiele so wie heute während der Probe, dann wird alles gut sein.« Er öffnete ihr die Tür, Ophelia hielt ihre Violine in der linken Hand vor ihrer Brust und ging auf den Bühneneingang zu. Dort blieb sie stehen und sah ihn abwartend an. Als er ihr ein Handzeichen gab, betrat sie, zusammen mit dem Dirigenten, unter rauschendem Begrüßungsapplaus, die Bühne, wo beide sich auf das Solisten- bzw. Dirigentenpodest begaben und sich vor dem Publikum verneigten. Der Dirigent bewegte sich auf Ophelia zu, sah sie freundlich lächelnd an und reichte ihr zur öffentlichen Begrüßung die Hand. Nachdem er die Konzertmeisterin ebenfalls begrüßt hatte, nahm er seine Stellung am Dirigentenpult ein, hob seinen rechten Unterarm mit dem Taktstock in der Hand und das Orchester konzentrierte sich ganz auf ihn. Dann sah er Ophelia an. Nachdem Ophelia mit dem Kopf nickte, hob er auch seinen linken Unterarm und in der nächsten Sekunde fand der erste einleitende Einsatz mit den Pauken und Holzbläsern des Orchesters zum *Allegro moderato* statt. Ophelia begann mit dem einleitenden lyrischen Teil zum ersten Thema im Dialog mit den Holzbläsern. Es folgte das Violinsolo mit dem eigentlichen Hauptmotiv des ersten Themas, diesmal im Dialog mit dem gesamten Orchester. Die Spannung nahm zu, Ophelia versank in volle Konzentration und spielte so ergreifend, dass dem Publikum die ›Gänsehaut über den Rücken lief‹. Man spürte regelrecht wie die Klänge zwischen Ophelias Violinspiel und dem Orchester sich vereinten und die musikalische Spannung das Publikum in Bann hielt. Den Einsatz des zweiten Themas und die violintechnischen Passagen meisterte Ophelia mit vollkommener Sicherheit. Das Publikum wurde von Ophelia, die mit schlafwandlerischem Können spielte, emotional, bis zum Ende des Satzes mitgerissen.

Auch den äußert verträumt und lyrisch geprägten zweiten Satz, *Adagio*, spielte Ophelia gekonnt, indem sie es schaffte, das Pathos der in der Musik enthaltenen Emotionalität, bis aufs äußerste auszureizen und zusätzlich durch ihre eigene Sensibilität, mittels Violine, zu verstärken. Den Satz beendete sie mit überzeugenden Kadenzen, gefolgt von eingeschobenen Themenmotiven, die in den Schlussteil mündeten.

Das *Finale. Allegro energico* entfaltete Ophelia von Beginn an violinistisch virtuos mit allen technischen Raffinessen, die dem Publikum das Können dieses jungen Mädchens immer wieder vor Augen führte. Man spürte, dass das energische Thema von Ophelia kreativ und dynamisch gestaltet wurde. Siegessicher spielte sie auf ihrer Violine und führte den Zauber ihrer Musik dem Publikum im Bukarester Rundfunksaal, und via TV dem ganzen Land, vor.

Am Schluss, als Ophelia aus ihrer Konzentration ›erwachte‹, blieb das Publikum fast eine halbe Minute lang, wie verzaubert, still, bevor es tobend in frenetischen, lang anhaltenden Applaus verfiel. In den Augen vieler Zuschauer erschienen Freudentränen.

Die Gratulationen schienen kein Ende nehmen zu wollen. Prof. Voicu kam persönlich auf sie zu und gratulierte. Damit hatte Ophelia nicht gerechnet. Sie war ergriffen, wischte sich verstohlen eine Träne aus den Augen und wusste nicht recht, wie ihr geschah. Sie versank in den Armen ihrer Mutter, die vor Freude weinte. Sie sahen sich nach Josef um, aber dieser war nicht zu erblicken.

»Wo ist Josef, hast Du ihn zufällig gesehen?«, fragte Ophelia ihre Mutter.

»Nein«, sagte Helene und blickte sich um.

»Da ist er«, sagte Ophelia und wies auf den rechten Saaleingang.

»Wo warst Du«, frage ihn Helene, als er sich näherte.

»Kollege Ionel wollte mir dringend etwas anvertrauen«, antwortete Josef.

»Hast Du das Konzert verpasst?«, fragte Ophelia.

»Oh nein, ich kam leider einige Minuten zu spät«, erwiderte Josef und ergänzte: »Du hast fantastisch gespielt. Die musikalische Fachwelt und die Politiker von Bukarest sind begeistert. Das wird dir ›Tür und Tor‹ öffnen. Stell dir nur vor! Du hast jetzt vor einem so auserlesenen Publikum in Bukarest, vor der musikalischen Fachwelt, vor namhaften Staatsführern gespielt und zudem wurde dein Violinspiel im ganzen Land, im TV übertragen! Ist das bisher nicht die Krönung deiner Laufbahn? Sehr gut gemacht, meine Ophelia. Hat nicht auch meine Wenigkeit ein bisschen dazu beigetragen?«, fügte er verschmitzt hinzu.

Das Bankett fand abends in der großen Mensa des Rundfunkhauses statt. Helene und Ophelia waren angesichts einer noch prekären Lebensmittelversorgung im ganzen Land sichtlich angetan von der Qualität und der Menge der angebotenen Speisen und Getränke. Josef bemerkte dazu: »Wo die Machthaber des Landes herrschen, gibt es auch gutes Essen.«

Ophelia und Helene lernten während des Banketts den Rektor der Musikhochschule, den Kulturminister, den Minister für Auslandsbeziehungen und viele Professoren*innen der Musikhochschule, kennen. Ophelia war ganz benommen von so viel Aufmerksamkeit.

Eine halbe Stunde vor Mitternacht bat Ophelia ins Hotel gefahren zu werden, da sie sehr müde sei. Helene und Josef entschieden sich ebenfalls mitzufahren. Josef benachrichtigte den Chauffeur und steckte im Verborgenen zwei Weinflaschen in seine Diensttasche. Im Wagen schob er Helene heimlich einen Zettel in die Hand. Im Hotel wünschte Josef gute Nacht und ging in sein Zimmer. Helene und Ophelia suchten ebenfalls ihr Zimmer auf, duschten und Ophelia legte sich sofort ins Bett. Helene ging noch zur Toilette, wo sie Josefs Zettel las: »Wenn Du möchtest, könnten wir noch von dem guten Wein auf den Erfolg Ophelias trinken.«

Helene wurde klar, dass sie nun entweder noch stärker in Josefs Abhängigkeit rückte oder, wenn sie sich weigerte, Ophelias Karriere aufs Spiel setzte. Was tun? Sie hatte sich geschworen, von Josef fernzubleiben. Andererseits sehnte sie sich nach Nähe und Zärtlichkeit. Ihr Mann Michael war ihr langsam entrückt. Keiner wird es mitbekommen und Ophelia verdankte ihren raketenhaften Aufstieg Josef. Dem konnte sie sich doch jetzt nicht widersetzen, oder? Als sie ins Schlafzimmer ging, schlief Ophelia schon tief. Der Tag war sehr anstrengend für sie gewesen. Helene entschied sich zu Josef in Zimmer 12 zu gehen.

Sie klopfte vorsichtig an die Tür und Josef öffnete geschwind.

Er empfing sie mit offenen Armen und küsste sie auf die Wange. Nachdem sie auf einem Stuhl Platz genommen hatte, reichte Josef ihr ein Glas Wein und sagte: »Schwarze Mädchentraube, von bester Sorte aus der Dobrudscha«. Dann stießen sie an und Josef wünschte: »Auf eine weiterhin erfolgreiche Zukunft unserer außerordentlich talentierten Ophelia«.

Helene kostete den Wein: »Er schmeckt tatsächlich vorzüglich.«

Josef schüttete nach und sie tranken ihre Gläser aus. Helene berichtete ihm nun über den Eindruck den Ophelias Interpretation des Violinkonzerts von Max Bruch im Publikum hinterlassen hatte. Josef ergänzte, indem er auf die Möglichkeiten hinwies, die sich nun für Ophelias Zukunft eröffneten. »Auch ich als Ophelias Vermittler freue mich schon auf das von der Partei in Aussicht gestellte kleine »Dankeschön« Was das wohl sei, wollte Helene wissen, aber Josef überhörte die Frage gekonnt.

Nach dem dritten Weinglas streichelte Josef Helenes Wange, Hals, Schultern und streichelte sanft ihren Rücken und Helene ließ es geschehen. Schließlich küsste Josef sie auf den Mund, sie umarmten sich, erst sanft dann heftiger und gaben sich den wild aufkommenden Gefühlen hin.

Später wollte Helene wissen, was der Kollege ihm vor dem Konzert so Wichtiges anvertrauen wollte.

»Du bist neugierig«, stellte Josef fest und schwieg.

»Darf ich es nicht wissen?«, fragte Helene insistierend.

»Es war Ionel, er war sehr aufgeregt und ängstlich. Das Ganze war schon merkwürdig«, verriet Josef.

»Was hat er dir anvertraut?«, hackte Helene nach.

»Er redete von einer alten Akte über die Deportation der Siebenbürger Sachsen und, … ich weiß nicht, ob das für deine Ohren bestimmt ist …, nun dass man mit Deutschen aus Rumänien Devisen einnehmen könne.«

»Was? Bitte erzähle weiter. Was hatte Ionel noch gesagt?«, bohrte Helene weiter.

»Mehr konnte er mir nicht anvertrauen, denn er wurde von Mitarbeitern des zentralen Geheimdienstes verfolgt und verschwand aus meinem Blickfeld, obwohl er sich das Konzert mit Ophelia anhören wollte«, erklärte Josef.

»Ja, sehr merkwürdig«, äußerte Helene und zog sich an.

Helene kehrte nach zwei Stunden in ihr ihr Zimmer zurück, wo Ophelia fest schlief. Sie legte sich zu ihr, konnte jedoch aufgrund ihres schlechten Gewissens, von dem sie immer stärker geplagt wurde, nicht sofort einschlafen.

Am frühen Morgen wurden sie von lärmenden Stimmen und Motorengeräuschen, die von der Innenhofseite kamen, geweckt. Als sie durchs Fenster hinunterblickten, sahen sie Milizionäre, die eine Absperrung einrichteten, einen Krankenwagen und Kriminalbeamte, die Leute befragten. Was war bloß geschehen, während sie ruhig und ahnungslos schliefen? Hatte jemand etwas aus dem Hotel entwendet? Vielleicht Lebensmittel, wo sie doch im Land so knapp waren? Das können wir gleich erfragen, die Zeit eilt, wir müssen uns für die Abfahrt vorbereiten.

Plötzlich klopfte Josef an der Tür: »Der Chauffeur wartet schon!«

Bei der Schlüsselabgabe an der Rezeption wurden sie von einem Kriminalbeamten angesprochen: »Haben sie in der Nacht etwas Außergewöhnliches gehört oder bemerkt?«

Nachdem sie diese Frage verneinten, teilte ihnen der Kriminalbeamte mit, dass in der Nacht ein Mann aus Zimmer 14 in den Innenhof gestürzt sei und sie diesen Vorfall untersuchen müssten. Er bat Josef und Helene mitzukommen, um den Toten zu sichten. Ophelia möge zwischenzeitlich im Rezeptionsraum warten.

Der Kriminalbeamte zog die Decke von der Leiche im Krankenwagen zur Seite und fragte: »Kennen sie diesen Mann?«

Helene betrachtete den Toten, erkannte eine Warze auf der rechten Wange, und erinnerte sich an Susis Beschreibung von Ionel Munteanu. Sicher war sie sich allerdings nicht, es war ja nur eine Vermutung und verneinte daher die Frage des Beamten. Natürlich dachte sie auch an das Treffen Josefs mit einem gewissen Ionel.

Josef andererseits sah den Toten nur kurz an, erblasste sichtlich, erkannte ihn sofort und bat mit dem Beamten separat sprechen zu dürfen. Helene ging bestürzt zu ihrer Tochter, die ungeduldig an der Rezeption wartete. Sie dachte bestürzt nach: War das Selbstmord oder …? Wie konnte so etwas Schreckliches nur ein paar Meter von ihr entfernt passieren?

Josef wurde aufgefordert dem Beamten in einen Nebenraum zu folgen.

»Wer ist der Tote?«, fragte der Kriminalbeamte.

»Er ist Ionel Munteanu, mein Kollege aus Hermannstadt«, beantwortete Josef die Frage.

»Wo wohnte er zuletzt?«

Josef nannte die genaue Anschrift von Ionel, musste sich selbst auch ausweisen und wurde dann entlassen.

Während der Rückfahrt schwiegen alle nachdenklich, dann versuchte Helene ihrer Tochter schonend zu erklären, was sie von dem Beamten erfahren hatten. Ophelia war entsetzt. Noch nie war sie mit einem derartig schrecklichen Ereignis so nahe konfrontiert gewesen. Ihre Euphorie über den großartigen Erfolg am Abend davor wurde durch diese Nachricht überschattet, auch wenn sie Ionel nicht persönlich kannte. Aber Josef kannte ihn …

Das Wunderkind und seine Förderung

Juni 1968 – Mai 1970

Die Aufnahmeprüfung am *Brukenthal*-Gymnasium in Hermannstadt bestand Ophelia mit Bravour und konnte dadurch nach den Sommerferien, ab September 1967, das staatliche Gymnasium besuchen. Parallel dazu vervollkommnete sie ihr Violin- und Gesangsstudium an der Bukarester Musikhochschule »Ciprian Porumbescu«, wohin sie nach Terminvereinbarungen von Hermannstadt aus hinflog oder mit dem Pkw gefahren wurde, um bei ihren neuen Professoren*in Isaac Moisim, Violine, und Adele Loewe, Gesang, ihr Studium fortzusetzen.

Die bildhübsche heranwachsende Ophelia wurde, aufgrund ihrer Berühmtheit als virtuose Violinistin, bereits während des zweiten Gymnasialjahres zu Auftrittskonzerten nach Budapest und Moskau eingeladen. Mutter Helene begleitete ihre Tochter bei all ihren Auftritten und genoss, im Schatten von Ophelias Erfolgen, ihr Leben als Wunderkind-Betreuerin und Weltenbummlerin, die gleichzeitig dafür sorgte, dass Ophelia von Erfolg zu Erfolg emporstieg. Als Ophelia einmal wehmütig äußerte, dass sie manchmal schon auch gerne mit den anderen Schulfreundinnen auf dem Gymnasium etwas unternehmen würde, aber ständig für irgendwelche Konzerte üben müsse, wurde Helene zum ersten Mal stutzig und hellhörig. Mute ich meiner Tochter doch zu viel zu? Außerdem wurde die Verbindung zu ihrem Vater, der sich regelmäßig nach Ophelia erkundigte, etwas vernachlässigt. Ja, stimmt, dachte Helene. Sie kann doch ihre Kindheit und Jugendzeit kaum genießen. Sie ist ständig mit musikalischen Verpflichtungen eingebunden. Wir müssen ein langsameres Tempo einlegen – sagte sie sich. Deshalb richtete sie es so ein, dass Ophelia für höchstens zwei Konzertauftritte im laufenden Jahr, verpflichtet wurde, um mehr Zeit für Entspannung, Freundinnen und Schule zu haben. Helene schaffte es sogar, ihr eigenes Geltungsbedürfnis vorübergehend einzudämmen. Dafür intensivierte sie ihr geheimes Verhältnis mit Josef, um durch dessen Beziehungen zum Außen- und Kulturministerium Ophelias Konzerttourneen nach Bukarest, Köln, Rom und Paris im nächsten Jahr zu organisieren.

Während eines Treffens im Rathauskaffee brachte Helene das Tournee-Projekt zur Sprache:

»Ophelia genießt dieses freie Jahr und erholt sich von den Strapazen der vergangenen Jahre«, leitete sie die Thematik ein.

»Verständlich«, gab Josef zu.

»Aber, so nebenbei, hat sie Ludwig van Beethovens *Konzert für Violine und Orchester D-Dur op.61*, Johannes Brahms‹ *Violinkonzert D-Dur op.77 und* Felix Mendelssohn-Bartholdys *Violinkonzert e-Moll op. 64* einstudiert«, ergänzte Helene.

»Was? Das ist für ihr Alter eine Riesenleistung, das ist ein Wunder!«, jubelte Josef und konnte nicht umhin, auch an seine zukünftigen kulturpolitischen Erfolge in Bukarest zu denken.

Natürlich war auch Helene stolz auf Ophelias Erfolge. Sie freute sich selbstverständlich auch auf zukünftige Tourneeteilnahmen, das Kennenlernen neuer Persönlichkeiten, denen sie als Mutter einer Violinvirtuosin imponieren könne, und die Möglichkeit westeuropäische Metropolen zu besuchen.

»Was kann ich für dich tun, liebe Helene?«, fragte Josef nun, obwohl er die Antwort bereits ahnte.

»Was wäre es schön, wenn Ophelia nächstens in Bukarest ein paar Mal auf der Bühne spielen könnte. Ihr Name würde auf der Bekanntheitsliste erneut hochrücken und … vielleicht wird sie sogar auch in anderen westeuropäischen Ländern ihren Ruhm genießen. Könntest du dich für Ophelia dafür einsetzen, lieber Josef?«, sagte sie leicht fordernd und legte sacht ihre Hand auf die seine. Josef sah ihr tief in die blauen Augen »Alles ist möglich, wenn wir uns nur einig bleiben …« antwortete er vieldeutig, blinzelte mit den Augen und freute sich schon auf die Zweisamkeit mit Helene. Diese wiederum erkannte mit leichtem Schaudern, dass ihre heimliche Beziehung mit Josef nun in gewisser Weise als Bedingung für Ophelias weiteren Aufstieg galt. Was ist, wenn die Beziehung zerbrach? Was ist, wenn Michael dahinterkam? Sie schüttelte die Gedanken von sich. (…)

Josef blickte Helene an und versprach: »Ich werde mich dafür einsetzen. Mit ein wenig Glück, könnte es klappen.«

Helene war zufrieden.

»Hast du Zeit heute Abend?«, gab Josef indirekt zu verstehen.

»Ich werde kommen.«, sagte sie.

Abends, auf dem Rückweg zu ihrer Wohnung, wo Ophelia auf sie wartete, kam sie sich wie eine Dirne vor, die auf Anfrage parat zu stehen habe. Wie konnte sie sich aus dieser recht unangenehmen Situation befreien? Vielleicht, brauchte sie Josefs »Unterstützung« nicht mehr, wenn Ophelia bekannt genug war. Sie musste sich auch um eine baldige Veränderung dieser erpressbaren Situation auf die sie sich ›nolens volens‹ eingelassen hatte, bemühen.

Ophelia kam ihr entgegen, umarmte sie und fragte: »Mama, am Samstag nach der Schule fahren wir wieder mit dem Bus zu Papa nach Heltau, oder?«

»Aber sicherlich, mein Schatz, das werden wir tun. Er wird sich bestimmt freuen, wenn wir am Sonntag auch seinen Dienst zur Ehre Gottes besuchen.«

»Prima, ich freue mich sehr!«, begeisterte sich Ophelia.

Am Samstag zur frühen Mittagsstunde, nach dem vier-stündigen Schulunterricht fuhren sie, wie vereinbart, nach Heltau.

Im Pfarrhaus, innerhalb der Heltauer Kirchenburg, läuteten sie an der Türglocke und Anna öffnete etwas überrascht die Eingangstür.

»Grüß Gott, Anna«, grüßten beide gleichzeitig.

»Grüß Gott, Ihr beiden, das ist ja eine Überraschung, Michael wird sich bestimmt freuen.«

Anna drehte sich um und rief: »Komm her Michael, du hast Besuch!«

Michael erschien im Eingangsbereich, umarmte seine Tochter herzlich und küsste sie auf die Stirn. Dann reichte er Helene die Hand, umarmte sie flüchtig und sagte: »Bitte kommt herein, schön, dass ihr wieder zuhause seid. Ihr habt sicherlich etwas Durst, oder? Wir haben schon zu Mittag gegessen, aber Anna kann euch sicherlich noch etwas auftischen.« Sie gingen gemeinsam ins Wohnzimmer, setzten sich auf die Couch und nippten an der frisch gepressten Zitronenlimonade, die ihnen Michael netterweise angeboten hatte.

Michael fragte feststellend: »Du siehst gut aus, Ophelia, seit ich dich vor … wie lange ist es her? Vier oder fünf Wochen schon? Du wirkst erholt.«

»Danke Papa, es stimmt, ich fühle mich entspannt, seitdem ich mir, wie dir bekannt ist, eine Auszeit vom Konzertleben gönne.«

»Kluge Entscheidung«, bestätigte Michael und fragte: »Leider sehe ich euch trotzdem nicht öfter … Wie lange bleibt ihr dieses Mal in Heltau?«

»Nun wir möchten hier übernachten und morgen am Dienst zur Ehre Gottes teilnehmen.«, antwortete Helene.

Michael und Anna blickten sich einen Moment flüchtig an, dann sagte er: »Das freut mich sehr. Es gibt viel zu besprechen.«

Anna, die seit Helene in Hermannstadt bei Ophelia wohnte, auf Michaels Bitte die Haushaltsangelegenheiten in der Heltauer Pfarrerwohnung übernommen hatte, zog sich zur Vorbereitung des Mittagessens zurück.

Nach einer Weile kam sie mit einem großen Tablet, das reichlich gedeckt war, zurück. Sie stellte es auf den Tisch im Esszimmer und wünschte Helene und Ophelia guten Appetit. Als sie den gewünschten Tee aus der Küche brachte, sprach sie Helene höflich an: »Helene, ich möchte nach dem Essen gerne mit dir alleine reden.«

Helene sah sie etwas nachdenklich, aber nicht sonderlich überrascht, an und nickte bestätigend.

Im Gästezimmer leitete Anna das Gespräch ein: »Helene, seitdem wir in Heltau wohnen, hat sich in meiner sowie auch in Deiner Familie sehr viel verändert. Und es kam anders, als wir beide uns das vorgestellt hatten.«

Helene nickte, gab zu verstehen, dass sie weiter zuhören wollte und Anna setzte fort: »Du hattest schon sehr früh bemerkt, dass meine Ehe mit Josef nicht glücklich verlief und ich psychisch sehr stark zu leiden begann. Ich spürte es, ich wurde ein anderer mürrischer Mensch, dickköpfig, …immer schlecht gelaunt, ich weiß nicht, … das war nicht mehr Ich. Aus Josef wurde ich nicht schlau. Manchmal war er der liebenswerte Mann, den ich geheiratet hatte und dann, ohne Vorwarnung, wurde er zur berechnenden, kalten Person, die nur eine große Karriereleiter vor sich sah, die es galt hoch zu klimmen. Aber manchmal schien er vor dieser Leiter selbst zurückzuschrecken. …Langsam begann ich Josefs Spiel zu durchschauen. Ihr wisst ja gar nicht, was für ein hinterhältiger Mann er sein kann, was er bereit ist, für seine Position in der Partei, oder soll ich sagen ›Securitate‹ zu opfern. Da wurde mir erst sein merkwürdiges Verhalten, seine Kälte, seine Unberechenbarkeit bewusst. Das erklärte mir so einiges und ich fing an, ihm zu misstrauen und entfernte mich emotional immer weiter von ihm. Nachdem Du 1966 in die Hermannstädter Wohnung zu Ophelia gezogen warst und Josef ungefähr um dieselbe Zeit seine Dienstwohnung in Hermannstadt bezogen hatte, übernahm ich, wie du weißt, auf Michaels Bitte, die Stelle als Haushälterin in seiner Pfarrwohnung. Da Josef und auch du immer seltener in Heltau erschienen seid und seither unser Eheleben Michaels und auch meines so gut wie ganz vernachlässigt wurde, hat sich hier viel verändert.«

»Ich weiß Anna, ich tat es für Ophelias Karriere«, begründete Helene.

»Mag sein Helene, aber oft hatte ich den Eindruck, dass dein Geltungsbedürfnis auf diese Art und Weise ebenfalls zunehmend gedeckt wurde, ohne dass man dir deswegen etwas vorwerfen könnte«, entgegnete Anna ...« auch wenn es in der Gemeinde Stimmen gibt, die die Vernachlässigung deiner Pflichten als Pfarrerin immer lauter ansprechen. Ich weiß, du hast keinen Vertrag als Pfarrerin, aber Tradition fordert nun mal auch die Präsenz der Pfarrerin und die Erfüllung karitativer Aufgaben. Das weißt du doch ...« fügte sie hinzu.

Helene war innerlich aufgewühlt und wollte widersprechen, aber Anna legte ihren Zeigefinger auf den Mund und sagte: »Ich bin noch nicht fertig!«

Darauf schwieg Helene und hörte geduldig zu. Anna atmete tief ein und sprach weiter: »Seit einigen Monaten haben einige Heltauer Gemeindemitglieder Dich und Josef oft gemeinsam in Hermannstadt gesehen. Einige behaupten sogar, dass es zwischen euch ein Verhältnis gibt.«

Helene schwieg länger als gewöhnlich. Sie fühlte, dass Anna mehr wusste, als ihr lieb war. Dann räusperte sie sich und gestand: »Anna es stimmt, was du und die Leute vermuten. Ich weiß auch nicht, wie es so weit kommen konnte, aber Josef war halt immer präsent, wenn es um Ophelias Violinspielen ging und immer wieder mit neuen Erfolg versprechenden Vorschlägen, die er mithilfe seiner Beziehungen zur Partei auch durchsetzen vermochte. Irgendwann, dachte ich, ich hätte keine andere Wahl mehr.«

»Helene, das nehme ich dir nicht ganz ab, da ich dich zu gut kenne. Aber ich kenne auch Josefs Verführungskünste. Nun … meine Ehe mit Josef war sowieso gestört und deine Ehe mit Michael scheint aufs Eis gelegt zu sein. Wir sind uns tatsächlich auch näher gekommen. Er hat mir viele seiner Gedanken anvertraut, die man eigentlich nur seiner Ehefrau mitteilt. Er macht sich ernsthaft Sorgen um seine Ehe.«

Die aufgewühlte Helene sah Anna in die Augen und fragte: »Was willst du damit andeuten?«

Anna erwiderte ihren fragenden Blick und erläuterte weiter: »Nach vielen Gesprächen mit Michael konnte ich in Erfahrung bringen, dass er sich ehrlich Gedanken macht, ob eure Ehe noch eine gottgefällige Verbindung sein kann …«

»Das hat er mir nie mitgeteilt«, sagte Helene vorwurfsvoll.

»Darüber solltet ihr möglichst bald miteinander reden«, empfahl ihr Anna und ließ schließlich die nächste ›Katze aus dem Sack‹: »Jedenfalls, haben uns diese Gespräche auch näher gebracht. Ich habe ihn schätzen gelernt und, ich glaube, das beruht auf Gegenseitigkeit.«

Helene war erstaunt, aber auch erleichtert über Annas Offenbarung und Klärung der aktuellen Situation. Sie hatte tatsächlich nur an Ophelia und sich selbst gedacht und sich kaum Gedanken gemacht, wie Michael mit der Entfernung zurechtkam. Jetzt schlägt das Schicksal zurück, dachte sie nicht wenig verbittert. Das ist der Preis, den ich für das »Künstlerleben« zahlen muss. Sie bat um etwas Zeit, bis sie die neue Lage mit Michael besprochen habe. Anna nickte dazu und beide gingen wieder ins Wohnzimmer wo Ophelia mit ihrem Vater über die letzten Violinwerke, die sie einstudiert hatte, sprach. Michael sah Helene ins Gesicht und erkannte sofort, dass Anna ihr die veränderte Situation schon dargelegt hatte. Jetzt nahte die Zeit der Wahrheit und der Entscheidungen …, aber jeder war mit seinen Gedanken beschäftigt.

Trotz allem fuhren sie gemeinsam mit dem Bus in den nahegelegenen Nachbarort, Michelsberg, wo sie die Burgruine *Michelsburg* besichtigten, in einer Gaststätte zu Abend aßen und anschließend zu Fuß nach Heltau zurückkehrten. Während des Fußmarsches blieben Helene und Michael etwas zurück: »Anna hat mich aufgeklärt«, leitete Helene das Gespräch ein.

»Gut«, sagte Michael und kam direkt zur Sache: »Stimmt es, dass du mit Josef ein Verhältnis hast? Hast du nie daran gedacht, wie sehr du mir in meiner Stellung als Pfarrer schadest? Helene, ich habe es nicht wahrhaben wollen. So kannte ich dich gar nicht! So viel bedeutet dir Ophelias Erfolg, dass du auch unsere Ehe aufs Spiel setzt? Natürlich will auch ich meine Tochter unterstützen, aber … für alles gibt es Grenzen. Kannst du wenigstens diskret genug sein, um uns allen, einschließlich Ophelia nicht zu schaden? Wir wissen nun, dass unsere Ehebeziehung gestört ist, aber wir wissen auch, dass wir eine sehr talentierte Tochter haben, die uns als unterstützende, beschützende und liebevolle Eltern weiterhin braucht. Deshalb schlage ich vor, von einer Trennung abzusehen und uns so zu verhalten, dass Ophelia mindestens die nächsten vier bis fünf Jahre nicht übermäßig an unserer Beziehung zu leiden hat.« Helene hatte Tränen in den Augen. Konnte sie das alles noch rückgängig machen? War sie zu weit gegangen? Schweren Herzens musste sie zugeben, dass Michaels Vorschlag in der jetzigen Situation der einzig richtige Weg war.

»Ich stimme dir zu und verspreche, dass ich, nach wie vor, alles was von Bedeutung ist, mit dir und Anna absprechen und Ophelia nicht gegen dich beeinflussen werde«, versprach Helene ihrem Ehemann.

»Besucht mich, so oft es Euch möglich ist«, bat Michael mit traurigem Unterton, der Helenes Augen feucht werden ließ.

Am Sonntag nahmen sie an der Zusammenkunft für die Gottesverehrung in der Evangelischen Kirche teil. Helene merkte anerkennend, dass Michael in seiner Predigt die Kirchengemeinde auch weiterhin vorsichtig ermutigte, sich für die Interessen der deutschen Minderheit in Heltau stärker einzusetzen.

Nach dem Gottesdienst fragte Helene ihre Schwester: »Weißt du, wo ich mehr über Ionel Munteanu, der als letzter Pfarrer Georg vor seinem Tod besucht hatte, erfahren könnte?«

Anna sah ihre Schwester verwundert an und wies darauf hin: »Ionel Munteanu ist tot. Er starb in Bukarest am 25./26. Mai. Er soll aus dem Fenster eines Parteihotels gestürzt worden sein, teilte mir Josef gestern mit.«

Helene erinnerte sich an den Toten in Bukarest vor ihrer Abreise am 26. Mai. «Ach so! Dann war meine Vermutung doch richtig«, dachte sie.

»Was ist los mit dir, warum siehst du so fassungslos drein?«, fragte Anna verunsichert.

Helene erzählte ihr nun von dem Vorfall vor der Abreise aus Bukarest, und dass Josef ihr nach der Befragung durch den Kriminalbeamten den Namen des Toten nicht verraten hatte.

Anna reagierte verwundert: »In dem Hotel, in dem auch Josef übernachtete?«

»Ja, zwei Türen von Josefs Zimmer Nr. 12 entfernt!«, bestätigte Helene.

»Das ist äußerst merkwürdig«, stellte Anna leise fest.

»Ich verstehe überhaupt nichts mehr«, sagte Helene und sah Anna fragend an.

Anna sah sich um, ob noch jemand zuhörte, dann ging sie näher an Helene und flüsterte: »Josef soll Ionel Munteanu den Auftrag erteilt haben, Pfarrer Georg zu besuchen und ihm die Warnung der Securitate noch einmal zu überbringen. Erst nachdem Ionel die Pfarrerswohnung verlassen hatte, soll Georg verstorben sein. Susi, das Dienstmädchen, fand ihn am frühen Morgen tot auf dem Fußboden liegend.«

»Das wirft viele Fragen auf«, sagte Helene nachdenklich.

»Am besten, du erzählst vorerst keinem etwas darüber!«, warnte Anna und fügte hinzu: »Bitte sprich auch mit Josef nicht über diesen Fall!«

»Könnte Josef den Mord beauftragt haben …?«, flüsterte Helene fragend.

»Ich bin mir nicht sicher. Soweit würde er nun doch nicht gehen, glaube ich!«, entgegnete Anna abrupt und beendete das Gespräch.

Ophelia flog in den folgenden Wochen, zusammen mit Helene, oft nach Bukarest zur Musikhochschule, wo sie ihrem Prof. für Violine ihre neuesten Violinkonzert-Studien mit Werken von Beethoven, Brahms und Mendelssohn-Bartholdy vorspielte. Prof. Isaac Moisim war sehr beeindruckt von der Leistung der bald 17-jährigen Ophelia.

»Wo hast Du diese Violinkonzerte vorher gehört?«, fragte der Professor.

»Wir haben zu Hause Schallplatten aus Deutschland. Die habe ich mehrfach abgehört und mir von der Musikhochschule das Notenmaterial dazu ausgeliehen«, antwortete Ophelia.

Prof. Isaac Moisim sah Ophelia erstaunt, aber wohlwollend an und fragte weiter: »Seit wann übst du an diesen drei Violinkonzerten?«

»Seit ungefähr sechs Monaten«, antwortete Ophelia.

»Es ist ein Wunder, dass Du diese Werke nach so kurzer Zeit auswendig spielen kannst! So etwas habe ich noch nie erlebt!«, bemerkte er leise im Selbstgespräch.

Er war so begeistert von Ophelia, dass er ihr anbot demnächst wöchentlichen Unterricht zu erteilen, wenn sie damit einverstanden sei. Helene, gab zu verstehen, dass sie den Unterricht nicht bezahlen könne. Prof. Moisim meinte: »Ich möchte kein Geld von Ihnen, Frau Schön. Ophelia ist ein von Gott gesegnetes musikalisches Wunderkind, das es verdient für das professionelle Konzertleben vorbereitet zu werden. Achten Sie nur auf Ophelias Gesundheit!«

Zurück in Hermannstadt informierte Helene ihren Schwager, Josef, über die erfreulichen Gespräche mit dem Prof. für Violine aus Bukarest.

Josef sagte: »Diesbezüglich habe ich ebenfalls gute Nachrichten.«

Helene blickte ihn fragend an und er berichtete: »Da Ophelia demnächst oft nach Bukarest reisen muss, um sich für die Violinkonzerte gut vorzubereiten, wird sie mehr als vorher den allgemeinbildenden Unterricht am Brukenthal-Gymnasium vernachlässigen müssen. Damit Ophelias Wissenslücken für das Bakkalaureat einigermaßen gedeckt werden, habe ich bei der KP durchsetzen können, dass für Ophelia zwischenzeitlich Privatunterricht in den abiturrelevanten Fächern erteilt wird.«

»Und wer soll das bezahlen?«, fragte Helene.

»Mache dir deswegen keine Sorgen«, erwiderte Josef und erläuterte: »Das regelt die KP, sowohl in Bukarest als auch in Hermannstadt.«

Helene war sichtlich erleichtert und bedankte sich mit einem misstrauischen Blick auf Josefs scheinbar unschuldige Augen.

Während der nächsten Monate studierte Ophelia mit Prof Isaac Moisim an der Bukarester Musikhochschule die drei Violinkonzerte intensiv ein. Außerdem bekam sie mehrfach die Gelegenheit, diese Werke mit dem Hochschulorchester im Konzertsaal der Hochschule vor internem Publikum vorzuführen. Helene erhielt ihrerseits, als ständige Begleiterin von Ophelia, zahlreiche Gelegenheiten, die einflussreichen führenden Personen aus Politik und Kulturwesen in Bukarest kennenzulernen. Bei einem dieser Hochschulkonzerte kam in der Pause ein Besucher auf sie zu und stellte sich als Kommandant der Bukarester Kriminalpolizei vor: »Mein Name ist Viorel Petrescu.«

Helene sah ihn fragend an und Petrescu setzte fort: »Ich freue mich Sie hier persönlich kennenzulernen, übrigens Ihre Tochter spielt fantastisch …«

Helene bedankte sich und fragte nun direkt: »Um was geht es Ihnen, Genosse Petrescu?«

»Um die Aufklärung der Todesursache von Ionel Munteanu, einer unserer Beamten aus Hermannstadt, der am 25./26. Mai 1968 im Bukarester Parteihotel aus dem Fenster des Zimmers 14 hinausgestoßen wurde.«

Helene wurde nervös und fragte weiter: »Was hat das mit mir zu tun und wieso gerade hier?«

»Wahrscheinlich gar nichts, aber vielleicht erinnern sie sich noch an die Nacht vom 25. zum 26. Mai. Sie übernachteten mit ihrer Tochter in Zimmer 7 und befanden sich zeitweise auch in Zimmer 12. Ist Ihnen etwas Ungewöhnliches aufgefallen?«

Helene blickte zuerst überrascht und dann nachdenklich drein und antwortete: »Es stimmt, was Sie behaupten, aber ich erinnere mich an nichts, was Sie nicht schon wissen.«

»Auch am Verhalten des Herrn Josef Hermann nicht?«, fragte der Kommandant.

»Nein«, sagte Helene ehrlich und gab ihm trotzdem einen Tipp: »Aber … versuchen Sie herauszufinden, ob Pfarrer Georg aus Heltau vergiftet wurde. Vielleicht finden Sie dann den Täter.«

Der Kommandant zog nur kaum merklich die Augenbrauen hoch, bat um Entschuldigung für die Störung und verabschiedete sich mit dankbarem Blick.

Helenes Misstrauen gegenüber Josef erwachte wieder und verstärkte sich nach diesem Gespräch. Könnte Josef tatsächlich etwas mit dem Tod von Ionel Munteanu zu tun haben? Wenn ja, aus welchen Grund und wie könnte sie es herausfinden?

Im Frühjahr 1969 erhielt Ophelia von der Kulturabteilung der KP in Bukarest ein Angebot: Das *Konzert für Violine und Orchester D-Dur op.61,* Ludwig van Beethoven solle im Mai 1969 mit dem Rundfunk-Sinfonieorchester in Bukarest noch einmal aufgeführt und gleichzeitig im TV übertragen, sowie eine Schallplattenaufnahme davon eingespielt werden. Außerdem war vorgesehen, das *Violinkonzert D-Dur op.77,* Johannes Brahms, im Juni 1969 im Bukarester Athenäum *und* im Juli 1969 das *Violinkonzert e-Moll op. 64,* Felix Mendelssohn-Bartholdy, im großen Sitzungssaal der Bukarester Parteizentrale, aufzuführen. Einige Wochen später bekam Helene Post von der Bukarester Parteizentrale. Darin lag ein Honorarvertrag für die drei Konzertaufführungen mit der Bitte um bestätigende Unterzeichnung, in Vertretung für die noch minderjährige Tochter.

Helene und Josef waren hoch erfreut über diese erfolgreiche Entwicklung für Ophelias Karriere und gratulierten ihr für diese Anerkennung durch die KP und die Möglichkeit jetzt auch über die Grenzen des eigenen Landes Berühmtheit zu erlangen. Helene konnte nicht umhin, sich einzugestehen, dass Josef diese Konzerte, einzig und allein aufgrund seiner KP- und Securitate-Beziehungen organisiert hatte und bedankte sich bei ihm.

Zu Ophelias Violinkonzerten im Mai, Juni und Juli 1969 wurden die wichtigsten Vertreter des Kreises Hermannstadt, der Bischof und Ophelias Vater eingeladen. In Bukarest bekamen, außer den ansässigen Ministerien und Hochschulen, die akkreditierten Botschafter, ausländische Kulturbeauftragte und westliche Wirtschaftsinstitutionen, Konzerteinladungen. Ophelias Konzertaufführungen wurden damit als internationale Kulturwerbung Rumäniens im Ausland präsentiert.

»Warum sind auch Vertreter des Wirtschafts-und Außenministeriums dabei?« fragte Helene und Josef griff erklärend ein: »Nun – Ophelia kann dem Staat kräftig Devisen in die Staatskasse einspielen, oder?« Helene begann langsam das Gesamtbild zu verstehen.

Die Erwartungen an Ophelias virtuoses Violinspiel gingen tatsächlich in Erfüllung. Die drei Konzerte erwiesen sich als durchschlagender Erfolg in der inländischen als auch in der ausländischen Presse.

Schon im August 1969 sah sich Helene nach Beratung mit Josef und dem Kultur-Attaché veranlasst, für Ophelia in Bukarest eine Konzertagentur zu eröffnen, um sowohl die Konzertaufträge als auch die Devisen-Einnahmen zu managen und sinnvoll anlegen zu können. Dabei fiel ihr auf, dass der für die Regierung vorgesehene Anteil ihrer Einnahmen, und das war ein nicht unbeträchtlicher Prozentsatz, direkt auf ein Bankkonto in der Schweiz mit der Bezeichnung »ZK-NC« überwiesen wurde. Im November und Dezember 1969 trat Ophelia in Berlin, Paris und London auf, wo sie die drei einstudierten Werke von Beethoven, Brahms und Mendelssohn-Bartholdy wiederum erfolgreich aufführte und die mitteleuropäische Presse mit ihrem virtuosen Violinspiel, ihrer mädchenhaften, unschuldigen Art und ihrer außerordentlichen Begabung begeisterte.

Ophelia und Helene konnten sich auf diese Weise in kurzer Zeit eine luxuriös ausgestattete Wohnung im Zentrum von Bukarest und einen Mercedeswagen mit Chauffeur leisten.

Weihnachten 1969 erholte sich die berühmte Ophelia, zusammen mit ihrer Mutter, bei ihrem Vater in Heltau, wohin sie von ihrem Chauffeur hingefahren wurden.

Michael war sehr erfreut über den Besuch seiner erfolgreichen Tochter, umarmte sie und empfing sie mit großer Genugtuung:

»Ich freue mich, dass du endlich Zeit gefunden hast, mich in Heltau zu besuchen«, begrüßte Michael sehr erfreut seine Tochter.

Ophelia umarmte ihren Vater und sagte: »Ich habe dich lieb Papa und freue mich sehr dich wieder zu sehen.«

»Ich habe von deinen erfolgreichen Auftritten in Berlin und Paris im Radio gehört. Es wurden sogar Ausschnitte deiner Konzerte im Fernsehen übertragen. Ich bin sehr stolz auf dich, meine liebe Tochter.«

»Danke Papa. Ich werde dir heute Abend darüber mehr erzählen. Ich habe dir auch etwas aus Paris und London mitgebracht. Paris ist wunderschön, Papa. Und die Croissants … hm! Mein Französisch hat allerdings nicht gereicht …«

»Könnt ihr dieses Mal etwas länger bleiben?«, fragte Michael.

»Leider nicht, am zweiten Weihnachtstag fahre ich mit Mama wieder nach Hermannstadt, um mich für das Violinvorspiel bei Prof. Moisim in Bukarest vorzubereiten.«

»Wenn ihr einverstanden seid, könnten wir morgen über Michelsberg und Rășinari zur *Hohen Rinne* fahren. Dort liegt Schnee und wir könnten Ski laufen.«

»Ja, das tun wir. Mama findet bestimmt auch Spaß daran«, stimmte Ophelia begeistert zu.

»Darf ich dich um etwas bitten?«, fragte Michael seine Tochter.

»Sicherlich Papa.«

»Wärst du bereit am Heiligen Abend in der Kirche ein geeignetes Weihnachtsstück oder einen Auszug aus einem Werk deiner Wahl auf der Violine vorzuspielen?«

»Ja Papa gern, das verspreche ich. Es wird eine schöne Melodie sein.«, sagte Ophelia, die ihre Geige immer bei sich hatte.

Familie Schön genoss ihr seltenes Zusammensein in der winterlichen Landschaft von Heltau und auf der *Hohen Rinne*, wo sie endlich wieder Gelegenheit fanden, Ski zu laufen und die schneebedeckte Gebirgslandschaft zu bewundern. Auch zwischen Helene, Michael und Anna besserte sich das angespannte Verhältnis zunehmend.

Am Heiligen Abend war die Evangelische Kirche in Heltau voll besetzt. Nach Michaels Predigt, spielte Ophelia das *Ave-Maria* von J.S. Bach, solo, auf ihrer Violine vor. Die weihnachtliche Zusammenkunft zur Ehre Gottes war von der Melodie und von Ophelias Violinspiel so sehr berührt, dass viele Frauen zu Tränen gerührt und Ophelia mit anerkennenden Blicken belohnt wurde.

Bei der Bescherung am geschmückten Weihnachtsbaum in Michaels Pfarrerswohnung, erlebte Ophelia eine besondere Überraschung von ihren Eltern, ihrer Tante Anna und ihrem Onkel Josef: Aus einem sorgfältig verpackten Karton durfte Ophelia einen alten geschundenen Holzkasten auspacken. Er war mit einem Schloss gesichert.

»Und nun?«, fragte Ophelia.

»Hier«, sagte Anna und übergab ihr den Schlüssel.

Ophelia öffnete das Schloss und blickte auf eine alte, aber gut erhaltene Violine, die schützend auf Samtkissen gebettet war. Sie entnahm die Violine vorsichtig und betrachtete sie genau.

Als sie durch eines der beiden Schalllöcher ins Innere der Violine hineinschaute zuckte sie plötzlich zusammen.

»Was ist los?«, fragte Anna besorgt.

»Nichts Schlimmes!«, flüsterte Ophelia und sagte leise: »Kann das sein? Es scheint eine ›Guarneri‹ zu sein.«

»Woran erkennst du das?«, fragte Michael.

»Am Eintrag im Inneren der Geige habe ich es festgestellt«, antwortete Ophelia, entnahm den Violinbogen aus dem Kasten, spannte ihn, trug Kolophonium auf und fing an die Saiten zu stimmen. Alle sahen und hörten ihr gespannt zu. Ophelia begann das *Ave-Maria* von J.S. Bach auf der Geige zu spielen und unterbrach nach einigen Takten das Violinspiel mit einem freudigen Glanz in den Augen. Sie betrachtete die Violine noch einmal von allen Seiten und sagte: »Der Klang ist wunderbar, ob es wirklich eine ›Guarneri‹ ist?«

»Was ist eine ›Guarneri‹?«, fragte Anna.

»Es ist eine Geige die von einer berühmten italienischen Geigenbaufamilie aus Cremona/Italien, die es heute nicht mehr gibt, angefertigt wurde.«

»Woher habt ihr sie?«, fragte Ophelia in die Runde.

Anna räusperte sich, dann berichtete sie freimütig: »Josef kaufte sie vor einigen Monaten auf einem Trödelmarkt in Großau.« Er bat mich, sie dir als Weihnachtsgeschenk zu überreichen.«

Alle schwiegen, da Josef derzeit kein gutes Ansehen in der Familie genoss. Trotzdem war Ophelia überglücklich. Sie sagte: »Dieses schöne Weihnachtsgeschenk erfreut mich und ich werde mich auch bei Josef herzlich dafür bedanken. In Bukarest oder demnächst in Deutschland werde ich die Violine auf ihre Echtheit überprüfen lassen.«

Ophelia empfing nun auch die Geschenke von ihrem Vater, ihrer Mutter und von Tante Anna. Nachdem ihre eigenen Geschenke in Empfang genommen wurden, bedankte sie sich schließlich noch einmal bei allen.

Zwei Tage nach Weihnachten fuhr Ophelias Chauffeur sie und Helene nach Hermannstadt in ihre Wohnung.

Bereits am Tag darauf startete die neugierige Ophelia mit dem Einstudieren der *Sonata Nr. 1 g-moll BWV 1001, und der Partita Nr. 1 h-moll BWV 1002* für Violine solo von J.S. Bach, da sie diese als Hausaufgabe von Prof. Isaac Moisim für die zweite Januarhälfte 1970 angenommen hatte. Sie bekam nämlich von der Musikhochschule den Auftrag die *Fuga. Allegro* aus der Sonate und die *Allemande* aus der Partita im Rahmen einer Einladung des Botschafters der BRD in Bukarest vorzuspielen.

Bereits jetzt war für den Konzertabend im Mai 1970 mit dem Philharmonischen Orchester Berlin das Violinkonzert *Nr. 3 G-Dur KV 216*, W.A. Mozart und im September mit dem

Kölner Gürzenich-Orchester das Mozart-Violinkonzert *Nr. 4 D-Dur KV 218* vorgesehen.

Da Ophelia täglich drei bis vier Stunden auf ihrer Violine übte und zwischendurch Privatunterricht hatte, joggte oder ihre Turnübungen machte, verging die Zeit schnell und schließlich stand sie Ende Januar 1970 vor Prof. Moisim und spielte ihm vor. Der hörte gespannt zu was dieses junge Talent auf der Violine präsentierte, war begeistert, gab einige Hinweise interpretatorischer Natur und vermittelte Erfahrungen aus der eigenen Aufführungspraxis. Am Ende des Unterrichts bat Ophelia ihren Professor zum Vorspiel, das die Botschaft der BRD organisierte, dabei zu sein, wenn es ihm zeitlich möglich wäre. Mit einem freundlichen Lächeln, versprach er zu kommen.

Für das Vorspiel mietete der Botschafter in einem Hotel den Konferenzsaal, in dem 200 geladene Gäste aus Politik und Wirtschaft an Tischen, die mit Speisen und Getränken beladen waren, ausreichend Platz hatten. Der Botschafter begrüßte die Gäste und sprach über die sich erfreulich ausweitenden guten Kulturbeziehungen zwischen Deutschland und Rumänien, die in eine hoffnungsvolle Zukunft blicken ließen. Ophelia, die sich in einem Nebenraum auf ihrer Violine einspielte, wurde nach 15 Minuten vom Botschafter abgeholt und unter dem Applaus des Publikums auf das Solistenpodest begleitet. Er stellte Ophelia vor: »Sie haben sicherlich schon von dieser jungen talentierten Violinistin gehört, die mit virtuosem und einfühlsamem Spiel auf der Violine, das Publikum mitreißt. Ich wünsche einen angenehmen musikalischen Abend. Lassen Sie sich einleitend von Ophelias Violin-Klängen verzaubern.«

Ophelia verneigte sich lächelnd und spielte souverän mit beeindruckender Leichtigkeit die *Sonata Nr. 1 g-moll BWV 1001* von J.S. Bach vor.

In der Pause kamen die führenden Eliten aus Wirtschaft,

Kultur und Politik, die sich über Ophelias Talent, aber auch in Gesprächen über Optionen für den Ausbau der Handels- und Kulturbeziehungen zwischen Rumänien und der BRD austauschten. Der Botschafter und seine Ehefrau kamen auf Ophelia und Helene zu und erkundigten sich nach deren siebenbürgischer Heimat und dem Werdegang der jungen Violinistin. Helene sprach über Heltau und Hermannstadt, während Prof. Moisim begeistert über Ophelias Besonderheiten im Violinspiel redete. Der Botschafter stellte dann einen jungen Dirigenten, namens Robert Winter, aus Berlin vor, der seit einigen Tagen als Gastdirigent an der Bukarester Phil- harmonie verweilte. Ophelia war auf den ersten Blick angetan von dem jungen Mann. Nach der Pause interpretierte Ophelia die *Partita Nr. 1 h-moll BWV 1002* von J.S. Bach. Robert Winter kam anschließend und überreichte ihr gratulierend einen bunten Blumenstrauß. Der Botschafter dankte Ophelia für ihre zauberhafte Interpretation der beiden Solostücke für Violine von J.S. Bach und verwies auf einige Persönlichkeiten aus dem Bonner Bundesministerium für Kultur, die Ophelias Auftritte in Berlin und Köln mit großer Erwartung entgegen- sehen würden. Als sie draußen waren bat Robert Helene um Erlaubnis, sich von Ophelia das Bukarester Zentrum zeigen lassen zu dürfen. Helene stimmte zu und vereinbarte 23:00 Uhr als Zeitpunkt für die Rückkehr zum Hotel. Als Manage- rin ihrer Tochter, wurde Helene zwischenzeitlich von Christian Schleicher, einem Intendanten aus Köln, auf ein Gespräch über Auftrittsmöglichkeiten in Deutschland, zu einem Drink ein- geladen. Helene war sich allerdings nicht so sicher, ob sie in dieser Hinsicht irgendeine Entscheidungsbefugnis hatte und verwies immer wieder auf Josef, als den, wie sie ihn spaßes- halber nannte » Ophelias Wirtschaftsminister.«

Unterdessen war Ophelia mit Robert unterwegs. Auch wenn ihr Bukarest selbst noch relativ unbekannt war, konnte sie Robert einige bekannte Sehenswürdigkeiten zeigen: Den zentral gelegenen ehemaligen Königspalast, das Athenäum, das gegenüberliegende Gebäude der KP-Zentrale, die Musikhochschule »Ciprian Porumbescu« und den daneben befindlichen beleuchteten Cişmigiu-Park, wo sie ungezwungen spazieren gingen. Robert hörte ihren Erläuterungen aufmerksam zu und stellte zwischendurch Fragen nach dem Leben im Sozialismus und den Möglichkeiten auf Tourneen zugelassen zu werden bzw. teilzunehmen. Ophelia horchte bei diesen Fragen interessiert auf, da sie bisher darüber nie besonders nachgedacht hatte. »Meine Mutter und Josef, mein Onkel, haben mir noch nie über Hindernisse berichtet«, gab sie nichtsahnend als Antwort, schließlich regelten die beiden alle Angelegenheiten dieser Art. Robert wunderte sich, klang das doch ganz anders als alles was er über Rumänien und die Ostblockstaaten gehört hatte, aber er zeigte viel Verständnis für ihr Nichtwissen oder ihre Vorsicht, darüber zu sprechen. Er betrachtete Ophelia mit interessierten Augen und sagte: »Im Endeffekt kommt es auf dich und dein Violinspiel an, und beides ist wundervoll!« Ophelia wurde es warm ums Herz, sie fand Roberts Aufmerksamkeit sehr wohltuend. Sie mochte ihn einfach. Für seine ehrlichen Worte bedankte sie sich und küsste ihn spontan und dankbar auf die Wange. Robert war angenehm überrascht und errötete, was Ophelia aber im Dunkeln nicht sehen konnte. Sie erzählte ihm über die Violine, die sie zu Weihnachten 1969 geschenkt bekommen hatte und fragte ihn, ob man diese in Berlin auf Guarneri-Echtheit prüfen lassen könne. Er bejahte dies und versprach ihr dabei behilflich zu sein. Sie tauschten ihre Anschriften und Telefonnummern aus. Anschließend begleitete Robert sie, wie vereinbart, zum Hotel und verabschiedete sich dort auch von Helene.

Zwei Wochen später bekam Helene Post vom Bundesaußenministerium Bonn und vom Außenministerium Bukarest.

Beide Ministerien bewilligten, nach gegenseitiger Absprache, Ophelias Konzertauftritte in Berlin und in Köln. Demnach hatte sich der BRD-Botschafter in Bukarest erfolgreich für eine Auslandstournee eingesetzt. Dafür bedankte sich Helene herzlich beim ihm.

Am nächsten Tag kam Josef zu Besuch: »Guten Tag ihr Erfolgreichen!«, begrüßte er Helene und Ophelia mit einem vielsagenden Grinsen.

»Du weißt schon Bescheid …?«, stellte Helene fest.

»Die Securitate kennt fast alles«, entgegnete Josef.

»Dann musst du es ja auch wissen …«, sagte Helene ironisch.

»Kennt ihr schon die genauen Termine?«, fragte er, ohne auf die Ironie zu reagieren.

»Noch nicht, aber wahrscheinlich erfahren wir es gleich von dir«, antwortete Helene lächelnd.

»So ist es«, bestätigte Josef und nannte die genauen Auftrittstermine für Ophelia: »Am 18. Mai 1970 das Mozart-*Violinkonzert Nr. 3 G-Dur KV 216* mit dem Berliner Sinfonieorchester in der Berliner Philharmonie und am 14. September 1970 das Mozart-*Violinkonzert Nr. 4 D-Dur KB 218* mit dem Gürzenich-Orchester in dessen Kölner Konzertsaal.

Ophelia und Helene hörten gespannt zu und freuten sich sehr über diese Nachrichten.

»Das ist nicht alles«, ergänzte Josef.

Ophelia und Helene sahen Josef neugierig und gespannt an.

»Für die beiden Konzerte bekommt Helenes Konzertagentur in Bukarest insgesamt ein noch auszuhandelndes Honorar sowie die Erstattung für Flug, Hotel und Verpflegung«, berichtete Josef.

»Und was ist mit dir?«, fragte Ophelia.

»Ich darf nicht in die BRD reisen«, sagte Josef sichtlich betroffen.

»Warum nicht?«, fragte Helene.

»Ich bin Parteimitglied und muss für euch beide hier geradestehen, falls es schief laufen sollte, quasi als Garant, dass ihr zurückkommt.«, erklärte Josef mit einem prüfenden Lächeln, das schwer zu deuten war. »Ich muss für euch haften«, fügte er noch hinzu.

»Wir werden wieder zurückkommen, mache dir keine Sorgen!«, versicherte Helene. »Wir sind hier zuhause.«

Etwas verwirrt nahm Ophelia ihre Violine, ging in ihr Studierzimmer und begann mit dem Einstudieren der Partitur des Mozart-Violinkonzertes Nr. 3.

»Helene, ich habe noch ein Anliegen, über das ich mit dir unter vier Augen sprechen möchte« bat Josef.

»Was gibt's?«, fragte Helene.

»Die Bukarester Kriminalpolizei hat sich bei mir wegen des Falls Ionel Munteanu erkundigt. Außerdem wurde der Leichnam von Pfarrer Georg exhumiert, um dessen Todesursache genauer zu überprüfen.«

»Was hat das mit dir zu tun?«, fragte Helene misstrauisch.

»Die Todesursache von Ionel Munteanu scheint noch nicht geklärt zu sein. Nach der Vorladung bei der Kriminalpolizei werde ich mehr wissen«, antwortete Josef in ruhigem Ton.

»Du hast doch damit nichts zu tun, oder?« – hörte sich Helene flüsternd fragen.

»Was denkst du von mir?« – kam die entrüstete Antwort Josefs.

Helene glaubte ihm. So eiskalt kann Josef nicht sein.

Die Monate Februar, März und April vergingen wie im Fluge. Ophelia war mit Schule und Einstudierung der Violinstimme des Mozartkonzertes voll beschäftigt. Diesmal kam Prof. Moisim, auf Anweisung der KP aus Bukarest, persönlich nach Hermannstadt, um die junge Solistin mit Reisen zu entlasten. Sie korrespondierte mit Robert Winter, der sie manchmal auch telefonisch erreichte. Helene war deswegen sehr beunruhigt und wies sie darauf hin, dass die KP auf keinen Fall dahinterkommen dürfe, dass sie regelmäßig mit Robert kommunizieren würde.

»Warum darf die KP das nicht wissen«, fragte Ophelia ganz naiv und unwissend.

»Weil Du aus Sicht der KP das Aushängeschild für erfolgreiche rumänische Kulturpolitik geworden bist. Gleichzeitig bereichert sich die rumänische Regierung von jedem Devisen-Honorar, das du verdienst, um einen beträchtlichen Betrag mit«, belehrte Helene.

»Was geschieht wenn die KP von meiner freundschaftlichen Beziehung ›Wind‹ bekommt?«

»Dann werden sie möglicherweise deine Tourneen ins westliche Ausland verbieten und damit wäre auch deine Musikkarriere zu Ende, denn du könntest vielleicht den Einfall haben, im Westen zu bleiben«, erklärte Helene in ernstem Ton.

»Ist das tatsächlich so?«, fragte Ophelia zweifelnd.

»Ja, es ist so, bitte vertraue mir!«, beteuerte Helene und ergänzte: »Hoffentlich hört die Securitate deine Telefongespräche nicht ab! Sei also vorsichtig was Du sagst!«

Ophelia dachte über diese Warnung tagelang nach. Irgendwann redete sie ihre Mutter an: »Wenn dem so ist, dann darf Josef auch nichts wissen, denn er ist Parteimitglied und arbeitet auch für die Securitate!«

»Das stimmt«, gab Helene zu und erklärte ihr die Ausnahmesituation in diesem Fall: »Er ist dein Onkel, der dein Talent erkannt hat und dich unterstützt. Er wünscht und gönnt dir eine erfolgreiche Zukunft und schließlich sind deine Erfolge auch für seine berufliche Karriere sehr wichtig. Er wird dir deshalb nie etwas zu leide tun, sondern dich beschützen, wo er es kann.«

»Wer repräsentiert in unserem Land aktuell die führende politische Macht?«, wollte Ophelia noch wissen.

Helene wunderte sich zwar über die Ignoranz ihrer Tochter, sah es aber an der Zeit sie zu informieren: »Seit 1965 ist es das Zentralkomitee (ZK) der KP Rumäniens mit Nicolae Cervulescu als Generalsekretär und seit 1967 Vorsitzender des Staatsrats als Staatsoberhaupt«, antwortete Helene.

»Und welche Funktion erfüllen die KP-Mitglieder, die Securitate und die Militärs in unserem Land?«, fragte Ophelia weiter.

»Sie unterstützen den Vorsitzenden, Nicolae Cervulescu und das ZK«, erklärte Helene.

»Wieso haben die Bürger hier Angst vor den KP-Mitgliedern und der Securitate?«

»Weil diese in den Genuss von vielen Privilegien kommen. Als Gegenleistung allerdings sollen sie die Bürger aushorchen und sie der Staatsmacht hörig machen, denn die ›Arbeiterpartei‹ fürchtet sich wohl vor umstürzlerischen Gedanken«, erläuterte Helene.

Ophelia wurde nachdenklich und fragte weiter: »Zu welchen Bürgern gehören Papa, du und ich?«

»Dank deiner Erfolge als Violinsolistin gehören wir zu den Privilegierten, so lange die KP deswegen ihr Ansehen mehren und von deinen Devisen-Honorare profitieren kann«, antwortete Helene.

»Und Papa?«, fragte Ophelia.

»Papa muss sehr achtsam umgehen mit seinen Worten und Predigt-Inhalten, die er den Kirchenmitgliedern vermittelt. Er wird von dem staatlichen Geheimdienst regelmäßig kontrolliert und beobachtet«, antwortete Helene etwas leiser, aber wahrheitsgemäß.

»Ach so!« überlegte Ophelia. Das hatte Robert in Bukarest angesprochen. Er hatte also Recht! Wie naiv ihre Antwort ihm gegenüber damals war. Dass sie das nicht bemerkt hatte! Ophelia schwieg lange. Irgendwann sprudelte es aus ihr heraus: »Am besten wir besprechen dies in Deutschland weiter. Hoffentlich sind die Menschen dort nicht auch so ängstlich.«

»Du wirst schön langsam erwachsen, mein Kind. Unsere Regierung und deren Einrichtungen überwachen alle Bürger und erlauben keine Reisefreiheit ins Ausland, geschweige denn politische Meinungsfreiheit! Über allen hängt ein bedrohliches ›Damoklesschwert‹. Bitte achte von nun an gut auf deine Worte, die du aussprichst und wem du sie anvertraust!«

Ophelia sah ihre Mutter ernst und verwundert an und dachte oft über den Sinn des von ihr Mitgeteilten nach. Es klang alles so unwirklich, wie im Science Fiction Roman!

Auch Helene machte sich Gedanken. Ihre Tochter wurde älter, war sich aber vieler Gefahren im parteipolitischen Sinne nicht bewusst. Sie musste geschützt, aber auch aufgeklärt werden. Gelegentlich sprachen sie darüber und Helene bemühte sich redlich ihrer Tochter die politische Realität in der Sozialistischen Republik Rumänien so schonend wie möglich zu erklären, damit sie sich selbst vor Übergriffen der KP und des Geheimdienstes beschützen lernt.

Der Konzerttermin in Berlin rückte immer näher. Deshalb organisierte Josef Anfang Mai 1970 für Ophelia ein erfolgreiches Probekonzert mit der Hermannstädter Philharmonie. Prof. Moisim war im Publikum anwesend und konnte am nächsten Tag viele hilfreiche interpretatorische Tipps für die Aufführung des Mozart-Violinkonzerts Nr. 3 in Berlin geben.

Josef bemühte sich, nach wie vor, um Helenes Gunst, aber sie lehnte, unter dem Vorwand des Zeitmangels, konsequent ab. Sie fürchtete Josefs Machenschaften, war sich der Ehrlichkeit seiner Gefühle nicht mehr gewiss und hatte ein ungutes Empfinden bezüglich der noch ungeklärten Todesursachen von Pfarrer Georg und dem Securitate-Agenten Ionel Munteanu. Wie konnte sie das übersehen haben? Josef gegenüber fühlte sie sich zunehmend distanzierter.

Endlich war es soweit, Ophelia und Helene hielten ihre Flugtickets in den Händen und alles war vorbereitet. Am 15. Mai 1970 verabschiedeten sie sich von Michael, Anna sowie Josef und der Chauffeur fuhr sie mit dem Pkw nach Bukarest zum Flughafen.

»Was hast du da in diesem zweiten Geigenkoffer?«, fragte Helene ihre Tochter.

»Die ›Guarneri‹-Violine«, sagte Ophelia.

»Oje«, entfuhr es Helene. »Sie werden uns bestimmt nicht erlauben, diese wertvolle Violine über die Grenze mitzunehmen. Möglicherweise werden wir des unerlaubten Schmuggelns von staatlichem Gut bezichtigt und müssen uns daher noch öffentlich verteidigen …? Musste das denn sein, Ophelia? Du bringst uns in Gefahr! Was ist, wenn sie uns die Ausreise verweigern?«

»Aber Mama, sie muss doch restauriert werden und das kann keiner hier in Rumänien. Es wäre doch jammerschade, wenn man nicht darauf spielen würde!«

Nach einer Weile überlegte Helene »Du musst den Grenzbeamten glaubhaft machen, dass du für deine Aufführungen zwei Geigen brauchst. Vielleicht können sie den Wert der Geige nicht einschätzen … Hast du die Guarneri-Inschrift aus der Violine entfernt?«

»Ja«, antwortete Ophelia.

Nun belehrte sie ihre Tochter: »Wenn dich die Kontrolleure am Flughafen danach fragen, dann antworte, dass du als Violinsolistin für den Fall, der Beschädigung einer Violine während der Reise, immer zwei Geigen zu derartigen Konzertauftritten mitnimmst. Die Bezeichnung ›Guarneri‹ solltest du dabei nicht verwenden, wenn du nicht riskieren möchtest, dass dir die Violine abgenommen wird.«

Zwei Stunden später landeten sie unbehelligt am Berliner Flughafen Tegel, wo Robert sie, in legerer Jeanshose, blaukariertem Hemd und Sandalen, freudig empfing und mit seinem Pkw zum Hotel fuhr.

»Für heute Abend, 20:00 Uhr, lade ich Euch ins Hotelrestaurant ein«, bot Robert ihnen an. Dann wandte er sich an Helene und informierte: »Es kommt noch ein Besucher hinzu, bitte lasst Euch überraschen.«

Robert wartete pünktlich am reservierten Restauranttisch. Diesmal trug er eine weiße Sommerhose, ein rötlich kariertes Hemd und schwarze Halbschuhe. Als er Ophelia und Helene erblickte, stand er auf und winkte ihnen freundlich zu. Er begrüßte sie herzlich, half bei der Garderobe und wies auf die Sitzplätze. Ophelia trug ein passendes hellrotes Sommerkleid mit hellblauem Oberteil, die ihre lieblichen Gesichtszüge mit dem hellen Teint und den blonden Haaren kontrastierend hervorhoben. An der Kopfform und den gelockten Haaren konnte man leicht feststellen, dass es sich hier um Mutter und Tochter handelte. Robert betrachtete beide mit wohlwollenden Blicken und äußerte: »Ihr seht beide fabelhaft aus!«

Als der Kellner das Begrüßungsgetränk auf einem Tablet servierte, erschien der Überraschungsbesucher in dunklem Streifenanzug, mit weißem Hemd, roter Krawatte und schwarzen Halbschuhen.

Helene lächelte und sagte: »Den Herren kenne ich, es ist der Intendant aus Köln.«

Herr Christian Schleicher begrüßte alle per Handschlag und freute sich besonders auf das Treffen mit Ophelias Mutter. Robert wies ihm den Stuhl neben Helene zu. Dann prosteten sie auf Ophelias bevorstehenden Konzertauftritt und freuten sich auf das Wiedersehen in Berlin. Der Abend verlief in entspannter witziger Atmosphäre, das Essen schmeckte hervorragend, der Roséwein mundete köstlich und Ophelia leitete das Gespräch auf ihre mitgebrachte Violine, deren Echtheit noch zertifiziert werden sollte. Robert hatte für den nächsten Tag einen Termin bei einem Profigeigenbauer vereinbart. Außerdem informierte er, dass die Generalprobe zum Konzert am 16. Mai in der Philharmonie von ihm dirigiert werde. Christian Schleicher, der die Angelegenheit ›Solistenhonorar‹ beim Kulturbeauftragen im Bundesministerium des Innern geklärt hatte, sprach diese Thematik an.

»Das rumänische Staatsoberhaupt habe seinen Botschafter in Köln angewiesen, 2/3 des Solistenhonorars, das für Ophelia vorgesehen sei, an sein Präsidialkonto in der Schweiz zu überweisen.«

Helene äußerte sich empört und fragte: »Ist das die übliche Vorgehensweise in Deutschland?«

Christians Antwort: »In Rumänien ja, aber nicht in Westeuropa« präzisierte er und informierte weiter: »Wir haben uns trotzdem eine gute Lösung für Ophelia ausgedacht. 2/3 des Honorarbetrages und die Unkosten werden wir auf ein Bankkonto, das Ophelia in Köln eröffnen wird, überweisen und 1/3 an das Bankkonto »ZK-NC« in der Schweiz.«

»Ist das nicht problematisch für uns?«, fragte Helene.

»Nein«, meinte Christian, »weil die Helfershelfer des ZK-Vorsitzenden über die eigentliche Höhe des Gesamthonorars noch nicht informiert sind. Die Verträge werden gerade noch ausgehandelt.«

»Sehr diplomatisch«, bestätigte Robert lächelnd und nickte Ophelia augenzwinkernd zu.

Nach dem Essen schlug Christian einen getrennten Spaziergang am Spreeufer vor: Robert könne Ophelia in die Berliner Gepflogenheiten im deutschen Konzertwesen einweihen und er würde gern Helene über die Geschäftspraktiken im Kulturwesen Deutschlands informieren. Sie vereinbarten 23.30 Uhr als Zeitpunkt für die Rückkehr ins Hotel.

Robert bot Ophelia seinen rechten Arm an, in den sie sich wohlwollend einhakte. Während des Spaziergangs am Spreeufer schlug Robert vor, dass er bereit sei, am Vormittag des nächsten Tages, Ophelias Violinspiel im Musikraum des Hotels fragmentarisch anzuhören und sie, anhand der Partitur, auf einige spezielle Momente des Mozart-Violinkonzerts hinzuweisen. Ophelia lächelte verstehend, erklärte sich einverstanden und drückte leicht seine Hand. Er ergriff sachte ihre rechte Schulter, zog sie sanft zu sich und küsste sie auf die Wange. »Das ist meine Revanche vom letzten Treffen in Bukarest« erklärte er vielsagend. Ophelia blickte ihn verliebt an und sagte: »Ich freue mich sehr bei dir in Berlin zu sein.«

Jetzt nahm er sie richtig in den Arm, drückte sie an sich und berührte zärtlich Ophelias linke Wange mit seinen Lippen. Gern hätte er sie auch auf die Lippen geküsst, aber Robert hielt sich zurück und wollte bloß nichts voreilig verderben. Sie sahen sich verlegen an und gingen weiter. Ophelia fühlte sich so frei und ungezwungen in Roberts Nähe.

Als sie an einem Eiskaffee vorbeigingen, besorgte Robert ein doppeltes Pistazieneis für Ophelia und ein Walnusseis für sich.

»Bist Du Berliner?«, fragte Ophelia.

»Ja, ich wurde in Berlin geboren, aber meine Eltern nicht. Meine Mutter ist Ostpreußin und mein Vater ist Kölner.«

»Und du?«, fragte Robert.

»Ich sah das Licht der Welt in Heltau bei Hermannstadt in Siebenbürgen. Meine Mama ist Siebenbürgerin aus Hermannstadt und mein Papa ist ebenfalls Siebenbürger Deutscher aus Birthälm.« Unsere Muttersprache ist Deutsch, aber wie Du sicherlich erkannt hast haben wir unseren eigenen Akzent. Zuhause sprechen wir die sogenannte Siebenbürger Mundart. Darüber aber dann später.

Sie gingen nun, das Eis genießend, in Richtung Hotel und sahen sich immer wieder verliebt an. Kurz vor dem Hotel fragte Robert: »Möchtest Du meine Mutter kennenlernen?«

Ophelia sah ihn forschend an, dachte nach und sagte entschieden: »Ja gern, wenn meine Mutter dabei sein darf.«

Robert nickte verständnisvoll.

Helene und Christian gingen stattdessen in entgegengesetzter Richtung am Spreeufer nebeneinander entlang. Christian berichtete über die Stadt Köln und das Gürzenich-Orchester. Helene erkundigte sich nach den Studenten- und Bürgerrechtsbewegungen in Deutschland die sich gegen den Vietnamkrieg der USA richteten und erzählte auch über die sozialen Schichten in Rumänien, die es trotz scheinbarer politischer Gleichmachung in den rumänischen Medien gab. Dabei stellten sie fest, dass in Rumänien und in den anderen Ostblockstaaten eigentlich Staatskapitalismus als Gesellschaftssystem mittels Unterdrückungsideologie des Kommunismus herrsche und es auch Ähnlichkeiten der sozialen und wirtschaftlichen Methoden mit allen anderen europäischen Ländern gab.

»Es gibt allerdings einige wesentliche Unterschiede zwischen Sozialismus und Kapitalismus«, stellte Christian fest und nannte diese: »Es sind die Meinungs- und Reisefreiheit einerseits und das Rechtssystem und die Besitzverhältnisse andererseits.«

Helene nickte und erwähnte noch einen wichtigen Aspekt: »In den verschiedenen kapitalistischen Ländern scheint das mit der Meinungsfreiheit sehr unterschiedlich gehandhabt zu werden …!« Ansonsten bestätigte sie Christians genannte Unterschiede und berichtete aus ihren bisherigen Erfahrungen, während ihrer Anwesenheit bei Ophelias Auslandskonzerten: »In den westeuropäischen Staaten spürt man den ›Wind der Freiheit‹, während im Osten Europas einengender Zwang das Alltagsleben beherrscht.«

Christian lud Helene in den Garten eines Bistros an der Spree ein, wo sie es sich draußen an einem Tisch bei einem Glas Zitronensaft bequem machten. Als sie mit den Fingern der linken Hand neben dem Glas spielend auftippte, umfasste er sie sachte mit seiner Rechten. Sie sah ihn lächelnd an und ließ es geschehen. Irgendwie mochte sie diesen Mann. Sie vereinbarten ein weiteres Treffen am nächsten Tag und kehrten zum Hotel zurück.

Am 16. Mai übte Ophelia fleißig auf ihrer Violine als Robert sie abholte, um die geschenkte Geige bei einem berühmten Berliner Geigenbauer auf ihre Echtheit überprüfen zu lassen. Dies dauerte eine halbe Stunde und sie durften dabei zuschauen. Der Geigenbauer betrachtete die Violine von allen Seiten genau, benutzte manchmal eine Lupe, beklopfte den Boden und die Decke der Violine mit seinem Mittelfinger und untersuchte mit einem Periskop das Innere. Dann stimmte er die Saiten, richtete den Steg, den Saitenhalter mit den darauf angebrachten Feinstimmern ein, spannte den Violinbogen und spielte einige Minuten aus einer Partita von J.S. Bach vor. Schließlich suchte er in einem Guarneri-Katalog das versteckt im Inneren der Violine gesichtete Guarneri-Symbol mit Registrierungzeichen. Ophelia und Robert verfolgten die Untersuchung schweigend mit zunehmender Spannung. Als der Geigenbauer fertig zu sein schien, forderte er sie auf an einem Gästetisch Platz zu nehmen. Er betrachte die Violine noch einmal. Seine Augen fingen an zu schimmern und seine Hände zitterten ganz leicht als er den Blick auf Ophelia richtete und sagte: »Es ist tatsächlich eine echte ›Guarneri‹ aus Cremona! Die Violine hat einen vorzüglichen Klang und ... gleichzeitig einen hohen finanziellen Wert. Ich gratuliere Ihnen!«

Ophelia sah einen Augenblick wie erstarrt auf die Guarneri-Violine, blickte kurz Robert an, der ebenfalls ergriffen aussah, dann jauchzte sie vor Freude, sprang in die Höhe, ging auf den Geigenbauer zu, umarmte ihn, reichte ihm die Hand und bedankte sich herzlich.

Der von Ophelias Freude mitgerissene Geigenbauer erklärte

sich bereit, die leichten Schäden an der Violine zu beseitigen, den Steg zu erneuern und die Violine mit einer passenden hochwertigen Saitengarnitur zu bespannten. Außerdem bot er an, das Instrument bis nach Ophelias Violinkonzert in einem Safe sicher aufzubewahren. Ophelia erklärte sich damit einverstanden, Robert fotografierte die Guarneri-Violine und beglich die vorläufigen Kosten.

Beide gingen anschließend ins Hotel, wo Ophelia ihm im Musikraum Fragmente aus dem Mozart-Violinkonzert vorspielte und Robert anhand der Partitur auf einige Interpretationsdetails hinwies, die Ophelia in ihre Stimmenpartitur handschriftlich übertrug. Sie trafen Helene in ihrem Hotelzimmer und informierten sie über die Echtheit der Violine aus Siebenbürgen. Helene umarmte ihre Tochter freudig und bedankte sich herzlich bei Robert für seine Hilfe.

Anschließend folgten sie der Einladung zum Mittagessen bei Roberts Mutter, in deren Eigentumswohnung an der Spree. Sie empfing die Gäste freundlich, neugierig und begrüßte sie mit einem Sekt. Dann bat sie am bereits gedeckten Tisch Platz zu nehmen und erkundigte sich nach den bisherigen Eindrücken von Berlin. Das Gespräch wechselte thematisch zwischen Erinnerungen aus Ostpreußen und Siebenbürgen. Helene sprach über den konkreten Anlass ihrer Reise und Ophelias bevorstehendem Konzertauftritt. Während Robert seiner Mutter beim Servieren von Speisen und Getränken half, legte er gelegentlich lustige Bemerkungen ein, um die Atmosphäre aufzulockern. Nach dem Essen verabschiedeten sich Helene und Ophelia von Roberts Mutter und bedankten sich herzlich für deren Gastfreundlichkeit. Anschließend fuhren sie mit Robert zur Generalprobe im Konzertsaal der Berliner Philharmonie.

Die Generalprobe verlief ähnlich wie die Proben, die sie mit dem Rundfunk-Sinfonieorchester in Bukarest kennengelernt hatte. Die deutschen Musiker begrüßten Ophelia herzlich, aber leicht reserviert, verglichen mit dem was sie in Bukarest erlebt hatte. Erst nach dem 1. Satz, *Allegro* ›tauten‹ sie auf und äußerten sich enthusiastisch, als ihnen das natürliche Talent dieser noch so jungen Violinistin aus Siebenbürgen/Rumänien, durch ihr fantastisches Violinspiel, die Schauer, ähnlich einer ›Gänsehaut‹, über den Rücken laufen ließ. Mit dem *Adagio* konnte Ophelia die Berliner Philharmoniker endgültig davon überzeugen, dass sie es hier mit einer bewunderungswürdigen Vollblutmusikerin zu tun hatten. Nach dem *Rondeau: Allegro* war das Orchester derartig begeistert, dass es in langanhaltenden frenetischen Applaus verfiel. Viele lobten ihre Gabe, dank derer sie den Mozartstil originell wiedergeben konnte.

Robert reichte Ophelia die Hand, gratulierte und bat Helene, ihre Tochter am späten Nachmittag mit dem ›Berliner Leben‹ vertraut machen zu dürfen. Helene gestattete dies, da sie einen ähnlichen Plan mit Christian vereinbart hatte.

Robert wartete vor dem Hotel bis Ophelia geduscht und sich umgezogen hatte. Als sie aus dem Hotel auf die Straße trat, überraschte sie Robert: Sie trug rosarote Sportschuhe, modische Jeans, eine rotkarierte Bluse und ein hellblaues Halstuch, das den Kontrast zu ihren blonden, gelockten Haaren angenehm hervorhob. Der verliebte Robert war so hingerissen von ihr, dass er sie spontan umarmte, während Helene sie durch das Hotelfenster beobachtete. Mit Roberts Pkw fuhren sie zu seiner Wohnung in Charlottenburg, wo er sich frisch machte und ebenfalls legere Kleidung, passend zu der von Ophelia anzog. Dann bestiegen sie die U-Bahn und erreichten nach kurzer Zeit eine Station von der man das Museumsviertel auf der gegenüberliegenden Spreeseite in der DDR sehen konnte. Sie besichtigten noch das Brandenburger Tor, die Gedächtniskirche und die Berliner Mauer.

Zwischendurch erläuterte Robert in kurzen Sätzen und beantwortete viele Fragen von Ophelia. Als die Sonne unterging und die Müdigkeit sie überfiel, bot Robert ihr an sich in seiner Wohnung auszuruhen, da er noch zu einer Besprechung in die Philharmonie fahren müsse. Nachher kehrte er zurück und merkte, dass Ophelia auf dem Sofa eingeschlafen war. Er blieb still und ließ sich von ihrer Schönheit vereinnahmen. Dann legte er sich auf sein eigenes Bett und schlief ein. Es war schon 23:00 Uhr als sie aufwachten und Helene wartete bestimmt schon auf ihre Tochter. Sie beeilten sich mit dem Pkw das Hotel zu erreichen, aber Helene war noch nicht da. Also spazierten sie vor dem Hotel und planten den nächsten Tag. Ein schwarzer Mercedes, dem Christian entstieg, um Helene höflich die Tür zu öffnen, tauchte auf. Sie witzelten noch miteinander, bevor sie sich verabschiedeten und gute Nacht wünschten.

Am Tag vor Ophelias Konzert-Auftrittstermin, schliefen Ophelia und Helene bis sie durch Türklopfgeräusche um 10:00 Uhr vom Zimmerservice mit dem Frühstück am Bett geweckt wurden. Ophelia übte danach drei Stunden auf ihrer Violine und ging nachmittags mit Robert im Park spazieren. Auf einer Decke, die Robert mitbrachte, machten sie es sich im Park gemütlich und erholten sich schlafend bis zum Abendessen im Hotelrestaurant.

Helene nutzte diese Zeit und besuchte mit Christian ein Museum in Charlottenburg.

Abends vor dem Schlafengehen tauschten sich Helene und Ophelia über die Zeit nach ihrer Rückreise aus:

»Mama, ich mag Robert und würde am liebsten in Berlin bleiben«, sagte Ophelia.

Helene hörte zu und gab zu bedenken: »Du bist erst 17 Jahre und solltest 1971 das Bakkalaureat und die Aufnahmeprüfung an der Musikhochschule in Bukarest hinter Dich bringen.

»Vielleicht stimmt es, was du sagst, aber Robert sagte mir,

dass ich die Musikhochschule in Berlin auch ohne Abitur besuchen könnte.«

»Liebe Ophelia, ich habe deinem Papa und Josef versprochen, dass wir nach Rumänien zurückkehren werden. Sonst könnten sie große Probleme mit der Securitate bekommen! Zu deiner Beruhigung kann ich dir folgenden Vorschlag unterbreiten: Wir fliegen diesmal zurück und du beendest das Gymnasium im Juni 1971 mit der Bakkalaureats Prüfung. Alle weiteren Entscheidungen treffen wir später situationsbezogen, möglicherweise auch was ein Studium in Berlin betrifft.«

»Hm – dann müsste ich noch so lange warten …!«, sagte Ophelia und wünschte ihrer Mutter gute Nacht.

Beim Morgenspaziergang, nach dem Frühstück, betrachteten mehrere Fußgänger ein Plakat, das an der Hotel-Eingangstür angebracht war. Ophelia war begeistert und sagte: »Mein erstes Plakat in Berlin!«, dann las sie vor: »18. Mai 1970, 20:00 Uhr, Konzertsaal der Philharmonie Berlin, *Violinkonzert G-Dur, KV 216,* W.A. Mozart, Ophelia Schön, Violine solo, Berliner Philharmoniker«

Helene sah ihre Tochter voller Stolz an, umarmte sie und wünschte: »Möge Gott Dir beistehen, dass du zu seiner Ehre und zum Gefallen der Menschen, die das Konzert besuchen, ein himmlisches Violinspiel erklingen lässt.«

Ophelia umarmte ihre Mutter dankbar und gab ihr einen Kuss. Plötzlich standen Christian und Robert sowie eine Schar von Journalisten mit gezückten Fotoapparaten hinter ihnen. Es blitzte unaufhörlich bis Christian höflich sagte: »Danke, es reicht jetzt, es ist genug!«

Ophelia, Helene und die beiden Herren entfernten sich vom Hotel in die Parkanlage. Robert verkündete eine Neuigkeit: »Das Violinkonzert wird heute Abend vom ARD aufgenommen und live im TV übertragen!«

Ophelia und Helene waren so überrascht, dass es ihnen die Stimme verschlug. Robert umarmte Ophelia stillschweigend und Helene warf Christian einen dankbaren Blick zu.

Am Abend, 18:00 Uhr, wurden Ophelia und Helene vom Direktor der Berliner Philharmonie im Empfangsraum erwartet und herzlich begrüßt. Er führte sie in den Proberaum, wo Ophelia ihre Violine dem Kasten entnahm und anfing zu spielen. Helene bereitete die Konzertkleidung für ihre Tochter vor. Ab und an kam eine Dame, bot ihnen Getränke und mundgerechte Speisen an. 19:00 Uhr half Helene ihrer Tochter beim Anziehen der Konzertkleidung, Herrichten der Frisur, Schminken und wirke gleichzeitig beruhigend auf sie ein. Robert erschien kurz, umarmte Ophelia und flüsterte ihr etwas ins Ohr das sie zum Lachen brachte. Um 19:30 Uhr kam der Direktor und unterhielt sich freundlich mit Ophelia, erklärte ihr den Ablauf und stellte ihr den Dirigenten vor. Ophelia lächelte ihn freundlich an und konzentrierte sich auf den Direktor, der nun auf die Uhr blickte und dem Dirigenten ein Handzeichen gab. Ophelia verstand und ging ganz ruhig vor dem Dirigenten auf das Solistenpult zu. Das Publikum klatschte ermutigend bis der Dirigent seinen Platz eingenommen hatte. Auf sein Zeichen verbeugten sich die beiden vor dem Publikum. Das Publikum klatschte wieder. Die Journalisten fotografierten und entfernten sich. Dann wurde es ganz still im Saal. Der Dirigent hob seinen rechten Arm und die Musiker konzentrierten sich auf ihn. Er hob die linke Hand und Ophelia brachte ihre Violine in Position, hob den Bogen vorbereitend zum Ansatz und nickte bestätigend.

Allegro. Nach den einleitenden Takten des Orchesters und dem Aufbäumen der Streicher, Bläser und Pauken, setzte Ophelia mit dem ersten Thema der Violine solo ein. Die Variationen des Themas führte sie virtuos, im Dialog mit dem Klavier und den Streichern, aus.

Im *Adagio* schaffte es Ophelia ihr Violinspiel in die gleitende wellenartige Melodie des Orchesters perfekt zu integrieren und die Solostimme trotzdem deutlich hervorzuheben, um die Expressivität maximal auf die Zuhörer wirken zu lassen.

Rondo. Allegro-Andante-Allegretto-Tempo I. In diesem Satz brillierte Ophelia vor allem mit den mozartspezifischen »wie vom Himmel gefallenen« violintechnischen Elementen, die sie leicht und spielerisch in den rhythmisch-melodischen Ablauf des Orchesters integrierte und tänzerisch, kombiniert mit Glissando-Effekten, vermittelte. Die Leichtigkeit mit der sie violinistische Klangeffekte zustande brachte und das bewegte Figurenspiel in lyrische Wendungen gleiten ließ, faszinierte das Publikum gewaltig.

Ophelias sicheres Können und ihr mitreißendes Violinspiel wurde vom Publikum mit gebührendem Applaus belohnt und zu einer Zugabe aufgefordert. Dem nachkommend spielte sie die *Sonata Nr. 1 g-moll BWV 1001* und die *Partita Nr. 1 h-moll BWV 1002* von *J.S. Bach*, mit einer imponierenden Souveränität und Sicherheit vor. Da der Applaus und die Überreichung von Blumen nicht aufhören wollten, griff Ophelia zum Mikrofon und bedankte sich mit ihrer fast kindlich wirkenden Stimme ganz herzlich.

Ophelia wurde, nach dem Konzert, im Gästeraum der Philharmonie vom Direktor, den Musikern, Journalisten und TV-Moderatoren gratuliert. Der Dirigent sprach von einem ›himmlisch‹ wirkenden Violinspiel. Robert und Christian händigten schriftliche Zusammenfassungen der wichtigsten Daten über Ophelia an die Journalisten aus, so dass nur noch Lichtbildaufnahmen gemacht wurden. Zum Schluss verabschiedete sich Ophelia, in Anlehnung an das, was der Dirigent vorher aussprach, mit folgenden Worten: »Wenn über mich behauptet wird, dass ich ›himmlisch‹ wirke, muss ich diesem etwas korrigierend hinzufügen. Ich bin mir dessen bewusst, dass meine

Begabung für das Violinspiel von allmächtiger Vorsehung beeinflusst wird und wünsche mir, dass es die Menschen im Sinne des schöpferischen Wesens bewegt.«

Die am nächsten Tag erscheinenden Presse- und TV Nachrichten waren voll des Lobes über die 17-jährige siebenbürgische Violinistin. Helene lernte nun viele einflussreiche Persönlichkeiten kennen und erhoffte sich dadurch gute Kontakte für weitere Tourneen. Da Ophelia und ihre Mutter am 19. Mai nachmittags ihren Rückflug nach Bukarest gebucht hatten und Ophelia sich dazu letztendlich bereit erklärte, packten sie im Hotel schon ihre Koffer. Am Vormittag half Christian, wie versprochen, beim Eröffnen eines Bankkontos für Ophelia, auf das ihr Honorar überwiesen werden sollte. Die Nebenkosten händigte er Helene in rumänischer Währung aus, da Devisenbesitz in Rumänien konfisziert werden konnte. Ophelia holte ihre ›Guarneri‹-Violine ab und Christian führte sie zum vereinbarten Safe wo diese bis zu ihrer nächsten Tournee sicher aufbewahrt werden sollte. Helene war beiden sehr dankbar als sie sich am Flughafen Tegel herzlich verabschiedeten und ins Flugzeug stiegen.

Zwei Stunden später, am Bukarester Flughafen, wurde Helene von der Securitate in einen Verhörraum gebeten, während Ophelia in der Cafeteria warten musste.

»Guten Tag Frau Schön, ich gratuliere Ihnen für den respektablen Erfolg ihrer Tochter in Berlin. Die internationale Presse ist voll des Lobes über das von Ophelia durchgeführte Mozart-Violinkonzert.«

»Danke«, sagte Helene und fragte direkt: »Wer sind Sie? Warum bin ich jetzt hier?«

Der Mann blickte sie mit forschendem Blick an, stellte sich als Kriminalbeamter, Marin Voiculescu, vor und reagierte mit eine Gegenfrage: »Wissen Sie noch nicht, dass festgestellt wurde, dass Pfarrer Georg, der im Februar 1952 starb, vergiftet wurde?«

»Nein, das erfahre ich erst jetzt, nach fast 18 Jahren, von Ihnen«, antwortete Helene und fragte: »Wie wurde das festgestellt?«

»Nun, die Untersuchungen nach der Exhumierung ergaben den eindeutigen Beweis.«

»Und wer war der Täter?«, fragte Helene.

»Ionel Munteanu war es, aber wir kennen die wahren Ursachen und den Auftraggeber immer noch nicht«, behauptete der Offizier und senkte seinen Blick zu Boden.

»Womit kann ich Ihnen helfen?«, entgegnete Helene.

»Sie hatten am 25./26. Mai 1969 im Bukarester Partei-Hotel, Zimmer 12, ein Treffen mit Josef Hermann, unserem Geheimdienstmitarbeiter. Ungefähr um dieselbe Zeit wurde Ionel Munteanu aus dem Zimmer 14 durchs Fenster hinausgestoßen und wir wissen nicht von wem und warum. Herr Josef Hermann steht nun unter Verdacht«, erläuterte der Offizier.

»Wieso werde ich nicht verdächtigt?«, fragte Helene.

»Weil Sie als Frau körperlich zu schwach gewesen wären, um einen relativ korpulenten Mann wie Munteanu es war, so einfach auf das vom Fußboden etwas höher liegende Fensterbrett zu heben und hinabzustoßen«, begründete der Securitateoffizier.

»Wie kann ich Ihnen weiterhelfen?«, fragte Helene etwas ungehalten.

»Wo war Josef Hermann, nachdem Sie sein Zimmer verlassen hatten?«

»Das kann ich Ihnen sagen: Er schlief neben mir ein und ca. eine Stunde später ging ich in mein Zimmer 7 zurück, wo meine Tochter schlief. Sie wachte auf und wir redeten kurze Zeit miteinander, dann sind wir eingeschlafen und hatten zwischendurch nichts Ungewöhnliches gehört«, antwortete Helene und fragte ihrerseits: »Warum musste Pfarrer Georg sterben?«

Der Offizier wurde nervös. Helenes Frage kam ihm ungelegen. Er schien die Antwort zu kennen, aber er durfte sie möglicherweise Helene nicht anvertrauen.

Helene insistierte: »Sie scheinen es zu wissen, bitte sagen Sie mir die Wahrheit, denn bald könnte meinem Ehemann, der als Pfarrer Nachfolger von Georg ist, dasselbe passieren! Es muss doch etwas mit der Securitate zu tun haben, denn sowohl Ionel Munteanu als auch Josef Hermann und der Offizier, Vasile Ionescu, der anfänglich Georg unter Druck setzte, sind alle als Geheimdienstmitarbeiter bekannt.«

»Was Sie alles wissen!«, entfuhr es dem Offizier.

»Das weiß fast Jedermann in Heltau, nachdem die Securitate Anfang der Sechziger Jahre eine Gruppe von jungen Männern, unter dem Vorwurf, eine politische Vereinigung zur Verteidigung von Rechten der Siebenbürger Deutschen gegründet zu haben, verhaftete, und die sich auch jetzt noch im Arbeitslager am Schwarzmeer-Donaukanal befinden«, entgegnete Helene.

Der Kriminalbeamte schwieg und sah Helene nachdenklich an, dann verriet er, dass er ihre letzte Frage nicht beantworten könne, da dies von oberster Stelle als Staatsgeheimnis erklärt wurde und er zu strengem Schweigen verpflichtet sei. Er dankte für ihre Bereitschaft und Helene konnte zu ihrer Tochter gehen, die selbstverständlich sehr neugierig und ungeduldig wartete. Sie informierte Ophelia in Kurzform über die neuesten Erkenntnisse im Todesfall Georg. »Aber dann könnte ja auch Papa in Gefahr geraten! Wie schrecklich« rief sie entrüstet aus.

Ophelias Chauffeur holte beide vom Flughafen ab und fuhr sie zu Helenes Agentur im Zentrum von Bukarest, neben der sich auch Ophelias Domizil, während ihrer Aufenthalte an der Musikhochschule, befand. Helene und Ophelia telefonierten umgehend mit Christian und Robert, denen sie mitteilten, dass sie in Bukarest gut gelandet waren. Nach einer Ruhestunde erfrischten sie sich und aßen dann zusammen in einem zentral gelegenen Selfservice-Restaurant. Anschließend gingen sie zur nahegelegenen Musikhochschule und trafen dort Ophelias Prof. für Violine, Isaac Moisim, dem sie über das Konzert in Berlin berichteten. Er freute sich und informierte über Nachrichten, die er vom Hochschulrektor erfahren habe: »Der Intendant des Philharmonischen Orchesters aus New York habe den rumänischen Kulturminister angerufen und um einen Konzerttermin mit Ophelia im April 1971 gebeten. Das Repertoire könne Ophelia selbst auswählen und rechtzeitig nach New York übermitteln. Der Dirigent und Komponist der West Side Story, Leonard Bernstein, hätte sich persönlich für Ophelia als Violinsolistin entschieden.«

Ophelia war überrascht und strahlte vor Freude über diese Ehre. »Wie bitte? Leonhard Bernstein – der Dirigent aller Dirigenten? Ich kann es kaum glauben!«

Ihre Mutter war etwas pragmatischer und wies darauf hin, dass der rumänische Kulturminister erst eine Erlaubnis und einen Vertrag vorlegen müsse, bevor endgültige Entscheidungen gefasst werden. Ophelia wollte etwas erwidern, aber Helene legte den Zeigefinger auf ihre Lippen und deutete ihr an diplomatisch zu schweigen. An Prof. Moisim gewandt sagte sie: »Wir warten geduldig auf eine offizielle Benachrichtigung des Ministeriums.«

Am 20. Mai ließen sie sich nach Hermannstadt fahren, wo Josef schon ungeduldig auf sie wartete: »Die Nachricht über Ophelias Erfolg in Berlin schlug in Rumänien wie eine Bombe ein. Inzwischen haben sich auch neidische Stimmen zu Wort gemeldet. Dazu äußerte er: »Bitte vergesst nicht, dass Neid der Schatten ist, den der Erfolg wirft.« Details erzähle ich später. Bitte ruht Euch von der Fahrt aus, zum Abendessen lade ich Euch um 20:00 Uhr in den ›Römischen Kaiser‹ ein. Auch Michael und Anna werden aus Heltau dazukommen.«

Sie nahmen die Einladung an und Ophelia freute sich sehr darauf, endlich wieder ihren Vater zu sehen.

Das Treffen erfreute alle, sie brachten gute Laune mit, gratulierten und feierten Ophelias Erfolg, lauschten Helenes Erzählungen und Ophelias Impressionen aus Berlin gespannt und neugierig zu.

Michael, der Bescheid wusste, dass Ophelia die Weihnachtsgeige nach Berlin mitgenommen hatte, erkundigte sich danach: »Weißt Du jetzt, ob sie echt ist?«

»Ja, ich weiß es sehr genau«, antwortete Ophelia.

»Und ist es eine ›Guarneri‹?«, fragte Michael neugierig.

»Ja, es ist eine echte Guarneri«, bestätigte Ophelia.

»Darauf müssen wir einen trinken!«, sagte Michael, erhob sein Glas und sprach: »Meine liebe Ophelia, deine Erfolge sind auch unsere Erfolge, möge Gott dir beistehen, damit die Guarneri-Violine dir zu weiteren wunderbaren Klängen verhilft, mit denen du Menschen glücklich machen kannst.« Alle erhoben ihr Glas und tranken auf Ophelia.

»Wo ist denn nun das gute Stück?«, fragte Josef.

Ophelia sah ihre Mutter an und antwortete: »In einem Safe an einem sicheren Ort in Berlin.«

»Wäre es nicht besser darauf zu spielen?«, fragte Anna.

»Doch, Tante Anna, aber sie muss noch instandgesetzt werden. Beim nächsten Konzert in Berlin werde ich sie abholen und täglich darauf spielen«, erklärte Ophelia ausweichend und Helene blinzelte ihr zustimmend zu.

Ophelia wandte sich nun an Josef und bedankte sich herzlich für die wunderbare ›Guarneri‹-Geige, die er ihr zu Weihnachten geschenkt hatte. Dann umarmte sie ihn herzlich.

Josef war überrascht und sehr gerührt von Ophelias Dank. Er setzte sich für kurze Zeit neben Helene und bat sie um ein persönliches Gespräch am nächsten Tag in der ›Rathaus‹-Cafeteria. Es sei sehr wichtig, betonte er. Spontan dachte sie an das Verhör im Bukarester Flughafen und sagte zu.

Anna flüsterte Helene ins Ohr: »Ich habe etwas über Josefs

Vergangenheit erfahren. Darüber möchte ich heute noch mit dir sprechen. Könnten wir für zehn Minuten hinausgehen?«

»Wir gehen mal zur Toilette«, sagten sie und erhoben sich von ihren Stühlen.

»Du machst mich neugierig«, sprach Helene ihre Schwester an.

»Ich war auch sehr überrascht«, erwiderte Anna und kam zur Sache: »Josef war 1943 als 19-jähriger Siebenbürger Deutscher, im Rahmen der Antonescu-Hitler-Vereinbarungen, an die deutsche Waffen-SS zur Front nach Stalingrad versetzt worden. Er entkam der dortigen Niederlage der Deutschen und desertierte nach Bukarest, wo er in die Fänge der rumänischen Legionäre geriet. Diese drohten ihn als Deserteur zu entlarven und an die SS auszuliefern, falls er sich weigern würde ihre Dienste zu erfüllen.«

Helene war erschüttert und fragte: »Wie bitte? Das ist doch schrecklich! Weißt du noch mehr?«

»Ja, die Legionäre setzten Josef als Spion gegen die in Bukarest aufkommende kommunistische Partei ein. Dabei wurde er ertappt und erschoss in Notwehr ein Mitglied der KP. Bis August 1945 hielten die Kommunisten ihn unter Ana Pauker in Bukarest gefangen. Während der Regierungszeit von Petru Groza, Gheorghe Gheorghiu Dej und nachher Nicolae Cervulescu, wurde er als Chordirigent, aber wegen seiner Sprachkenntnisse (deutsch, rumänisch, ungarisch, russisch) gleichzeitig auch als geschätzter Securitate-Mitarbeiter in Kronstadt und im Hermannstädter Kreis verpflichtet. Aus dieser Zeit stammen seine zahlreichen Beziehungen, die er bis heute auch für seine eigenen Interessen nutzt.«

»Wer hat dir das verraten?«, fragte Helene.

»Es war sein Bruder, der in Bukarest lebt. Ich sprach letzte Woche mit ihm am Telefon.«

Helene fürchtete nun um die Unterstützung, die Josef bisher für Ophelia geleistet hatte. Deshalb bat sie Anna: »Bitte behalte diese Informationen über Josef für dich, da andernfalls Ophelias Karriere ein jähes Ende erfahren könnte.«

»Das glaube ich nicht«, entgegnete Anna und ergänzte: »Josef setzt sich für Ophelia zwar hauptsächlich wegen ihrer Begabung und ihres ehrlichen freundlichen Wesens ein, aber auch weil er wegen seines verpfuschten Lebens endlich etwas Gutes leisten möchte.«

»Ich verstehe«, sagte Helene und schlussfolgerte: »Josef scheint außerdem ein Gehetzter zu sein, der dauernd unter Druck steht.«

Sie gingen zurück ins Restaurant, wo Josef und Michael sich über weitere Perspektiven für Ophelias Karriere unterhielten.

»Sie sollte erst ihr Bakkalaureat bestehen«, betonte Michael.

»Das ist richtig, aber gleichzeitig darf sie ihre hohe Reputation als Soloviolinistin nicht vernachlässigen«, gab Josef zu bedenken.

Helene beendete das Gespräch mit den Worten: »Über die Vergangenheit wissen wir viel, aber nichts über die Zukunft. Was noch kommt, steht in den Sternen.«

Am nächsten Tag, während Ophelia im Unterricht am Brukenthal-Gymnasium war, trafen sich Helene und Josef, wie vereinbart, in der »Rathaus«-Cafeteria, wo sie in einer ruhigen, ungestörten Ecke Platz nahmen.

»Also, was gibt's Neues Josef?«, fragte Helene und betrachtete ihn nun mit neuen Augen vielleicht sogar mit einem aufkommenden Mitleidsgefühl.

Josef sah Helene eine Weile an und dachte, diese Frau ist klüger als ich es mir vorstellte, dann gestand er: »Die Bukarester Kriminalpolizei verdächtigt mich des Mordes an Ionel Munteanu.«

Helene war nicht sehr überrascht über Josefs ehrliche Aussage und erwiderte fragend: »Stimmt etwas an diesem Verdacht?«

»Nein, natürlich nicht. Ich war es nicht, der in Bukarest Io-nel aus dem Hotelfenster gestoßen hat«, behauptete Josef mit ernster Stimme.

Helene schwieg lange, dann fragte sie: »Warum wolltest du mit mir reden?«

Josef war unschlüssig, ob er Helene tatsächlich seine Gedan-ken anvertrauen soll. Er rang nach Worten und fing schließlich an zu sprechen: »Helene, du bist die einzige Person zu der ich ein gewisses Vertrauen habe.«

»Ich kann das verstehen Josef, aber was möchtest du mir überhaupt anvertrauen?«

»Bevor ich es dir sage, bitte ich um dein Versprechen, es keinem Menschen weiter zu erzählen.«

Helene wurde mulmig zu Mute: »Josef, wenn es dir so wichtig ist, dann behalte es doch für dich, dann weiß es keine andere Person!«

»Ich brauche aber den Rat einer Vertrauensperson, weil mich die Angelegenheit mit Pfarrer Georg zunehmend belastet«, be-gründete Josef.

»Wenn du mich mit dem, in was du mich einweihen möch-test, nicht mit hineinziehst in eine gefährliche Situation, bin ich gewillt dir zuzuhören«, kam Helene ihm bedingt entgegen.

Josef zögerte, blickte Helene an, dann legte er seine Hände zusammen, als ob er beten würde, räusperte sich und erzählte: »Du kannst dich sicherlich noch an die Gruppe jugendlicher Siebenbürger erinnern, die Anfang der Sechziger Jahre kons-pirative Treffen organisierte, um Aktionen zur Wiederherstel-lung von verlorenen Rechten der Heltauer und Michelsberger Siebenbürger zu planen. Ich gehörte zu dieser Gruppe.«

»Das ist ja interessant«, bemerkte Helene erstaunt und ab-wartend.

»Ja, und Pfarrer Georg wusste ebenfalls davon«, verriet Josef mit trauriger Stimme.

Jetzt wurde Helene neugierig und fragte: »Kann es sein, dass Ionel Munteanu mit dieser Sache etwas zu tun hatte?«

»Ja, das hatte er«, bestätigte Josef und ergänzte: »Er war mit einem aus der Gruppe befreundet und ich wusste davon.«

»Ich verstehe nicht so recht, um was es eigentlich ging, worin bestand das Problem?«, stellte Helene fest.

Josef klärte auf, dass es während der unmittelbaren Nachkriegszeit in der damaligen Kommunistischen Partei in Bukarest verschiedene Gruppierungen gab, die einerseits unterschiedliche Vorgehensweisen mit der deutschen und ungarischen Minderheit vertraten und andererseits gegenseitig, um die Regierungsmacht kämpften. Außerdem befürchteten sie, dass es zum Verlust Transsilvaniens kommen würde, wenn man den Minderheiten ihre Rechte und Besitztümer aus der Vorkriegszeit zurückgeben würde. Der sowjetische Geheimdienst übte einen gewaltigen Einfluss auf Ana Pauker aus, der darin bestand, dass Deutsche aus Rumänien für den ›Wiederaufbau‹ in die Sowjetunion deportiert werden sollten.

»Später, nach Ana Paukers Tod, Anfang der Sechziger Jahre, erhielt Ionel Munteanu aus Bukarest den Auftrag etwas Brisantes aufzudecken, um einen plausiblen Beweis für konterrevolutionäres Verhalten der Siebenbürger Deutschen liefern zu können«, brachte Josef es auf den Punkt.

»Also hat Ionel die Gruppe verraten und ›ans Messer‹ geliefert«, schlussfolgerte Helene.

»So war es: Die Gruppe wurde verhaftet und befindet sich zum Teil bis heute im Arbeitslager am Schwarzmeer-Donaukanal, obwohl sie konkret keine Gefahr darstellte«, bestätigte Josef kleinmütig und präzisierte: »Jemand aus dem damaligen Regierungsapparat, einige verdächtigen den heutigen Staatsratsvorsitzenden, wollte ein erschreckendes Exempel statuieren, um die Siebenbürger Deutschen einzuschüchtern.«

»Gibt es Beweise?«, fragte Helene.

»Es gibt Vermutungen, genau weiß ich es nicht«, beteuerte Josef.

»Etwas fehlt in dieser Sache noch: Was hast du damit zu tun?«, wollte Helene wissen.

»Ich hätte es verhindern können, aber Ionel setzte mich unter Druck und brachte mich zum Schweigen«, begründete Josef.

»Wie? Was wusste er über dich?«, sprudelte es aus Helenes Mund.

»1944, noch vor der Deportation der Rumäniendeutschen, wurde ich von den Legionären in Bukarest als Spitzel gegen die sich bildende KP eingesetzt. Es kam zu einer Schießerei während der ich in Notwehr einen Kommunisten tötete. Ionel war Zeuge, dass es Notwehr war und rettete mich.«

»Das hört sich sehr verwirrend an«, stellte Helene fest und merkte an: »Es bleibt ungeklärt, welches der wahre Grund für den Giftmord an Pfarrer Georg gewesen ist und warum Ionel in Bukarest aus dem Fenster gestürzt wurde!«

»Das ist richtig, und genau das weiß ich nicht«, beteuerte Josef und fügte hinzu: »Wahrscheinlich wollte Ionel mir im Bukarester Parteihotel noch etwas anvertrauen. Dazu kam er aber nicht, weil er in derselben Nacht ermordet wurde.«

»Und jetzt wirst du verdächtigt Ionel getötet zu haben, weil du zu der betreffenden Zeit im Bukarester Parteihotel, Zimmer 12 anwesend warst!«, fasste Helene zusammen.

»Stimmt und du bist meine einzige Zeugin dafür, dass ich mit dem Mord nichts zu tun hatte, da wir zusammen waren«, ergänzte Josef.

Helene sah Josef in die Augen und beruhigte ihn: »Josef, das habe ich bereits bezeugt. Am Flughafen Otopeni in Bukarest, nach unserer Landung aus Berlin, wurde ich von einem Kriminalbeamten der Securitate verhört. Bei dieser Gelegenheit hatte ich dich bereits entlastet.«

Josef sah Helene erstaunt an, plötzlich wurde ihm bewusst,

dass Helene viel mehr über ihn wusste und er stammelte befreit: »Helene, ich danke dir!«

»Gerne Josef, erinnere dich an den Inhalt der ersten Predigt von Michael in Heltau: *Das wahre Frau-Sein* …«

Helene lächelte und prophezeite: »Die Fälle werden erst dann geklärt sein, wenn die Gründe für Pfarrer Georgs und Ionels Tod endgültig beleuchtet sind. Bis dahin bitte lasse uns Ophelia unterstützen, damit viele Menschen vom Klang ihrer Violine eine höhere Emotionalität genießen und vielleicht auf bessere Gedanken kommen.«

Josef blickte Helene respektvoll an, bedankte sich noch einmal für das Gespräch, bezahlte die Zeche und sie verließen gemeinsam die Cafeteria.

Ruhm und politischer Druck

Juni – Dezember 1970

Ophelia beherrschte inzwischen nicht nur das Violinspiel auf virtuosem Niveau, sondern sie wurde von ihrer Mutter, die gleichzeitig ihre Managerin war, dauerhaft unterstützt, beschützt und mit Konzertaufträgen aus dem In-und Ausland versorgt. Außerdem setzte sich Josef, dank seiner Beziehungen zur KP, noch intensiver als vorher dafür ein, dass Ophelia und Helene von den Intrigen der KP-Eliten möglichst verschont blieben. Robert besuchte Ophelia seit Juni 1970 oft in Bukarest oder Hermannstadt und informierte sie regelmäßig über das Musikleben in Mitteleuropa, Auftrittsmöglichkeiten in der westlichen Welt, politische Ereignisse und über die erfolgversprechendsten Repertoires. Seine Besuche entgingen der Securitate jedoch nicht. Sie wurden vom Geheimdienst registriert, als kritisch eingestuft und beschattet.

Im Juni1970 legte Ophelia ihre um ein Jahr vorgezogene Bakkalaureats-Prüfung ab und bestand im Juli die Aufnahmeprüfung an der Bukarester Musikhochschule/Fakultät für Instrumente und Canto in den Fächern Violine, Gesang und Musiktheorie. Gleichzeitig bereitete sie sich für den Auftritt im Gürzenich-Sinfonieorchester Köln am 14. September 1970 mit dem Mozart-*Violinkonzert Nr. 4, D-Dur KV 218* und am 15. September als Sopranistin an einem *Liederabend mit Kunstliedern siebenbürgischer Komponisten* an der Kölner Musikhochschule, vor.

Das Erfolgstempo von Ophelias Karriere wurde inzwischen seitens der KP-Eliten in Bukarest und Hermannstadt, die um den Karriereaufstieg ihrer eigenen Kinder bangten, mit ›Argusaugen‹ verfolgt, da es ihnen einerseits suspekt erschien, dass

eine so junge Siebenbürger Deutsche als Violinvirtuosin derartig erfolgreich war und andererseits der Verdacht aufkam,
dass sie irgendwann endgültig im westlichen Ausland verbleiben könnte. Auf Helenes Bitte, bürgte Josef in der KP immer
wieder für das Vertrauen in Ophelias Rückkehr aus Deutschland und setzte durch, dass Helene ihre noch minderjährige
Tochter, als Managerin und Betreuerin während der Konzert-
aufenthalte, begleiten durfte.

Mit dem Mozart-*Violinkonzert Nr. 4, D-Dur KV 218* am 14.
September im Kölner Gürzenich und am 15. September als Sopranistin mit den *Siebenbürgischen Kunstliedern* in der Kölner
Musikhochschule sowie den bisherigen Konzertauftritten seit
1967, erlangte Ophelia nun weltweite Beachtung.

Ophelias gutes Verhältnis zu Robert und ihr Wunsch, defi-
nitiv in Deutschland zu bleiben verfestigten sich zunehmend.
Auch ihre Mutter, die attraktive Helene, fühlte sich zunehmend
zum Intendanten des Kölner Sinfonieorchesters, Christian
Schleicher, hingezogen, der sie noch immer herzlich umwarb.
Doch trotz zahlreicher Angebote, endgültig in Deutschland
zu bleiben, kehrte Helene, ihr Versprechen gegenüber Michael,
Verwandtschaft und Josef berücksichtigend, mit ihrer Tochter
bisher immer wieder nach Rumänien zurück, wo Ophelia ihr
Musikstudium in der rumänischen Hauptstadt ernst nahm.

Ophelias Bekanntheitsgrad als Violin- und Gesangsvirtuosin
erhöhte sich mit jedem öffentlichen Auftritt. Dadurch wurde
sie oft zu Konzerten im westlichen Ausland eingeladen. Josef blieb es nicht unbekannt, dass sich zwischen Ophelia und
Robert eine innige Beziehung entwickelte. Allmählich stellte
sich auch bei ihm ein Misstrauen ein, was die Rückkehr nach
Rumänien betraf, und er befürchtete, dass Ophelia und Helene
irgendwann endgültig im Ausland verbleiben könnten und er
anschließend die strafenden Konsequenzen der KP, samt Verlust aller Privilegien, zu tragen hätte. Gleichzeitig konnte er es

zunehmend schwerer ertragen, dass Helene nun seiner emotionalen Kontrolle entglitten war und er deshalb von Eifersucht, aber auch von Zweifeln am kommunistischen System geplagt wurde.

Helene, die zusammen mit Ophelia im Zentrum von Bukarest wohnte, fiel auf, dass der Sohn des Vorsitzenden für internationale Kulturbeziehungen, Sorin Drăgulescu, Ophelias Kommilitone, bei Rundfunk-Auftritten auf ihre Tochter aufmerksam wurde und wiederholt versuchte sie zum Essen einzuladen. Da Sorin als Frauenheld bekannt war, intervenierte Helene und warnte Ophelia eindringlich vor ihm.

Eines Tages wurde sie in Bukarest, nach einem Konzert, von Sorin, dem Sohn des Kulturministers, zu einer Party eingeladen. Helene riet ihr wiederholt ab, aber die naive Ophelia erhoffte sich etwas Abwechslung und folgte trotzdem der Einladung. Während der Party bat der leicht alkoholisierte Sorin, Ophelia, unter einem wichtigen Vorwand in sein Privatzimmer, wo er versuchte sie zu verführen und in seiner plumpen Art sogar zu vergewaltigen. Zwei Studentinnen und das Zimmermädchen des Ministers wurden Zeuginnen des versuchten Missbrauchs und verhinderten Schlimmeres. Entsetzt lief Ophelia weinend davon. Tags darauf verweigerte die KP, ohne Begründung, Ophelias Teilnahme an Konzerten im westlichen Ausland. Helene, wurde von Ophelia über den versuchten Vergewaltigungsversuch wahrheitsgetreu informiert, und bat um Audienz beim Kulturminister. Dort beschwerte sie sich bitterlich und drohte mit politischen Konsequenzen, falls keine Wiedergutmachung erfolgen würde. Insbesondere forderte sie von ihm seinen Einfluss geltend zu machen, um Ophelias Auslandsauftritte weiterhin zu ermöglichen, ansonsten würde sie Sorins Vergewaltigungsversuch an die Öffentlichkeit bringen.

Auch in der Mordsache Ionel ging es weiter. Der am Mord Ionels verdächtigte Josef wurde von der Securitate-Zentrale für den 18. September 1970 nach Bukarest vorgeladen.

»Guten Tag, Genosse Hermann, mein Name lautet Ilie Popescu, empfing ihn der dortige Major!«

»Guten Tag, Genosse Major«, grüßte Josef standesgemäß.

»Wir haben Sie eingeladen, um einige Angelegenheiten aus der Vergangenheit mit Ihnen zu klären. Das wurde erforderlich, weil es sich auch auf ihre politische Zukunft auswirken könnte«, leitete der Major das Gespräch ein.

Josef sah ihn abwartend, aber sehr aufmerksam an und schwieg.

»Die Täterschaft und Auftraggeber im Fall Ionel Munteanu konnten wir klären. Dadurch spreche ich Sie hiermit von jeglichem Verdacht frei.«

Innerlich entlastet und dadurch erleichtert, erkundigte sich Josef nach der Identität des Auftraggebers.

»Diese Frage darf ich Ihnen leider nicht beantworten, ich kann nur verraten, dass es sich in beiden Fällen um Auftragsmorde handelte.«

»Darf ich wenigstens wissen, warum Ionel den Pfarrer Georg im Januar 1952 vergiftet hatte?«, fragte Josef.

»Auch diese Frage darf ich Ihnen nicht beantworten, aber die Antwort andeuten«, sagte der Major.

Josef schwieg und wartete den weiteren Verlauf des Gesprächs ab.

Der Major machte eine Überlegungspause und fing an zu berichten: »Pfarrer Georg wurde im Januar 1945, zusammen mit anderen Tausenden siebenbürgischen Frauen und Männern, zur Zwangsarbeit in die Sowjetunion nach Dnjepropetrowsk/Ukraine, deportiert. Dort lernte er einen russischen General kennen und sie wurden Freunde. Der General informierte ihn, dass Stalin im Dezember 1945 hunderttausend Arbeitskräfte auf unbestimmte Zeit, als Kriegsentschädigung in Form von Aufbauarbeit bei der damaligen KP Rumäniens, angefordert habe. Die damalige rumänische KP unter Ana Pauker, in Kollaboration mit dem damals aufstrebenden jungen Kommunisten, Nicolae Cervulescu, ließ fast ausschließlich Siebenbürger Deutsche und Banater Schwaben in die Sowjetunion deportieren.«

»Das ist mir bekannt, ehemals deportierte Siebenbürger im Kreis Hermannstadt erzählen oft darüber«, fügte Josef hinzu.

»Es gibt aber noch mehr Einzelheiten in dieser Sache: Pfarrer Georg und der russische General blieben Freunde, auch nach Georgs Entlassung 1949 aus der Deportation. Und sie besuchten sich gelegentlich. Der pensionierte russische General informierte 1964 den Presbyter Johann, dass Cervulescu, der nächste *Erste Sekretär des ZK* in Rumänien sein wird.«

»Woher hatte der russische General das so vorzeitig gewusst?«, fragte Josef neugierig.

Der Major sah Josef lächelnd an und sagte: »Ich wusste, dass Sie ein kluger Kerl sind …!«

Josef schwieg und wartete, weil er annahm, dass das Wesentliche noch kommen würde.

»Ionel, der als Doppelspion für die Russen und die KP in Rumänien tätig war, hatte es ihm verraten«, offenbarte der Major.

»Ionel Munteanu war Doppelspion …?«, entfuhr es Josef.

»Ja, Ionel sprach nämlich fließend Russisch, weil seine Mutter Russin aus Moldawien war.«

»Das wusste ich nicht«, gab Josef betroffen zu.

Der Major nickte und erzählte weiter: »Das war aber noch kein Grund, um Pfarrer Georg zu vergiften!«

»Das leuchtet mir ein«, bestätigte Josef.

»Nun gut, Ionel machte einen Fehler: In betrunkenem Zustand vertraute er Pfarrer Georg an, dass er die Cervulescu-Ernennung von einem führenden Mitglied des ZK erfahren habe. Ionel war nämlich gleichzeitig auch persönlicher Spion dieses ZK-Mitglieds.«

»Das ist aber immer noch kein Grund einen Pfarrer zu töten!«, sagte Josef enttäuscht.

Der Major ärgerte sich etwas, weil er annahm, dass Josef ihn nicht verstanden habe, weil er möglicherweise eine klausulierte Formulierung verwendete. Josef schwieg auch diesmal erwartungsvoll, um den Major nicht zu verärgern und weiter reden zu lassen.

»Es gab aber noch sehr wichtige Informationen, die Ionel erfahren hatte, und später dem russischen General gegen Bezahlung anvertraute.«

»Ich bin gespannt, Genosse Major!«, sagte Josef in erwartungsvollem Ton.

»Ionel soll den General informiert haben, dass Cervulescu, in der Zeit als Ana Pauker die entscheidende Person in der KP von Bukarest war, suggeriert haben soll, den Rumäniendeutschen irgendwann ein furchterregendes Exempel zu statuieren.«

»Zu welchem Zweck?«

»Durch Verhaftung deutsch-siebenbürgischer Patrioten aus Rumänien, sollte den Deutschen und Ungarn aus Rumänien Angst eingejagt werden, um diese von weiteren Forderungen ehemaliger wirtschaftlicher und juristischer Rechte abzubringen und ihnen auf diese Weise das Schweigen aufzuzwingen.«

»Verstehen Sie jetzt?«, fragte der Major.

»Nicht ganz«, gestand Josef diplomatisch.

»Nun gut, mehr kann ich Ihnen jetzt leider nicht verraten«, unterbrach der Major abrupt, da er merkte, dass er Josef bereits zu viel mitgeteilt hatte.

Josef fragte ihn unsicher und etwas enttäuscht: »Darum haben Sie mich aus Hermannstadt hierher beordert?«

»Nein, nicht nur deshalb habe ich Sie nach Bukarest eingeladen«, präzisierte er im Kommandoton und änderte abrupt die

Thematik: »Ich erteile Ihnen hiermit den Auftrag, Frau Helene Schön zu überzeugen, dass sie einer Spionagetätigkeit für die Securitate in Deutschland zustimmt.«

Auf einen derartigen Auftrag war Josef nicht gefasst. Schockiert erinnerte er sich an ähnliche Begebenheiten als 19-jähriger während seiner SS-Zeit in Stalingrad. Fieberhaft dachte er nach, wie er den Major davon abbringen könne. Er war wie gelähmt, aber es fiel ihm kein effektives Gegenargument ein. Deshalb antwortete er ausweichend: »Ich werde mit ihr darüber sprechen, aber sie wird mich sehr wahrscheinlich nach einer Gegenleistung fragen.«

»Kann ich verstehen«, sagte der Major vorausschauend und bot an: »Frau Schön und ihre Tochter werden dann weiterhin ins westliche Ausland reisen dürfen.«

Dann erhob sich der Major brüsk, deutete an, dass das Gespräch zu Ende sei und er auf baldige telefonische Antwort warte.

Josef verließ die Securitate-Zentrale ziemlich bedrückt und meldete sich kurz danach telefonisch bei Helene zu Besuch an.

Helene reagierte etwas stutzig über Josefs plötzliches Erscheinen in Bukarest, aber sie vereinbarte mit ihm trotzdem einen Termin um 18:00 Uhr im Athenäum-Restaurant.

»Was für eine Überraschung!«, äußerte sie: »Was suchst du in Bukarest?«, fragte Helene.

»Ich wurde in die Securitate-Zentrale vorgeladen«, antwortete Josef prompt.

»Na dann, erzähl mal!«, forderte Helene ihn auf.

Josef informierte sie in groben Zügen, vor allem über die Tatsache, dass Ionel Munteanu rumänisch-russischer Doppelspion war und 1954/55 obendrein als persönlicher Spion eines ZK-Mitglieds tätig war. Cervulescu selbst wurde 1964 von Gheorghe Gheorghiu Dej, dem damaligen Regierungschef, tatsächlich zum Sekretär des Zentralkomitees im Politbüro ernannt.

»Jedenfalls ist der Verdacht auf meine Person jetzt vollkommen fallen gelassen worden«, schlussfolgerte Josef erleichtert.

»Ist jetzt geklärt worden, wer Ionel getötet hatte?«, fragte Helene neugierig.

»Es sollen Auftragsmörder gewesen sein. Wer deren Auftraggeber war, wollte der Major mir nicht verraten. Er meinte, ich könnte vielleicht selbst dahinterkommen, wenn ich mehr über Ionel in Erfahrung bringen würde. Ich kann mir vorstellen, dass man ihn beseitigt hat, weil er über eine wichtige Person an der Regierungsspitze und gewisse Zusammenhänge zu viel wusste.«

»Das hört sich gefährlich an«, stellte Helene fest und merkte an: »Ionel hatte schließlich geplaudert und wurde dadurch zum Problem für den Auftraggeber.«

»Für mich besteht jedoch momentan keine Gefahr mehr«, sagte Josef erleichtert und deutete mit einem unangenehmen Gefühl im Bauch an: »Der Major erteilte mir jedoch am Ende unseres Gesprächs noch einen Auftrag.«

Helene, die merkte, dass Josef ins Stocken geriet, sah ihn auffordernd an und sagte: »Bitte lass die ›Katze aus dem Sack‹!«

Josef sprach es nun direkt aus: »Er beauftragte mich, mit dir zu sprechen, um herauszufinden, ob du gewillt wärst, Spionagetätigkeiten für die Securitate in Deutschland zu übernehmen. Als Gegenleistung würdest du und Ophelia jederzeit frei ins westliche Ausland reisen dürfen.«

Helene war sichtlich unangenehm berührt von diesem kompromittierenden Angebot. Nun steckte sie tatsächlich im Dilemma. Wenn sie nicht zustimmen würde, dürften sie und Ophelia sehr wahrscheinlich nicht mehr ins Ausland reisen und wenn sie dem zustimmt, würde das ihr Leben ganz durcheinanderbringen, dass sie es möglicherweise auf Dauer nicht ertragen könnte. Wie sollte sie andere Leute denunzieren, ihnen Geheimnisse abkaufen, die sie dann an die ihr verhasste KP weiterleitet? Worauf hatte sie sich nur eingelassen?

»In was hast du mich da nur hereingezogen!«, entgegnete sie vorwurfsvoll, grob und niedergeschlagen. Mit sichtlicher Entschiedenheit erwiderte sie: »Das muss ich mir noch genau überlegen!«

Sie stand auf und bat gehen zu dürfen. Josef verstand ihren Unmut, bezahlte und ging schweigend hinter ihr her. An der Straßenbahnhaltestelle verabschiedeten sie sich ziemlich kühl und verbittert.

Helene sah nun die Karriere ihrer Tochter wiederum gefährdet und ihre eigenen Zukunftsperspektiven ebenfalls. Ophelia durfte auf keinen Fall vom Spionageangebot des Bukarester Securitatemajors erfahren, denn es würde sie psychisch fertigmachen. Josef stand nun gleichermaßen in der Zwickmühle der Securitate, wenn sie dem Auftrag nicht zustimmen würde. Sie dachte ständig über eine Lösung für die entstandene Situation nach.

Drei Tage später wurde Helene von Christian aus Köln per Telegramm benachrichtigt: »Ich komme am Donnerstag und werde anrufen.«

Helene empfand, nachdem sie Christians Telegramm gelesen hatte, einen sich öffnenden Lichtschimmer in ihrer verzweifelten Lage.

Am Donnerstag um 15:00 Uhr klingelte das Telefon und Christian meldete sich: »Ich bin da und fahre mit der Straßenbahn zum Victoria-Platz. Von dort komme ich zu Fuß.«

Eine Stunde später aßen sie zusammen im Restaurant am Platz der Republik.

Helene berichtete ihm über die sich ergebende Situation aufgrund des Spionageangebots der Securitate. Christian erwies sich als aufmerksamer Zuhörer und überraschte Helene mit seiner Aussage: »Dieser Auftrag wundert mich überhaupt nicht. Irgendwann musste das so kommen. Künstler und ihre Familien, die aufgrund ihres Bekanntheitsgrades oft ins westliche

Ausland reisen dürfen, werden seit einigen Jahren sehr oft mit Spionageaufträgen unter Druck gesetzt.«

»Soll ich mich jetzt, deiner Meinung nach, dieser politischen Tatsache fügen?«, fragte Helene leicht missmutig.

Christian sah sie liebevoll an und antwortete: »Um eurem drohenden Verbot von Reisen in den Westen, dem Ende von Ophelias Karriere und Josefs Absacken in die politische Gleichgültigkeit der kommunistischen Machthaber zu entkommen, schlage ich vor, dass du dem Auftrag scheinbar zustimmst, um Zeit zu gewinnen. Momentan steckt ihr alle in der Zwickmühle. Wenn du mit Ophelia wieder in Deutschland sein wirst, dann hättet ihr die Möglichkeit, bessere Entscheidungen zu treffen.«

Helene hörte aufmerksam zu und fragte: »Was geschieht mit unseren Familienangehörigen, wenn ich später mit Ophelia definitiv im Westen bleiben werde?«

»Mache dir jetzt keine großen Sorgen darum«, sagte Christian und begründete: »Der Westen steht nicht so wehrlos da, wie mancher glauben mag. Es gibt Dinge, die derzeit stattfinden, von denen du keine Ahnung hast. Der Deutsche Bundesnachrichtendienst (BND) München, könnte die rumänische Regierung politisch auf internationaler und wirtschaftlicher Ebene sehr stark unter Druck setzen, da sie ihre eigene deutschstämmige Bevölkerung nicht nur diskriminiert, sondern auch für Devisenerwerb ausnutzt.«

Helene war erstaunt über Christians Informationen. Er wirkte sehr sicher und vertrauensvoll auf sie. Deshalb fragte sie ihn: »Woher weißt du das alles?«

»Ich kann deine Neugierde verstehen Helene, aber noch kann ich dir nicht alles mitteilen was ich weiß. Bitte vertraue mir, in Deutschland werde ich dir zum richtigen Zeitpunkt mehr über mich erzählen. Momentan empfehle ich dir dem Auftrag der Bukarester Securitate nachzukommen. Daraus ergeben sich für dich und Ophelia viele Optionen und Perspektiven. Ich werde euch dabei unterstützen.«

Etwas später kam Ophelia von der Musikhochschule. Sie freute sich über Christians Besuch und erzählte über ihren Hochschulalltag.

Am Freitag fuhren sie dann bei sonnigem Wetter mit dem Bus nach Snagov wo sie ein Boot mieteten und mehrere Stunden auf dem Snagovsee ruderten, nachdem Christian das Boot fachmännisch nach Abhörmikrophonen abgesucht hatte. Danach besprachen sie viele Themen, die Helene und Ophelia für den Fall, dass sie irgendwann in Deutschland bleiben würden, bewegten.

Christian erwies sich auch diesmal als sehr verständnisvoll und beantworte vorsichtig viele Fragen. Dabei verwies er auf Ophelias Konzertauftritte, die durch ihren Erfolg, die Erfüllung und Klärung vieler offener Fragen bezüglich eines zukünftigen Lebens in der westlichen Gesellschaft, sichern würde. Er sprach jedoch auch berufliche Möglichkeiten für Helene an. Am Ende schlussfolgerte er: »Seht zu, dass Ophelia ihren Bekanntheitsgrad als Soloviolinistin im westlichen Europa erweitert. Robert und ich werden euch dabei zur Seite stehen.«

Christian flog bereits am Sonntag mit einer Lufthansamaschine zurück nach Deutschland und Helene überdachte die vielen Neuigkeiten, die er hinterließ. Sie war ihm sehr dankbar für die beruhigenden Informationen und sinnvollen Vorschläge. Dabei fiel ihr auf, dass sie über ihn bisher nicht mehr wusste, als dass er beruflich Intendant in Köln war. Darüber redete er jedoch kaum. Sie nahm sich vor, ihn zukünftig darüber zu befragen.

Nach seiner Abreise telefonierte Helene mit Josef und gab ihm ihre Entscheidung hinsichtlich des Spionageauftrags bekannt. Ihre Entscheidung wirkte sichtlich beruhigend auf ihn und er versprach den Major in Bukarest umgehend zu informieren.

Bereits zwei Tage später klingelte der Securitate-Major an der Eingangstür zu ihrer Wohnung in Bukarest.

»Guten Tag, Frau Schön, mein Name ist Ilie Popescu, ich bin Major der Securitate und besuche Sie aufgrund des Gesprächs mit Genosse Josef Hermann.«

»Guten Tag, Genosse Popescu, ich weiß Bescheid«, grüßte Helene kühl zurück und bat ihn in die Wohnung.

Der Major trat ein, saß sich auf den ihm zugewiesenen Stuhl und ging direkt zur Spionageaufgabe über.

»Wir werden Sie demnächst zu einer zweitägigen Schulung für die ihnen zugedachten Tätigkeiten einladen. Dort werden Ihnen alle erforderlichen Instruktionen erteilt. Wann wäre es ihnen zeitlich entgegenkommend?«

»Das hängt von der Konzerttätigkeit meiner Tochter ab. Ich muss nämlich immer dabei sein, da ich für sie Mutter, Managerin und Psychologin bin«, gab Helene ausweichend zu bedenken.

»Ist nachvollziehbar«, sagte der Major und versprach: »Wir werden uns danach richten. Versprochen!«

Er hinterließ seine Telefonnummer und bestand auf einer monatlichen Berichterstattung an eine noch zu benennende Person über das Kulturleben in Deutschland, bzw. über gewisse Personen, deren Namen man ihr dann mitteilen würde. Dann bedankte und verabschiedete er sich.

Helene war alles andere als ruhig, ihr wurde heiß bei dem Gedanken, sich als Spionin zu betätigen. Allein der Gedanke, dass Christian sie in dieser politischen »Affäre« unterstützen würde beruhigte sie etwas und … weil das Gespräch mit dem Major so problemlos verlaufen war. Nun mal sehen, was auf sie zukam. Zuerst galt es ja noch das zweitägige Vorbereitungsseminar zu besuchen.

Inzwischen machte Ophelia sich Gedanken über ihr Repertoire für die nächsten Konzertauftritte und als Robert sie Ende Oktober besuchte, diskutierte sie mit ihm darüber. Er schlug vor, dass sie die bisher aufgeführten Violinkonzerte in der bisherigen Folge noch einmal vor dem Publikum in Italien, England, Frankreich und Deutschland zur Aufführung bringen solle.

»Aber dafür habe ich noch keine Einladungen, außer von der Philharmonie in New York, wo ich im April 1971 mit einem völlig neuen Violinkonzert auftreten möchte«, gab Ophelia zu bedenken.

»Das wird sich bald ändern«, sagte Robert und begründete: Christian und ich werden uns darum kümmern. In der Zwischenzeit solltest du die bisherigen Vortragswerke wieder einüben und sie vor einheimischem Publikum mit den Sinfonischen Orchestern der Philharmonien in Klausenburg, Temeswar, Iassy, Hermannstadt und Bukarest vorführen. Dies wären für dich passende Generalproben.«

»Sicherlich, aber ich muss mich auch für die Prüfungen an der Hochschule vorbereiten«, wandte Ophelia ein, da ihr Roberts Vorschläge in der Umsetzung sehr zeitaufwendig zu sein schienen.

Robert dachte einen Augenblick nach und unterbreitete eine zeitsparende Option: Du könntest bei den Semesterprüfungen Ausschnitte aus den Violinkonzerten von Bruch, Beethoven, Brahms, Mendelssohn-Bartholdy oder aus den Solo-Partiten von Bach, deinem Violinprofessor Isaac Moisim zur Prüfungsdisposition stellen. Dies wäre für dich weniger zeitintensiv.«

»Ohne Orchesterbegleitung klingt das jedoch nicht sonderlich gut«, entgegnete Ophelia.

»Auch dafür gibt es eine Lösung«, deutete Robert an.

»Und die wäre?«, fragte Ophelia.

»Das Orchester der Bukarester Musikhochschule«, sprudelte Robert hervor.

»Das ist eine gute Idee«, bestätigte Ophelia und ergänzte: »Diesen Vorschlag unterbreite ich demnächst meinem Prof. Moisim und dem Rektor.

Robert lächelte zufrieden, umarmte sie und gab ihr einen Kuss.

Als Ophelia ihrer Mutter die Vorschläge Roberts unterbreitete, war diese so begeistert, dass sie Robert bat diese zusammen mit Christian in die Tat umzusetzen und so bald wie möglich Orte und Termine zu nennen, um die Planungen starten zu können.

»Du bist ein Organisationsgenie«, wurde Robert von Helene gelobt.

Bereits im November 1970 legten Robert und Christian die Konzerttermine vor: 14. Februar 1971 Rom, 18. April 1971 New York, 6. Juni 1971 Berlin, 19. September 1971 London, 14. November 1971, Köln. Die Einladungen würden bald eingehen, informierte Christian. Für die dazwischenliegenden Inlandkonzerte in den Monaten Januar, März, Mai, August und Oktober, übernahm Helene die planerische Verantwortung.

»Das wären zehn Konzerte im Jahr 1971«, fasste Josef bei einem Planungstreffen mit Helene in Hermannstadt zusammen und merkte an: »Das ist jede Menge für Ophelia!«

»Ich werde dem Major, Ilie Popescu, die Termine mitteilen«, äußerte Helene mit einem süffisanten Lächeln.

»Wie daraus ersichtlich wird, sind es die Termine im Juni/ Berlin und im November/Köln, die für deine Spionageaufträge vorgesehen sein werden«, stellte Josef fest.

»Dazu sind noch Ophelias Inlands- und Prüfungstermine zu berücksichtigen«, präzisierte Helene andererseits.

»Hoffentlich schafft ihr das«, stellte Josef skeptisch fest.

»Hoffentlich!«, bestätigte Helene.

Dezember 1970 – April 1971

Am Dienstag, dem 1. Dezember 1970 erfüllte Ophelia ihr 18. Lebensjahr. Ophelia war schon um 6:00 Uhr wach und Helene kam an ihr Bett, umarmte sie und sagte: »Ich wünsche dir, dass du deinen Tag lächelnd beginnen kannst, in froher Erwartung der vielfältigen Aufgaben, die auf dich warten, und all der Begegnungen, die dir geschenkt werden. Dass du aber auch die nötige Geduld aufbringst, um das zu ertragen, was dir überflüssig erscheint.«

Josef ›trommelte‹ eine kleine Chorgruppe, aus Gymnasialschülern bestehend, zusammen, die Ophelia früh morgens um 7.00 Uhr mit einem Ständchen, mitten im Zentrum von Hermannstadt, mit dem Kanon »Ein bunter Blumenstrauß mit Tönen« und mit dem vierstimmigen Chorgesang »Um Hontertstroch/Am Holunderstrauch« von Andreas Kirchner, überraschten. Plötzlich strömten viele Hermannstädter Bürger zum ›Großen Ring‹, um Ophelia zu sehen und der berühmten Violinistin zu gratulieren. Michael, Helene und Anna standen, in ihren Bademänteln gekleidet, überrascht auf dem Balkon und freuten sich, zusammen mit Ophelia, für diese öffentliche Gratulation. Als der 1. Parteisekretär und der Bürgermeister von Hermannstadt vor dem Balkon erschienen und kurze Gratulationsreden hielten, war die Überraschung vollkommen.

Am Samstag, dem 5. Dezember hatten Michael, Helene und Ophelia die eigentliche Geburtstagsfeier im Gemeindesaal von Heltau eingeplant, wohin alle Gemeindemitglieder, die den Geburtstag mitfeiern wollten, eingeladen waren.

Ophelias Geburtstagsfeier nahm das Ausmaß einer großen Hochzeitsfeier an. Der Saal am Sportplatz war voll besetzt und einige der Feiernden brachten sogar ihre eigenen Stühle mit, um auf der Straße vor dem vollbesetzten Saal mitfeiern zu können. Auch Robert war dabei und hielt sich wegen der allgegenwärtigen Securitate unauffällig in Hintergrund auf. Eine

Heltauer Jugendband spielte anfänglich nur Beatles-Songs, die von den Jugendlichen besonders gern gehört wurden. Als Ophelia plötzlich ihre Violine ›zückte‹ und den Song »Hey Jude« vorspielte, wurde es ganz still und alle lauschten dem ungewöhnlichen Klang dieses Songs auf der Violine. Das Schluss-Thema des Songs sangen dann alle Anwesenden begeistert mit. Sogar einige lokale Milizionäre erschienen und mischten sich unter die Singenden. Am meisten freute sich Ophelia auf das Zusammensein mit Robert nach der Geburtstagsfeier.

Die Feier der berühmten Ophelia war auch am Sonntag vor und nach dem Kirchgang und Tage danach noch Gesprächsthema in der Kleinstadt Heltau und in der Hermannstädter Presse.

Weihnachten 1970 und Silvester verbrachten Familie Schön und Hermann im Luftkurort auf der ›Hohen Rinne‹(Păltiniş), im Zibinsgebirge, südwestlich von Hermannstadt. Michael unterbrach den Urlaub immer wieder und wurde von Ophelias Chauffeur zu seinen dienstlichen Verpflichtungen als Pfarrer hin und her gefahren. Dadurch hatte Josef oft die Gelegenheit mit Helene über Ophelias Auftrittstermine und ihr Repertoire zu reden.

»Wann und wo findet Ophelias nächstes Konzert statt?«, fragte Josef während des Mittagessens im Restaurant ›Păltiniş« auf der Hohen Rinne.

»In der dritten Januarwoche, am Freitag, dem 15. wird sie mit der Hermannstädter Philharmonie im Saal des Stadttheaters das *Violinkonzert von* Max Bruch spielen, um es dann am 14. Februar in Rom noch einmal aufzuführen«, antwortete Helene prompt.

»Und was wird sie bei ihrer Semesterprüfung an der Musikhochschule in Bukarest vorspielen?«, erkundigte sich Josef.

»Den 1. Satz, *Allegro* aus demselben Violinkonzert von Bruch«, lautete Helenes Antwort.

»Wann?«

»Eine Woche nach dem Konzert in Rom.«

»Gut geplant! Dann wird sie es ›gut drauf‹ haben«, lobte Josef Helenes Planung.

»Konntest du aus Ionels Akten etwas herausfinden, was auf die Ursache an Pfarrer Georgs Vergiftung hinweist?«, änderte Helene das Gesprächsthema.

»Nicht viel, aber langsam dämmert es mir, wo die Ursache zu finden ist«, antwortete Josef vorsichtig.

»Du möchtest es mir nicht sagen«, deutete Helene seine Antwort.

»Ich muss weiter recherchieren. Noch benötige ich weitere brauchbare Hinweise«, begründete Josef.

»Bleib dran Josef, aber sei vorsichtig, Du könntest sonst das nächste ›Bauernopfer‹ werden!«, warnte Helene.

Josef blickte sie ernst an und sagte: »Über Vergangenes mache ich mir keine Sorgen, dem Kommenden wende ich mich zu ...«

Helene nickte und wandte sich an ihre Schwester Anna: »Kannst du dich noch an die Erzählungen unserer Mutter über die Deportation in die Sowjetunion (Ukraine) erinnern?«

»Ja sicherlich«, sagte Anna.

»Ionel wusste also mindestens zwei Monate vor Januar 1945, dass die KP unter dem Druck Stalins einer Deportation zugestimmt hatte. Die Frage ist, wer ihm das verraten hatte.«

»Weiß Josef es vielleicht?«, fragte Anna.

»Sprich mit ihm, vielleicht weiß er inzwischen etwas mehr über Ionel«, forderte Helene ihre Schwester auf.

Anna stand auf, setzte sich neben Josef und bat ihn um Erlaubnis, ihm Fragen über Ionel stellen zu dürfen. Josef sah sie überrascht an und nickte zustimmend.

»Ist dir bekannt, von wem Ionel schon im November 1944 wusste, dass im Januar 1945 die Deportation von Deutschen aus Siebenbürgen und dem Banat geplant war?«

»Vor Weihnachten habe ich versucht an die Securitate-Akte über Ionel heranzukommen. Sie war nicht mehr auffindbar. Unser Offizier informierte mich, dass sie nach Bukarest ins Büro des stellvertretenden Obersten der Securitate, Pacirpa, gebracht worden sei. Dort habe nur noch Cervulescu Zugang zur Ionel-Akte.«

»So, so« sagte Anna« und äußerte: »Sehr verdächtig, wie unser Staatsratsvorsitzender alles verheimlicht!«

»Ionel wusste noch viel mehr«, deutete Josef an.

Anna wurde hellhörig und bat ihn weiterzusprechen.

»Er wusste, schon Anfang 1964, dass Cervulescu ab dem 22. März 1965 Erster Sekretär des Zentralkomitees unter Chivu Stoica und Ion Gheorghe Maurer sein würde«, informierte Josef.

»Es scheint sich alles auf diesen Vorsitzenden einzupendeln«, bemerkte Anna nachdenklich.

Josef blickte sich vorsichtig um, ob jemand sie belauschen würde. Dann forderte er Anna auf: »Bitte sei vorsichtig, es handelt sich in dieser Sache um streng geheime Staatsangelegenheiten, hatte mir letztens ein Bukarester Securitateoffizier anvertraut. Mehr kann ich momentan nicht verraten. Ich setze mich übrigens auch viel lieber für Ophelias Auftritte ein.«

Das Violinkonzert mit der Hermannstädter Philharmonie im Staatstheater war für Ophelia ein glänzender lokaler Erfolg. Ihre bisherigen Konzerterfahrungen machten sich bemerkbar und erleichterten ihr das professionelle Auftreten zunehmend. Inzwischen galt sie als Violinstar im Kreis Hermannstadt. Mehr als die Hälfte der Publikumsbesetzung waren Jugendliche, die erfahren hatten, dass Ophelia mit ihrer Violine gern auch Beatles-Songs spielen würde.

Der Flug nach Rom zum Konzerttermin am 14. Februar im Palazzo del Quirinale von Rom, verlief problemlos. Sehr überrascht und erfreut war Ophelia, als sie Robert sah, der in der Empfangshalle des Flughafens auf sie wartete.

»Hej, was suchst du in Rom?«, fragte Ophelia freudig.

»Der Geheimdienst hatte mir verraten, dass meine Freundin hier auftauchen wird«, scherzte er und umarmte sie fest.

»Komm, verrate mir, warum Du in Rom bist«, bat Ophelia lächelnd.

»Tja, Christian vermittelte mir ein Dirigat im *Palazzo del Quirinale*, morgen um 20:00 Uhr«, informierte Robert lächelnd.

Ophelia fiel ihm freudig um den Hals und Helene stellte fest: »Dann wirst Du das Bruch-Violinkonzert mit der Violinsolistin, Ophelia Schön, dirigieren!«

»Richtig erraten!«, scherzte Robert schon wieder und ergänzte: »Zufällig wurde ich im ›Quirinale‹-Hotel, Zimmer 407, einquartiert.«

»Wow, also genau neben uns!«, quietschte Ophelia freudig lachend.

Sie nahmen gemeinsam ein Taxi, das sie zum Hotel brachte und erfrischten sich dort.

»In zwei Stunden findet die Generalprobe statt«, erinnerte Robert.

»Wir gehen am besten zu Fuß dorthin«, schlug er vor. Nach der Probe könnten wir Rom am Abend erkunden.«

Die Musiker applaudierten temperamentvoll als Ophelia, Helene und Robert den Konzertsaal zur Generalprobe betraten. Robert begrüßte die Musiker in englischer Sprache, Ophelia spielte aus einem italienischen Kunstlied das Thema ›Bon giorno‹ mit ihrer Violine und strahlte ihr einnehmendes Lächeln dem Orchester entgegen, während Helene einfach grüßend nickte.

Robert dirigierte souverän und präzise. Erforderliche Unterbrechungen füllte er teilweise mit auflockernden, humorvollen

Bemerkungen. Ophelia zauberte aus ihrer Violine, wie üblich, lyrische-, dramatische-, melodische und rhythmische Intonationen, perfekt an den Kompositionsstil von Max Bruch angepasst. Die Musiker waren hingerissen von ihrer jugendlichen, unbefangenen Art und Weise, von ihrer Schönheit und von ihrer Ausstrahlung. Helene war die einzige Zuhörerin während der Probe und nahm alle Details wahr, um sie später mit Ophelia zu besprechen.

Nach der Orchesterprobe suchten sie ihre Hotelzimmer auf, kleideten sich leger und gingen in Richtung *Kolosseum* durch einige Straßen des alten Roms spazieren.

»Man könnte hier wochenlang verbringen und jeden Tag etwas Neues bewundern«, stellte Helene fest, während Robert und Ophelia Händchen haltend einfach glücklich wirkten. Im Restaurant des Quirinale-Hotels speisten sie dann zu Abend. Helene wollte früher schlafen gehen, während Ophelia und Robert noch bei einer Teetasse über die ›Guarneri‹-Violine redeten.

»Sei vorsichtig und sage am besten Niemandem, dass es sich um eine ›Guarneri‹-Violine handelt. Auch den Zollbeamten nicht, denn das würde die Begehrlichkeiten der jeweiligen Regierung herausfordern!«

Ophelia wirkte etwas verunsichert nach Roberts Sicherheitsanweisungen, die an die Ratschläge ihrer Mutter erinnerten und fragte ihn: »Ist es überhaupt ratsam die ›Guarneri‹ nach Rumänien zu bringen?«

»Ich denke ja, denn du musst diese wunderbare Geige gefühlsmäßig kennenlernen und dich darauf einspielen«, begründete Robert.

Das Konzert mit Max Bruchs Violinkonzertes in Rom fand, wie geplant, im *Palazzo del Quirinale* statt. Als Helene, Ophelia und Robert vor Konzertbeginn hinter dem Vorhang den

Saal sichteten, nahmen sie glücklich zur Kenntnis, dass der Konzertraum voll besetzt war.

Helene bereitete ihre Tochter für den Auftritt vor, Ophelia spielte sich auf ihrer Violine ein und Robert kam, kurz vor Konzertbeginn, im schwarzen Frack, weißem Smoking-Hemd und schwarzen Lackschuhen gekleidet und holte Ophelia für den Auftritt ab. Der Direktor erteilte ihnen das Startzeichen und sie betraten die Orchesterbühne. Ein rauschender Applaus begrüßte Beide, während sie ihre vorgesehenen Positionen einnahmen.

Robert, der Dirigent, ging auf Ophelia zu, lächelte sie freundlich an und reichte ihr die Hand. Nachdem er die Konzertmeisterin ebenfalls begrüßt hatte, nahm er seine Stellung vor dem Dirigentenpult ein und konzentrierte sich, sah Ophelia an und empfing von ihr das Bereitschaftszeichen. In der nächsten Sekunde erteilte er den Anstoß zum 1. Satz *Allegro moderato*. Die musikalische Spannung hielt das Publikum bis zum Ende des Satzes in ihrem Bann. Den lyrischen zweiten Satz, *Adagio*, schaffte Ophelia wiederum meisterhaft mit Pathos und Emotionalität bis ins Extreme zu laden und mittels eigener Sensibilität zu intensivieren. Im *Finale. Allegro energico* entfaltete Ophelia ihre violinistische Virtuosität mit allen technischen Raffinessen, die dem Publikum das Können dieser jungen Violinistin demonstrierte. Siegessicher spielte sie auf ihrer Violine und verzauberte mit ihrer Musik das Römische Publikum.

Als Ophelia aus ihrer ›Transzendenz‹ erwachte, tobte das Publikum vor Begeisterung. Der Aufforderung nach Zugabe kam sie zweimal nach. Da das Publikum trotzdem weiter klatschte, griff sie zur Violine und spielte den Beatles-Song »Yesterday« als Violinsolo vor. Der Applaus nahm zu, so dass Ophelia ins Mikrophon sprach: »I love you!«

Zurück in Bukarest erwartete sie eine unangenehme Überraschung. Die Securitate hatte in ihrer Abwesenheit eine

Hausdurchsuchung im Managerbüro und in der Wohnung durchgeführt. Helene und Ophelia waren selbstverständlich erbost über die Frechheit mit der die KP ihre Exekutive, ohne Hausdurchsuchungsbefehl und Begründung, angewiesen hatte, eine derartige Maßnahme zu ergreifen. Vor allem Helene fand es eine Zumutung, nachdem sie sich für politische Spionage hat einbinden lassen! Davon wusste Ophelia natürlich nichts.

Ophelia nahm, auf Helenes Bitte, ihre Violine und ging zur Musikhochschule, um sich für die Semesterprüfung vorzubereiten.

In der Zwischenzeit ging Helene zur Securitate, um sich nach dem Grund für die Durchsuchung zu erkundigen. Es wurde ihr gesagt, dass ein Verdacht gegen sie und Ophelia vorlag, dem der Geheimdienst nachgehen musste.

»Bitte konkretisieren Sie den Verdacht, Genosse Major«, forderte Helene.

»Illegale Einführung von Devisen nach Rumänien und persönliche Kontakte zu Personen aus dem Westen«, nannte der Major.

»Darf ich erfahren, wer diesen unbegründeten Verdacht gegen mich und meine Tochter, die eigentlich durch ihre internationale Musikertätigkeit Devisen für unser sozialistisches Land verdient, geäußert hat?«, fragte Helene erbost und begründete den zweiten Vorwurf:

»Es ist einer Solo-Violinistin mit einer so hohen Bekanntheit, die Ophelia inzwischen hat, nicht möglich auf internationaler Ebene Konzertaufführungen durchzuführen, ohne dass während der vorhergehenden Konzertplanung zuverlässige Kontakte mit einflussreichen Persönlichkeiten stattfinden.

Wer das nicht berücksichtigt, ist einfach ignorant und inkompetent!«

»Frau Schön, die Securitate hat nur einen Befehl ›von oben‹ ausgeführt!«, rechtfertigte sich der Major unterwürfig.

»Und, was haben sie ausfindig gemacht, um den Verdacht konkretisieren zu können!?«, fragte Helene in scharfem Ton.

»Nichts«, antwortete der Major kleinlaut.

»Na prima. Dafür haben ihre Mitarbeiter mein Büro und die Wohnung durchwühlt und ein totales Chaos hinterlassen. Möbelstücke und Tapeten wurden beschädigt, sogar die Matratzen des Schlafsofas und des Bettes im Schlafzimmer wurden aufgeschlitzt und die Geldkassette aus dem Sideboard gewaltsam geöffnet und beschädigt!«

»Dies bedauern wir sehr«, flüsterte der Major und richtete seinen schuldbewussten Blick auf den Fußboden.

»Ich fordere Sie auf, den Schaden innerhalb einer Woche beheben zu lassen!«, sagte Helene in befehlendem Ton und fügte eine weitere Forderung hinzu: »Während der Instandsetzung bitte ich, zusammen mit meiner Tochter, auf Kosten des Verursachers im nahegelegenen *Palace –Hotel* wohnen zu dürfen, um die Reparaturen überwachen zu können.«

Der Major kündigte an, sich um die Schadensbehebung zu kümmern und sofort entsprechende Maßnahmen zu ergreifen. Mit dem Hotel telefonierte er noch in Anwesenheit von Helene, so dass für sie und Ophelia wenigsten die Unterbringung und Verpflegung gesichert waren. Helene drohte die nationale und internationale Presse über diesen Vorfall zu informieren, falls die Angelegenheit nicht umgehend behoben wird.

Danach telefonierte Helene vom Hotel aus mit Josef und benachrichtigte ihn über den Vorfall. Er versprach sich für sie über die Zusammenhänge genauer zu informieren und ihr anschließend zu berichten. An Christian schickte Helene ein Telegramm unter einem Pseudonym das nur ihm bekannt war und bat um Rückruf. Innerhalb einer Stunde rief Christian zurück und versprach sofort geeignete Maßnahmen zu ergreifen.

Bereits am Vormittag des nächsten Tages besuchte der Securitate-Major Helene im Konferenzraum des Palace-Hotels.

»Was ist schon wieder los?«, fragte Helene in verärgertem Ton.

»Mein Chef schickt mich, um sich bei Ihnen zu entschuldigen«, antwortete der Major unterwürfig.

»Hat ihr Chef auch einen Namen?«, fragte Helene barsch.

»Ion Mihai Pacirpa heißt er«, verriet der Major.

»Ach so, also höchste Geheimdienstebene …! Warum kommt er nicht selbst her?!«, erwiderte Helene erbost.

Der Major ignorierte Helenes letzte Frage und sagte: »Sie haben sich bei der Deutschen Botschaft beschwert!? Der Fall wurde von der Botschaft und dem Außenministerium der BRD scharf kritisiert. Sogar der deutsche Geheimdienst hat sich gemeldet und gedroht die Sache als Diskriminierung der Deutschen Minderheit in Rumänien bei der UNO zur Diskussion zu stellen.«

Helene war zufrieden und schwieg. Der Major informierte weiter darüber, dass ihr Büro und die gesamte Wohnung noch in dieser Woche komplett neu renoviert und möbliert sein werden. Falls noch andere Schäden feststellbar sein sollten, würden diese ebenfalls sofort behoben oder ersetzt.

Helene schwieg. Damit hatte sie den rumänischen Machthabern Paroli geboten und vielleicht ihre Position auch gegenüber den vielen auftauchenden Neidern von Ophelia in Bukarest stärken können.

Am späten Nachmittag traf Ophelia im Hotel Palace ein. Sie erzählte ihrer Mutter die neuesten Nachrichten, die in der Musikhochschule kursierten:

»Mama, Sorin Drăgulescu hat sich heute bei mir entschuldigt. Außerdem hat er mir anvertraut, dass Mariana Voicu, die Tochter meines ehemaligen Professors für Violine, die ebenfalls

Violine studiert, über mich böse Nachrichten in der Musikhochschule und beim Rundfunk-Sinfonieorchester verbreitet hat.«

»Kannst du etwas Konkretes nennen?«, forderte Helene sie auf.

»Ja. Er meinte, sie hätte mich als deutsche Hure, die es mit Ausländern treiben würde, bezeichnet. Zusätzlich habe sie mein Spiel auf der Violine als Hochzeitsstil und meine Körperhaltung während des Konzertes als die einer alten Frau eingestuft. Zudem fände sie es nicht angebracht, dass die RKP einer Deutschen aus Siebenbürgen so viele Privilegien einräume.«

»Das kränkt nicht nur dich, mein Schatz, sondern auch mich, denn keine dieser Unterstellungen hat etwas mit Wahrheit zu tun. Daraus spricht purer Neid, um deinen solistischen Erfolg zu schmälern. Josef hatte uns vor einigen Wochen davor gewarnt. Mit Neid musst du rechnen, da deine Karriere sich sehr erfolgreich entwickelt hat.«

»Aber was kann ich dagegen tun? Bisher wurde ich immer gelobt und man applaudierte mir?!«, erinnerte Ophelia mit trauriger Stimme.

Helene erklärte ihrer Tochter: »Dagegen hilft nur ein starkes Selbstbewusstsein, noch mehr Erfolg und viel Vertrauen in die Personen, die einem lieb sind. Papa, ich, Anna, Josef, Christian und Robert werden dich beschützen und nicht zulassen, dass du in den Schmutz gezogen wirst!«

Helene nahm sie in ihre Arme und wischte ihr die Tränen aus den Augen als Ophelia sagte: »Ich war davon überzeugt, dass ich den Menschen mit meinem Spiel auf der Violine Freude, Spaß und angenehme Gefühle vermitteln kann …«

»Das hast du tatsächlich vollbracht, du hast richtig gedacht und immer wunderbar gespielt. Dein Violinspiel steht im Zeichen Gottes. Seine Allmacht und wir werden dich gegen die bösen und neidischen Zungen beschützen. Vertraue uns! Wir sind für dich da!«, ermutigte Helene und wischte sich die eigenen Tränen aus den Augen.

»Ich habe dich lieb, Mama«, flüsterte Ophelia und küsste ihre Mutter auf die linke Wange.

Helene kündigte an, dass sie am nächsten Tag in Audienz beim Rektor vorsprechen wird, um den Fall zu klären.

Prof. Isaac Moisim, Ophelias Hochschullehrer für Violine, meldete am folgenden Wochentag Helene beim Rektor zum gewünschten Gespräch an.

»Guten Morgen Genosse Rektor«, grüßte Helene.

»Guten Morgen Frau Schön«, grüßte der Rektor zurück und machte mit seiner rechten Hand eine einladende Bewegung in Richtung Sessel an seinem Schreibtisch. Helene trat ein und nahm Platz.

»Was führt Sie zu mir Frau Schön?«, fragte er freundlich.

Helene berichtete nun über das was Ophelia ihr über Mariana Voicus verleumderische Äußerungen mitgeteilt hatte.

»Von wem weiß Ophelia das?«, fragte der Rektor.

»Von Sorin Drăgulescu«, informierte Helene.

Der Rektor nahm es stillschweigend zur Kenntnis und versprach, diese Angelegenheit mit Mariana Voicu und ihren Eltern in einem persönlichen Gespräch zu klären.

»Ich werde Sie anschließend informieren«, versprach er, bevor Helene den Raum verließ.

Helene besuchte dann Prof. Moisim in dessen Unterrichtsraum, wo Ophelia für die Semesterprüfung vorbereitet wurde. Der Prof. zeigte auf einen Stuhl, wo sie Platz nahm und zuhören durfte. Nach dem Unterricht unterhielt sie sich mit dem Professor:

»Von Kollegen*innen wurde ich bereits über die verleumderischen Worte von Mariana Voicu informiert. Ich finde es gut, dass Sie dieser Sache nachgehen. Vor allem für Ophelia ist es wichtig, dass ihre Ehre gerettet und die Verleumderin zur Verantwortung gezogen wird«, bekräftigte er.

Helene bedankte sich und ging mit Ophelia in ihre Wohnung, wo die Handwerker, Möbelpacker und die Aufseher tätig waren.

Am Abend rief Josef im Hotel an und berichtete, dass auch in Hermannstadt neidische Stimmen laut wurden und es sogar beleidigende Äußerungen seitens rumänischer Nationalisten gegeben haben soll, die sich gegen die erfolgreiche Ophelia und die Siebenbürger Deutschen richteten. Auf Josefs Betreiben hatten inzwischen die wenigen Vertreter der deutschen Minderheit im Hermannstädter Stadtrat schriftliche Beschwerden im Rat und bei der Miliz eingereicht.

Trotz aller Unannehmlichkeiten präsentierte sich Ophelia am Nachmittag des nächsten Tages bei der Semesterprüfung im Fach Violine und bestand diese mit ›summa cum laude‹. Prof. Moisim war sehr zufrieden mit Ophelias Leistungen, die auch die Prüfungskommission überzeugte. Ophelias Ruf ging ihr voraus und fast die gesamte Studentenschaft diskreditierte Mariana Voicu wegen ihrer von Neid geprägten Verleumdung. Marianas Vater, Prof. Voicu, Ophelias ehemaliger Professor für Violine, nahm Verbindung zu Helene auf und bat um Verzeihung für das Verhalten seiner Tochter, die einige Tage später im Konzertsaal der Musikhochschule, anlässlich einer Ansprache des Rektors vor versammelter Studentenschaft, alle Verleumdungen zurücknahm und sich unter Tränen bei Ophelia entschuldigte.

Völlig losgelöst von Neiddebatten und politischen Machtbestrebungen konzentrierte Ophelia sich jetzt ganz auf ihre bevorstehenden Violinkonzerte am 14. März 1971 in Klausenburg mit dem *Konzert für Violine und Orchester D-Dur op.61*, Ludwig van Beethoven und am 18. April 1971 in New York mit dem *Violinkonzert D-Dur op.77*, Johannes Brahms.

Die Aufführung in Klausenburg wurde von dem mehrheitlich ungarischen Publikum sehr wohlwollend und mit großer Bewunderung für die junge begabte Siebenbürgerin aus Hermannstadt, aufgenommen. Die ungarische Bevölkerung verfolgte übrigens die Gleichberechtigungstendenzen der Siebenbürger Deutschen schon seit Jahren mit Sympathie und Ophelias internationale Erfolge erwiesen sich diesbezüglich als sehr nützlich für die Aufmerksamkeit der westlichen Welt.

Wieder zurück in Bukarest, wartete bereits die nächste Überraschung: Helene las Ophelia ein Schreiben vor, das vom Sekretariat des Zentralkomitees der KP in Bukarest verfasst wurde.

»Sehr geehrte Frau Ophelia Schön, über ihre konzertanten Erfolge und den internationalen Ruhm sind wir erfreut, aber wir können ihre Konzertreise im April 1971 nach New York nicht genehmigen, da uns Informationen zugegangen sind, denen zufolge ihre persönlichen Kontakte zu Personen in Westdeutschland ihre Rückkehr aus den USA gefährden könnten. Deshalb haben wir zu ihrer Sicherheit diese Maßnahme ergriffen und die Ausreise unterbunden.«

Ophelia, ihre Verwandtschaft, die Freunde, die Kirchengemeinde in Heltau, das Bischofsamt, die KP in Hermannstadt, der Geheimdienst, die Musikhochschule und das Rundfunkorchester in Bukarest waren über diese Nachricht sehr erstaunt. Alle wussten, dass es sich in diesem Fall eindeutig um eine politische Diskriminierung und hinterhältige Neidbekundungen der Eliten des Bukarester Zentralkomitees, gegenüber dieser jungen Deutschen aus dem Kreis Hermannstadt, handelte. War Ophelias innige Verbindung zu Robert nun doch zum Hindernis geworden?

Helene war, nach all den politischen Angriffen und Verleumdungen während der letzten drei Wochen, konsterniert und bemüht ihre Tochter trotzdem aufzumuntern: »Ich werde

Himmel und Hölle auf die Barrikaden rufen, um dich, deine Freiheit und Begabung zu beschützen!«, versprach sie Ophelia und fügte hinzu: »Bereite das Brahmskonzert gut vor, mein Schatz! Du wirst auf jeden Fall in New York auftreten!«

Ophelia hatte ihre Mutter noch nie so erzürnt und entschlossen erlebt. Sie umarmte sie und flüsterte: »Mama ich liebe dich. Bitte beruhige dich. Ich weiß, dass du es schaffen wirst. Ich vertraue dir! Gott wird uns beistehen.«

Helene war klar, dass sie und Ophelia aus dem Inland keine Hilfe erwarten konnte. Deswegen wandte sie sich über das Telefon einer guten Bekannten an Christian in München, Robert in Berlin und an die Botschaft der BRD in Bukarest. Eine Woche später empfing Helene ihren Freund, Christian Schleicher, in ihrer Bukarester Wohnung.

Er informierte sie über alle Kanäle, die in Gang gesetzt wurden, um die rumänische Regierung umzustimmen.

»Als erstes möchte ich dir verraten, dass ich, außer Intendant, auch führender Mitarbeiter des Bundesnachrichtendienstes der BRD bin. Das Vorgehen der rumänischen Regierung hat mich äußerst entrüstet. Deshalb nahm ich Verbindung zu Leonard Bernstein auf, der seinerseits das Präsidialamt der USA benachrichtigte. Dieses berief den rumänischen Botschafter in Washington ein und verlangte eine diplomatische Lösung dieser Angelegenheit. Außerdem informierte ich den BND-Chef in München, der mit dem Staatssekretär für ausländische Kulturbeziehungen der BRD telefonierte und ihm den Fall schilderte. Als Konsequenz wurde der BRD-Botschafter bei Cervulescu in Bukarest vorstellig und drohte mit der Gefährdung der Beziehungen zu Rumänien. Robert organisierte Demonstrationen vor der Botschaft Rumäniens in Köln und dem rumänischen Konsulat in Berlin, gegen die Einschränkung der Menschenrechte der deutschen Minderheit durch die rumänische Regierung. An die UNO in New York, Abteilung Menschenrechte, wurde seitens des Vereins der Rumänen im Ausland ebenfalls eine Beschwerde vorgelegt.

Helene bedankte sich bei Christian und umarmte ihn liebevoll. Er beruhigte sie mit den Worten: »Cervulescu wird keine andere Wahl haben als dich und Ophelia nach New York reisen zu lassen! Du wirst erleben, wie schnell dieser Menschenverächter seine Entscheidung zurücknehmen wird!«

Am nächsten Tag flog Christian zurück nach München. Einige Stunden später ›flatterte‹ für Helene und Ophelia der Einschreibebrief des ZK ein: »Sehr geehrte Frau Schön, wir bedauern den Inhalt des Schreibens unseres Bürosekretärs im Zusammenhang mit ihrem im April 1971 geplanten Konzertauftritt in New York. Hiermit teilen wir Ihnen mit, dass Sie und ihre Mutter selbstverständlich die Reise nach New York antreten können, damit Ihre Tochter das Brahms-Violinkonzert unter dem Dirigat von Leonard Bernstein spielen kann. Ihrer Reise nach New York steht demnach nichts mehr im Weg.«

Ophelia freute sich und äußerte ihrer Mutter gegenüber: »Mama, ich bewundere dein diplomatisches Vorgehen und die Vehemenz, mit der du meinetwegen in so kurzer Zeit ›Himmel und Hölle‹ in Bewegung gesetzt hast. Ich bitte dich, lasse uns diesmal länger in New York oder in Deutschland verbleiben und für die nahe Zukunft kluge Entscheidungen treffen.«

Helene umarmte ihre Tochter und antwortete leise aber sehr entschlossen: »Ja mein Schatz, genau das werden wir tun!«

Helene erledigte in den nächsten Tagen die Visa- und Reiseformalitäten und buchte problemlos den Flug nach New York am 15. April 1971 für Ophelia und sich selbst.

Ihre Wohnung in Bukarest wurde inzwischen, so wie der Major es versprochen hatte, fast wie neu hergerichtet. Zusätzlich händigte er einen gebührenden Entschädigungsbetrag für die Unannehmlichkeiten aus.

Ophelia übte täglich bis vier Stunden am Brahms-Violinkonzert, für das Leonard Bernstein ihr eine Partitur mit handschriftlichen Eintragungen zugesandt hatte. Prof. Moisim war über Bernsteins Entgegenkommen sehr erfreut und gab sich größte Mühe, mit Ophelia alle Details der Partitur einzustudieren.

Josef meldete sich am 12. April telefonisch auf einer angeblich geheimen Leitung mit einer Nachricht für Helene: »Ich habe etwas herausgefunden«, kündigte er an: »Die beiden Mörder von Ionel waren Leibwächter eines führenden Regierungsmitglieds. Die Securitate darf, laut Anweisung von Oberst Dolcaru, diese Ergebnisse der Kriminalrecherche nicht veröffentlichen. Aufgrund dieser Aufdeckung, habe ich weiter in den Akten der Securitate in Hermannstadt nachgeforscht und den Grund für die Eliminierung Ionels gefunden. Ionel bekam den Auftrag, Pfarrer Georg zu töten, von höchster Ebene der Securitate, weil er wusste, dass Ana Pauker und der damals junge Nicolae Cervulescu die Deportation 1945 der hauptsächlich deutschen Frauen aus Rumänien zur Zwangsarbeit in die Sowjetunion persönlich befürwortet hatten. Stalin hatte nur Arbeitskräfte angefordert, ohne Nationalitäten zu nennen. Die Verhaftung 1964 der Jugendlichen aus Heltau und Michelsberg, die sich für die Rechte der deutschen Minderheit in Siebenbürgen einsetzen wollten, war ebenfalls das Machwerk dieses führenden Regierungsmitglieds. Außerdem soll dieselbe Regierungsperson bereits seit 1968 Menschenhandel mit Rumäniendeutschen betreiben. Da Ionel das als Exekutor gewusst hatte und im Falle einer Aufklärung eventuell als Zeuge hätte vernommen werden können, wurde er gnadenlos eliminiert. Leider kann ich diese Erkenntnisse nicht publizieren, sonst wäre ich das nächste Opfer der Schergen, die auch Ionel ermordeten.«

Die Begebenheiten und Erfahrungen, nach Helenes und Ophelias Rückflug aus Rom, hinterließen in der Lebensanschauung Helenes und Ophelias tiefgreifende Spuren und führten zu grundlegenden Überlegungen zu Änderungen und die weitere Gestaltung ihrer Zukunft.

Als Nächstes empfingen Helene und Ophelia in ihrer Bukarester Wohnung Michael und Anna aus Heltau, um sich vor ihrer Abreise nach New York zu verabschieden.

Auf Annas Frage: »Wir sehen uns doch bald wieder, oder?«, antwortete Helene traurig ausweichend: «Wahrscheinlich, irgendwann! Ich werde euch, nach unserer Ankunft in New York, benachrichtigen.«

Dann überreichte sie Michael einen hohen Geldbetrag sowie die Schlüssel des Büros und der Wohnung in Bukarest. Den Mercedes vertraute Ophelia ihrem Vater an und bat ihn den Chauffeur finanziell regelmäßig zu entschädigen.

»Bitte wartet meine Nachricht ab, bevor ihr überhaupt Jemanden über meine heutigen Maßnahmen informiert. Alles Weitere wird sich ergeben«, deutete Helene vielsagend an.

Anna und Michael hatten verstanden und nickten zustimmend. Sie verabschiedeten sich mit tränenden Augen.

Violinkonzerte gegen politische Macht

Ophelia in Gefahr

April – Dezember 1971

Vom Flughafen Bukarest-Otopeni starteten Helene und Ophelia am 14. April in einer Boeing 747 mit Zwischenlandung in Berlin Tempelhof, um nach vier Stunden mit einer anderen Maschine den Flug nach New York fortzusetzen. Robert wartete bereits in der Empfangshalle am Flughafen in Berlin und freute sich auf das Wiedersehen. Elegant gekleidet, begrüßte er Helene und Ophelia herzlich. Außerdem hatte er ein rechteckiges, schwarzes Köfferchen dabei, dessen Kanten Alubeschläge aufwiesen.

»Fliegst du mit uns nach New York?«, fragte ihn Ophelia mit verschmitztem Lächeln.

»Das hatte ich vor«, antwortete er grinsend.

»Ach so, und das ist dein Köfferchen mit dem Taktstock, nehme ich an«, lachte Ophelia.

»Du hast es erfasst«, bestätigte Robert freundlich lächelnd.

Helene verstand den Wortwitz erst jetzt und lachte mit. Dann fragte sie ihn: »Was ist denn in dem Köfferchen überhaupt drin?«

Ophelia meldete sich und sagte: »Ich vermute, dass es die ›Guarneri‹-Violine ist.«

Robert lächelte schweigend, umarmte sie zärtlich und überreichte ihr das Köfferchen.

Ophelia öffnete es vorsichtig und tatsächlich kam die ›Guarneri’, die scheinbar sanft auf einer Samtpolsterung lag, zum Vorschein. Als sie das ›gute Stück‹ genauer betrachtete, fielen ihr der neue Steg mit den hochwertigen Saiten und die neuen

Feinstimmer auf. Außerdem hatte der Geigenbauer die Violine gereinigt und Robert hatte dazu einen neuen passenden Violinbogen besorgt. Ophelia konnte sich kaum sattsehen und wollte die ›Guarneri‹ sofort ausprobieren.

»Nein, doch nicht hier …«, sagte Helene ausweichend.

»Doch, das kann sie auch hier«, ermutigte Robert lachend.

Ophelia legte die Violine an, stimmte sie und fing an das Rondo-Thema aus dem Violinkonzert von Brahms zu spielen. Der Klang der ›Guarneri‹-Violine war wunderschön, Ophelia ›legte sich nun richtig ins Zeug‹ und spielte voller Pathos. Schon nach den ersten Klängen strömten viele Musikinteressierte und Gaffer hinzu und bildeten einen dichten Kreis um Ophelia. Nach zehn Minuten beendete sie das ›Probespiel‹ mit einer Kadenz. Die Zuhörer in der Empfangshalle klatschten begeistert und Ophelia spürte, nach den unangenehmen Ärgernissen der letzten zwei Wochen in Rumänien, eine befreiende Entspannung in ihr aufkommen. Sie umarmte Robert, bedankte sich herzlich und küsste ihn spontan. Robert lud beide zu einem kleinen Imbiss ein, wo sie sich über die letzten Ereignisse in Bukarest unterhielten. Dann nahmen sie Abschied von Robert und Ophelia deutete freundlich lächelnd an: »Wir sehen uns bald wieder!«

Nach dem Einchecken flogen sie mit einer größeren Boeing weiter nach New York. Sieben Stunden später näherten sie sich schließlich dem Flughafen von New York City. Während des Landeanflugs bewunderten sie die beeindruckende Freiheitsstatue, die sie aus der Ferne noch erblicken konnten und auch etwas von der Größe dieser Millionenstadt, deren riesige ›Wolkenkratzer‹ und den Ortsteil Mannhatten. Am Flughafen wurden sie von einem freundlichen Beauftragten des Dirigenten Leonard Bernstein erwartet und mit einer Luxuslimousine zum Hotel gefahren, wo sie sich bis zum nächsten Tag ausruhen und vom Balkon einen exotisch anmutenden Park betrachten konnten. Am Vormittag des nächsten Tages kam derselbe Beauftragte und fuhr sie vom Hotel zur Philharmonie wo der Direktor sie empfing und ihnen den Konzertsaal und den Proberaum für Ophelia zeigte. Sie durfte sogar schon zwei Stunden auf ihrer ›Guarneri‹ im Konzertsaal üben. Zum Mittagessen lud der Direktor sie ins Restaurant der Philharmonie ein und bot ihnen anschließend eine Besichtigung der Highlights in New York in der Limousine des Dirigenten an. Nachher übte Ophelia noch einmal zwei Stunden im zugewiesenen Proberaum und ging dann mit ihrer Mutter zurück ins Hotel.

Der 16. April begann mit einer freundlichen Überraschung. Der Zimmerservice überreichte zur Begrüßung zwei bunte Blumensträuße und einen Orientierungsstadtplan von New York. Als Absender fanden sie eine Karte von »Anonymus«. Während Ophelia am Brahms-Violinkonzert in ihrem Proberaum fleißig exerzierte, besichtigte Helene die nächstgelegene Einkaufsmeile. In der Damenabteilung für Jeanskleidung wurde sie plötzlich in rumänischer Sprache von einem bärtigen Mann mit Sonnenbrille und schwarzem Hut angesprochen: »Bitte entschuldigen Sie Frau Schön, darf ich ihnen etwas sehr Wichtiges mitteilen?«

Die überraschte Helene betrachtete den Mann der einen Nadelanzug, weißes Hemd und rote Krawatte trug genauer, dann entgegnete sie: »Wer sind Sie?«

»Das erkläre ich Ihnen bei einer Tasse Tee, zu der ich Sie einlade, wenn Sie erlauben«, sagte der Mann.

»Nicht bevor Sie sich vorgestellt haben!«, entgegnete Helene etwas aufgebracht.

Der Mann räusperte sich, dachte nach und begann mit der Vorstellung: »Mein Name ist Dumitru Munteanu, ich bin Ionels Bruder und wohne seit zwei Jahren in New York.«

Helene war sehr überrascht und willigte ein: »Einverstanden, gehen wir in die Teestube hier nebenan.«

»Danke«, sagte Dumitru und sie nahmen in der Teestube Platz.

»Können Sie sich ausweisen?«, forderte die immer noch unsichere Helene insistierend.

Dumitru zeigte einen rumänischen- und einen US-Reisepass vor.

»Nun, was möchten Sie mir mitteilen?«, fragte Helene neugierig.

»Sie und Ihre Tochter schweben in Lebensgefahr!«, warnte er Helene und blickte nervös um sich.

Helene wurde blass, horchte erschrocken auf und forderte: »Bitte klären Sie mich auf!«

»Wie mein ermordeter, Bruder, bin ich ebenfalls ein rumänischer Doppelagent gewesen.«

»Wieso gewesen?«, fragte Helene entgegenkommend.

»Ich wurde vorgestern von Josef gewarnt und über die Umstände der Ermordung von Ionel informiert. Da ich über die Machenschaften der Securitate bereits von Ionel eingeweiht wurde, bin ich jetzt auf der Flucht vor deren Schergen.«

»Inwieweit bin ich davon betroffen?«, fragte Helene aufgeregt.

»Die Obersten der Securitate vermuten, dass Sie zu viel wissen«, antwortete Dumitru und ergänzte: »Ein Freund informierte mich, dass Pacirpa seine Leute beauftragt hat, Euch deswegen aus dem Weg zu schaffen.«

Unglauben aber auch blanke Angst machte sich bei Helene breit. Was genau wusste sie, was der Securitate gefährlich sein konnte? Das würde bedeuten, sie hätte jetzt auch einen Grund nicht mehr zurück nach Rumänien zu fliegen. Bis jetzt hatten sie noch immer ab und an Gewissensbisse geplagt, denn der rumänische Staat hatte für den Erfolg Ophelias wirklich viel getan. Nun sollten sie Opfer dieses Regimes werden, das Ophelia auf ihrer Erfolgskarriere immer mit Privilegien ausgestattet hat? Waren sie sogar im Ausland der Securitate ausgeliefert?

Das ist verwirrend! Warum sollte sie diesem Mann glauben, der zugegebener Weise selbst ein Doppelagent war? Wem und was sollte sie noch glauben? Wem vertrauen? Sie befand sich im Dilemma zwischen den illegalen Machenschaften der rumänischen

Regierung und den eigenen freiheitlichen Menschenrechten. Einerseits hatte sie in Bukarest dem Securitate-Auftrag zur Spionage in Deutschland aus taktischen Gründen zugestimmt, andererseits wurde sie nun erst recht vom rumänischen Geheimdienst im westlichen Ausland verfolgt. Auch in den USA schien man vor der Securitate nicht mehr sicher zu sein, dachte sie.

»Was kann ich dagegen tun?«, fragte sie.

»Informieren Sie so schnell wie möglich das FBI und erklären Sie Ihre Situation. Bitten Sie um Personenschutz des US-Geheimdienstes!«, schlug Dumitru vor und reichte ihr eine Visitenkarte mit einer FBI-Telefonnummer, wo man sich auch in deutscher Sprache verständlich machen konnte.

Helene war nun total verunsichert. Was wenn sie sich nun beim Anruf der gegebenen Nummer gänzlich in die Hände undurchsichtiger Machenschaften der Securitate begab? Dumitru entging das nicht und versuchte Sie zu beruhigen: »Bitte vertrauen Sie mir, ich sage die Wahrheit, aber beeilen Sie sich! Auch ich muss mich nach dem Mord an meinem Bruder an den Gedanken gewöhnen, die Securitate in meinem Nacken zu haben. Auch ich habe um Personenschutz in den USA gebeten.«

Dumitru bezahlte, entschuldigte sich und sagte: »Ich muss jetzt verschwinden, mein Leben ist in Gefahr!«

Helene ging sofort zur Theke und bat von dort anrufen zu dürfen, es sei dringend erforderlich.

Eine Frauenstimme meldete sich: »FBI, New York. What can I do for you?«

»Sprechen Sie auch deutsch?«, fragte Helene.

»Ja, das tue ich, bitte stellen Sie sich vor!«, hörte Helene die Stimme sagen.

Helene tat, wie gefordert und berichtete in kurzen Sätzen, wo sie sich momentan befand und um welche Angelegenheit es sich handelte.

Die Stimme hörte genau zu und antwortete: »Bleiben Sie im Teeladen und warten Sie auf unsere Beamten. Sie werden in zehn Minuten bei Ihnen sein und sich als John and Tom vorstellen«, dann legte sie auf.

Helene bestellte noch einen Tee, setzte sich auf ihren Sitzplatz und beobachtete ängstlich die ein- und ausgehenden Personen. Dabei dachte sie: »Nicht einmal in Bukarest war ich so angsterfüllt wie jetzt.«

Plötzlich erschienen zwei Männer und eine Frau, die sich vor ihren Tisch postierten. Helenes Herz klopfte bis zum Hals. Sie dachte »Was nun?« Die Frau hielt einen Ausweis in der Hand und Helene identifizierte ihn erleichtert als Polizei-Ausweis.

»John and Tom«, stellten die Männer sich vor.

Dann forderte die Beamtin sie in deutscher Sprache höflich auf: »Bitte kommen Sie mit, in einem Nebenraum nehmen wir ihre Personalien auf, dann sehen wir weiter.«

Helenes Vertrauen nahm zu, sie beruhigte sich und folgte der Aufforderung. Nach 45 Minuten war die Identifizierung und Situationsklärung erledigt und Helene wurde mit Polizei-Schutz zur Philharmonie gefahren, wo Ophelia auf ihrer Violine übte.

Bevor sie an die Tür klopften, hörten sie, vom Klang der Geige tief berührt, mehrere Minuten dem wunderbaren Spiel Ophelias zu.

»Herein bitte!«, forderte Ophelia nach dem Anklopfen auf und war über die Begleitung ihrer Mutter erstaunt.

Helene umarmte ihre Tochter still und lang, sodass diese

spürte, dass etwas nicht stimmte. Die Polizei-Beamten wurden ihr vorgestellt.

»Wir werden ab sofort rund um die Uhr bewacht. Alle Zusammenhänge erkläre ich dir im Hotel«, sagte Helene und dankte den Beamten, die sich umsahen und dann wartend auf Stühlen Platz nahmen. Was war nur passiert, ging es Ophelia durch den Kopf. Wir sind doch hier im sicheren Ausland? Bekomme ich Ärger wegen der ›Guarneri‹-Geige? Auf ihr Drängen erklärte Helene ihr nur kurz, dass es um die Securitate in Rumänien ginge, die ihre ›Tentakeln‹ auch im Ausland hätte. Die Beamten erklärten Helene, dass sie im Hotel nicht mehr sicher wären und am frühen Vormittag des 17. April in einem geheimen Privathaus untergebracht werden müssen. Der Personentransport zur Philharmonie und zurück würde ebenfalls geheim stattfinden. Helene händigte einem der Beamten die Kölner Telefonnummer von Christian Schleicher aus und bat ihn über die Sachlage zu informieren.

Ophelia wurde von Helene während des entstandenen Tumults möglichst verschont, um ihre Emotionalität und Konzentration einzig und allein auf das bevorstehende Konzert richten zu können. Deshalb blieb Ophelia während des Umzugs aus dem Hotel in der Philharmonie, wo sie sich unter Polizei-Aufsicht im Konzertsaal für die Generalprobe am Nachmittag vorbereitete.

Im Privathaus klingelte das Telefon und einer der Beamten nahm den Hörer ab. Es meldete sich Christian, der es geschafft hatte, vom BND München nach New York verbunden zu werden. Helene war hoch erfreut und begann zu erzählen, aber Christian unterbrach sie und sagte: »Nicht jetzt Helene, ich werde morgen bei dir sein. Dann besprechen wir die Lage. Ich muss jetzt auflegen!«

Helene verstand den Ernst der Situation und fügte sich. Sie packte Lebensmittel für Ophelia ein und ließ sich von einem der Beamten zur Philharmonie fahren. Ihre Tochter, stark verunsichert durch eine neue Situation, die sie nicht überschauen konnte, freute sich auf die Ablenkung und ging zuversichtlich in die Generalprobe. Die Orchestermusiker waren es nicht gewohnt eine so junge Soloviolinistin, die so unbefangen wirkte, musikalisch zu begleiten. Sie waren trotzdem neugierig und begrüßten Ophelia sehr freundlich. Helene saß in der dritten Sitzreihe und verfolge gespannt das Geschehen bei der Orchesterprobe.

Als Leonard Bernstein, der Dirigent, den Konzertsaal betrat, wurde es ganz still auf der Bühne. Er ging auf Ophelia zu und begrüßte sie herzlich mit »Welcome to New York, Ms Schön. How are you.« Dann sprach er in deutscher Sprache mit ihr und fragte, ob ihr Geburtsort Heltau sei. Ophelia bejahte und war erstaunt, dass Bernstein dieses Detail ihrer Biographie kannte. Dann ging er zum Dirigentenpult und fragte: »Are you ready to start?« Ophelia nickte und Bernstein hob seinen Taktstock.

Die visuelle Kommunikation zwischen Ophelia und Bernstein funktionierte perfekt: Ophelia realisierte alle Themeneinsätze des Dirigenten, hielt sich an die aus der Studienpartitur erarbeiteten Details und spielte die musikalischen Themen so einfühlsam, als ob Johannes Brahms selbst ihr Violinprofessor gewesen wäre. Der Klang ihrer ›Guarneri‹-Violine kam ausgezeichnet zur Geltung und beeindruckte nicht nur die Orchestermusiker, sondern auch Bernstein, der immer wieder den rechten Daumen hochhielt. Bernstein hatte an Ophelias Violinspiel kaum etwas auszusetzen, dafür korrigierte er mehrfach die Lautstärke der Bläser und Schlaginstrumente. Nach dem Schlusstakt gratulierte er Ophelia für die gute Vorbereitung und ihre Empathie für das typisch Brahms'sche in diesem

Violinkonzert. Er verabschiedete sich mit »I'm very happy and honoured to have you here with us, Ms Schön! Thank you very much. See you tomorrow!«

Ophelia war sehr beeindruckt von Bernsteins menschlicher Einfühlsamkeit und seiner vertrauenseinflößenden Art und Weise im Umgang mit ihr.

18. April 1971: Gegen den ausdrücklichen Rat der Beamten ließen Helene und Ophelia sich von ihren beiden Bodyguards am Vormittag zum *Central Park* fahren, wo beide bei einem Spaziergang Entspannung suchten und den wunderschön angelegten Park, von dem sie schon so viel gehört hatten, besichtigen wollten. Hier tummelten sich viele Besucher, Jogger, Mütter mit ihren Kindern, ältere Damen, die das Grün in der Millionenstadt genossen und Geschäftsleute, die zwischen zwei Besprechungen etwas frische Luft brauchten, um ihre Gedanken wieder zu sammeln. Plötzlich fiel im Park, ganz in der Nähe ein Schuss. Helene drehte sich automatisch nach Ophelia um, die gerade zwei Schritte hinter ihr lief. Alles war in Ordnung. Auch Ophelia richtete ihre Augen in die Richtung, wo sie vermeinte den Schuss gehört zu haben. Nicht weit entfernt, war noch der leichte Rauch des Schusses zu sehen. Jetzt erst bemerkten Helene und Ophelia, wie die beiden Bodyguards sich schützend vor Helene und Ophelia stellen wollten. Galt der Schuss ihnen? Da hatten die Beamten aber zu spät reagiert! Ihnen war nichts geschehen, außer, dass sie mit dem Schrecken davonkamen. Sofort riefen diese die Polizei an und ein paar Minuten später schon ertönte die Sirene eines Polizeiwagens der plötzlich nicht weit entfernt verstummte. Helene bat einen der Beamten bei Ophelia zu bleiben. Mit dem anderen näherte sie sich der Stelle, von wo der Schuss zu hören gewesen war. Sie sah wie ein Toter auf eine Bahre gelegt wurde und erkannte ihn: Es war Dumitru Munteanu, der sie am Tag zuvor noch

im Teehaus gewarnt hatte. Helene war erschüttert. Das muss tatsächlich der »Arm« der Securitate gewesen sein. Das bedeutete aber auch gleichzeitig, dass sie und ihre Tochter nun tatsächlich in akuter Gefahr schwebten. Dumitrus Warnung war ernst zu nehmen.

Plakat, *18. April 1971: 20:00 Uhr, Violinkonzert D-Dur op.77, Johannes Brahms, Ophelia Schön, Transylvania (România), Solo-Violine, Sinfonieorchester des Philharmonic Orchestra, David Geffen Hall, 10 Lincoln Center Plaza New York.*
Vor diesem Plakat am Eingangsportal zur *Geffen Hall,* fotografierte Helene ihre Tochter, ca. zwei Stunden vor dem Konzert. Die Bodyguards befanden sich immer in entsprechender Entfernung und beäugten jeden, der sich näherte. Ein Mann in hellblauem Anzug sah von der gegenüberliegenden Straßenseite zu und klatschte mit den Händen. Er hatte davor schon mit den Leibwächtern ein kurzes Gespräch. Als die beiden sich umsahen, erkannten sie Christian, der auf sie zuging. Helene lief ihm in die Arme, dann umarmte er Ophelia und sie freuten sich sehr über das Wiedersehen.

»Übrigens«, sagte Ophelia: »Danke für die schönen, bunten Blumensträuße!«

»Sehr gern, Ophelia«, sagte Christian freundlich lächelnd.

»Kommt mit!«, forderte er sie auf und ging voran. Helene und Ophelia folgten ihm.

»Wir gehen in einen Teeladen«, sagte er und bog in die dritte Straße links ein.

In einer ruhigen Ecke im »The Tea« begründete er das Entfernen von der Philharmonic Hall: »Es ist dort momentan zu gefährlich für euch. Mehr erzähle ich morgen.«

Jeder bestellte seinen bevorzugten Tee und Helene berichtete über die Begebenheiten seit der Landung in New York. Christian hörte aufmerksam zu und schlussfolgerte: »Nach

Rumänien dürft ihr wohl längere Zeit nicht mehr zurückreisen!«

»Warum?« fragte Ophelia, die von den letzten Ereignissen nicht viel mitbekommen hatte.

Helene übernahm das Gespräch und beruhigte sie: »Mein Schatz, ich hatte bisher nicht die Gelegenheit dich über die politischen Zusammenhänge der letzten zwei Monate zu informieren. Aus Rücksicht auf deine Semesterprüfung und die Konzerte, die du zu bewältigen hattest, fand ich es besser diese Auskunft zu verschieben. Bitte vertraue mir, ich werde es bald nachholen.«

»Aber dann bekommen Papa und Anna bestimmt Probleme von der Securitate«, vermutete Ophelia.

»Das habe ich schon eindämmen können«, sagte Christian und erläuterte: »Weitere illegale Machenschaften führender Vertreter der rumänischen Regierung würden weltweit in der Öffentlichkeit an den Pranger gestellt, wenn die Securitate deinem Papa und deiner Tante auch nur ein Haar krümmen sollte! Auch eure Wohnung, der Mercedes und das Büro in Bukarest werden vorerst unangetastet bleiben!«

»Wo werden wir in Deutschland, nach unserem Rückflug wohnen?«, fragte Ophelia besorgt.

»In meinem Haus bei Bonn«, antwortete Christian und fügte beruhigend hinzu: »Dort ist viel Platz; jeder hat sein eigenes Zimmer und kaum einer weiß wo ihr wohnt. Für dich, Ophelia, gibt es sogar einen eingerichteten Musikraum.«

»Und was geschieht mit meinem Studium?«, erkundigte sich Ophelia besorgt.

»Auch diesbezüglich habe ich mich ›schlau‹ gemacht: du kannst an der Musikhochschule in Köln oder in Berlin sofort weiter studieren. Dein bisheriges Studium wird dir voll anerkannt«, beschwichtigte Christian.

Helene wies darauf hin, dass Ophelia jetzt zur *Geffen Hall* muss, um sich für die Konzertaufführung vorzubereiten. Sie gingen zurück und sahen die Fassade des Konzertsaals: Sie bestand aus Travertin und die Vorhallen waren komplett verglast, über sich verjüngenden Travertin-Säulen. Der etwas dunkel wirkende Innenraum bot etwa 2 400 Personen Platz. Ungewöhnlich wirkten die konkav gewölbten Seitenwände.

Ophelia spielte sich auf ihrer ›Guarneri‹ ein, um den Klang im Saal noch einmal auszuprobieren.

»Die Akustik ist hier nicht besonders gut«, meinte sie dann und runzelte die Stirn.

Nach der Haar-, Kleidungs- und Schminkzeremonie folgte das Höflichkeitsgespräch mit dem

Direktor und schließlich kam der charmante Dirigent, Leonard Bernstein, hinzu. Er wies ebenfalls auf die Akustikmängel des Konzertsaales hin und bat Ophelia die Lautstärke ihrer Violine an die jeweilige Notwendigkeit im Zusammenspiel mit dem Orchester anzupassen.

»Darf ich Dich um einen Gefallen bitten?«, fragte Bernstein höflich.

»Welchen?«, fragte Ophelia.

»Erlaubst Du, dass die TV-Aufnahmen dieses Violinkonzertes für meine internationalen TV-Konzert-Lehrgänge verwendet werden dürfen?«, bat Bernstein.

»Ja, das erlaube ich sehr gerne«, bestätigte Ophelia entgegenkommend.

Bernstein bedankte sich mit einem freundlichen Lächeln und versprach: »Der schriftliche Vertrag, wird Dir morgen am Vormittag vorgelegt«, dann ergänzte er: »Dafür werden Dir für jede einzelne TV-Übertragung Tantiemen überwiesen. Außerdem trägt es zu Deiner weltweiten Bekanntheit bei.

Helene und Christian setzten sich in die Mitte der dritten Reihe des Parketts. Christian, aber sicherlich auch die Beamten, beobachteten mit prüfendem Blick das Publikum und abwechselnd die Orchestermusiker, die geordnet die Bühne betraten und während des verhaltenen Applauses ihre Spielplätze einnahmen.

»Warum betrachtest du die Menschen so genau?«, fragte ihn Helene misstrauisch.

»Ich bin immer noch besorgt um euch«, antwortete er.

»Ist es wirklich so schlimm?«, entgegnete sie fragend.

»Gut, dass du die Gefahr nur zum Teil erkennst«, flüsterte er.

Helene und Christian sahen Bernstein und Ophelia an der Bühnenseite stehen.

»Wenn Du so spielst wie gestern bei der Generalprobe, ist alles Bestens«, beruhigte Bernstein die junge Violinistin, bevor sie die Bühne betraten. Der Begrüßungsapplaus war jetzt ohrenbetäubend laut. Beide nahmen, wie üblich, ihre Position auf dem jeweils vorgesehenen Podest ein, die Konzentration aller beteiligten erhöhte sich, es wurde still im vollbesetzten Saal, der Dirigent brachte seinen Taktstock und Ophelia ihre ›Guarneri‹ in Spielposition. Ein Blick Bernsteins und ein Nicken Ophelias starteten den ersten Satz des stark symphonisch geprägten einzigen Violinkonzertes von Johannes Brahms.

Da die Solovioline im ersten Satz eher die Rolle der führenden Stimme der Orchesterviolinen erfüllte, spielte Ophelia auf ihrer ›Guarneri‹ in voller Lautstärke, was die solistische Wirkung verdeutlichte.

Nach der auf thematischen Motiven beruhenden Einleitung durch die Holzbläser und Hörner, übernahm die Solovioline im lyrischen Satz das Thema und setzte es im Dialog mit dem Orchester fort. Dabei bewies Ophelia ihre Fähigkeit, die mit sehr viel Sensibilität und Anpassung an den orchestralen Klang ihre Violine melodisch zur vollen Geltung brachte. Das mit ungarischer Tanzmusik gefärbte Rondo des dritten Satzes, im Dialog mit dem Orchester, erforderte hohe technische Anforderungen von der Soloviolinistin. Ophelia meisterte diese mit viel Spaß und Leichtigkeit. Sie passte sich mit vollem Pathos dem ungarischen temperamentvollen Charakter dieser Musik an. Der vierte Satz schien ein plagaler Schluss der Violine zu sein, doch dann setzte das Orchester zu energischen Schlussakkorden ein und endete mit einer Kadenz in Dur.

Während das Publikum laut applaudierte, merkte Christian wie die Beamten sich auf jemanden in seiner Nähe konzentrierten, sich ihm näherten, nein nicht ihm, sondern einer Frau, mit auffallend schön frisiertem Haarschmuck, die zwei Reihen vor ihm saß, die sich immer wieder umdrehte, ihre Hände aber in ihrem Schoß verschränkt zu haben schien. Christian war erfahren genug, um zu ahnen, dass die Beamten diese Frau im Visier hatten. Auch ihm entglitt die Konzentration auf die Bühne. Er erkannte plötzlich, dass die Frau vor ihm ganz sachte in ihre Handtasche griff und plötzlich sah er es: Eine kleine Schalldämpferpistole! Sie versuchte diese in Hüfthaltung, auf die Bühne zu richten: Ophelia war gerade in ihr Spiel vertieft. Aber schon waren die Beamten hinter ihr und entrissen ihr die Pistole. Christian, der inzwischen über die Sitzreihe gesprungen war, hielt sie von hinten fest und einer der Beamten umklammerte sie gleichzeitig mit der Linken. Willenlos folgte die Unbekannte dann den Männern aus dem Konzertraum. Christian war erleichtert: Die Beamten waren gut geschult! Das alles geschah in Sekundenschnelle, aber es entstand trotzdem Aufregung in den ersten vier Sitzreihen. Einige aus dem Publikum schimpften verärgert über die rücksichtslose Störung. Auch die Zuhörer in den hinteren Reihen wurden unmutig, aber dann beruhigte sich das Publikum wieder. Helene begriff nicht sofort, was passierte und blieb erstarrt sitzen.

Ophelia hatte von der Aufregung im Publikum nicht viel mitbekommen. Sie nahm an, dass ein Zuhörer wegen eines plötzlichen Problems den Zuschauerraum verlassen musste.

So was passierte nicht oft, aber es kam schon mal vor. Sie kam gerade der Forderung des Publikums nach und wiederholte das temperamentvolle ungarische Thema aus dem Rondo des letzten Konzertsatzes. Um den Publikumsapplaus endgültig zu befriedigen spielte sie schließlich den Beatles-Song *Let it be* auf der Violine vor und erntete abermals tosenden Beifall.

Während das Publikum langsam den Konzertsaal räumte, stellte Christian fest, dass die Unbekannte schon von den Polizisten abgeführt worden war. Nur ein Beamter war sicherheitshalber noch da. Von ihm erfuhr Christian über die Festnahme und, dass die Frau tatsächlich Ophelia im Visier hatte. Ein Termin zur genaueren Befragung der Unbekannten wurde vereinbart! Nicht auszudenken, wenn sie ihren Plan hätte ausführen können! Vor den Augen der Mutter! Was hatten sie übersehen? Der Arm der Securitate war also noch viel gefährlicher als gedacht!

Der Direktor und Leonard Bernstein kamen hinzu und baten Helene und Christian in das Büro der Direktion. Dort informierte sie Christian über das Vorgefallene. Er beendete die Darlegung mit den Worten: »Alles andere wird vom FBI geklärt!« Alle waren betreten und entsetzt über das Geschehene und sprachen lange und beruhigend auf Ophelias Mutter ein. Helene war in Tränen aufgelöst, konnte ihr Schluchzen kaum noch zurückhalten. Was bloß hatte sie getan, um den Zorn der Securitate auf sich geladen zu haben. Jetzt war die Entscheidung für Helene gefallen. Zurück nach Rumänien? Nie wieder? Ophelia konnte die verweinten Augen der Mutter nicht deuten, glaubte das seien Freudentränen, denn die Details der Unruhe im Saal kannte sie noch nicht.

Bernstein, auch sehr aufgebracht, bedauerte diesen Vorfall, ohne verbal darauf einzugehen, und um Ophelia zu beruhigen, sagte er noch an Ophelia gerichtet: »Ende gut, alles gut!«. Danach äußerte er sich lobend über Ophelias Violinspiel und wies optimistisch auf die morgigen Berichte in der Presse. Der Direktor legte noch den Tantiemen-Vertrag zur Unterzeichnung vor, dann verabschiedeten sie sich mit gemischten und aufgewühlten Gefühlen.

»Wo gehen wir jetzt hin?«, fragte Helene verunsichert, noch immer mit rot verweinten Augen.

»In mein New Yorker Domizil«, antwortete Christian.

»Was? Du hast hier auch eine Wohnung?«, fragte Ophelia verwundert.

»Nur eine Dienstwohnung«, korrigierte Christian.

Sie nahmen ein Taxi, stiegen nach 15 Minuten aus und befanden sie sich in einem Neubauviertel. Dann gingen sie auf ein Hochhaus zu und ließen sich vom Aufzug in das 12. Stockwerk fahren. Das Appartement umfasste vier Zimmer, Küche, Diele, Bad und Gäste-WC mit Dusche. Vom Balkon konnte man eine teilbeleuchtete bewaldete Parkanlage sehen. Christian telefonierte mit einem der FBI-Beamten und nach zwanzig Minuten wurden die Reisekoffer, Kleidungsstücke und die restlichen Utensilien sowie eine fertige Abendmahlzeit mit passenden Getränken angeliefert.

Christian war zufrieden und sagte nach dem anstrengenden und ereignisreichen Tag: »Zu meinem Abendessen seid ihr herzlich eingeladen: Besteck, Teller, Schüsseln, Gläser usw. befinden sich im Küchenschrank.«

Alle packten an, es tat ihnen gut, sich mit alltäglichen Arbeiten zu beschäftigen. Nur … nach all dem Geschehen kam der Appetit nicht richtig, nur Ophelia griff ordentlich zu. Während sie aßen, frage Ophelia: »Was ist heute nach dem Konzert eigentlich passiert? Von der Bühne aus merkte ich, dass plötzlich einige Leute in den vorderen Publikumsreihen in Aufruhr gerieten.«

Helene und Christian lächelten wohlwollend, aber verständnisvoll über Ophelias Nichtwissen. Dann klärte Christian sie auf. Auch wenn es Ophelia beunruhigen sollte, sie musste angesichts der Gefährlichkeit der Situation eingeweiht werden. Es könnte ja nicht der letzte Anschlagsversuch gewesen sein. Ophelia war entsetzt, fing auch an zu weinen, fragte immer wieder »warum?« und wurde schließlich müde und sehr nachdenklich.

»Das bedeutet, dass die Polizei und du mir das Leben gerettet haben, ohne dass ich etwas davon bemerkt hatte!?«, schussfolgerte Ophelia leise, wie ein verwundetes Reh.

»So könnte man es umschreiben«, bestätigte Christian.

Ophelia sah ihn nachdenklich an, dann ging sie auf ihn zu, umarmte ihn und sagte: »Ich danke dir sehr für dein mutiges Eingreifen, Christian.«

»Es geschah instinktiv, die Frau saß in der zweiten Reihe vor mir ... ich konnte gar nicht anders.«

»Warum hat die Frau das versucht?«, wollte Ophelia nun wissen.

»Das werden wir schon sehr bald, nach ihrer Befragung durch das FBI, erfahren«, klärte Helene auf.

Christian öffnete eine Weinflasche und für Ophelia bereitete er einen Mango-Ananas-Mix vor. Dann sprach er einen Spruch auf Ophelias gelungenes Konzert aus und Helene äußerte sich besorgt über den langen Arm der Securitate, aber auch glücklich über den Ausgang der abenteuerlichen Tage in New York. Sie unterhielten sich noch stundenlang über das Geschehen während des Konzerts und die Ereignisse seit der Landung und legten sich irgendwann, jeder seinen trüben Gedanken nachhängend in sein Zimmer, zur Ruhe.

»Bitte nennen Sie uns ihren Namen«, forderte der FBI-Beamte die Frau im Verhörraum.

Die Frau sah etwas verstört aus und legte schließlich ihren

rumänischen Pass vor. Der Beamte überprüfte die Eintragungen und stellte nebenbei fest, dass ihre Englischkenntnisse sehr gut waren.

»Frau Georgeta Vasilescu, warum versuchten Sie die Violinsolistin, Ophelia Schön, zu erschießen?«, fragte er.

Die Frau schwieg und antwortete, nach nochmaliger Aufforderung des Beamten plakativ: »Ich handelte im Auftrag meines Vorgesetzten.«

»Wer genau? Bitte Namen nennen!« forderte der Beamte.

»Ich kenne nur die Decknamen und damit kann das FBI nichts anfangen«, behauptete sie.

»Wo ist Ihr Wohnsitz in den USA?«

»In Hotels, je nachdem wo ich meine Aufträge erledigen soll«, antwortete sie ausweichend.

Der Beamte konnte dem Verhör nichts Brauchbares entnehmen. Erst als er sie über die drohende langjährige Gefängnisstrafe, aufgrund ihres verhinderten Tötungsversuchs und Spionage aufklärte, machte sie konkrete Aussagen.

»Ich bin seit einem Jahr rumänische Spionin der Securitate in den USA. Wenn ich ›singe‹, werden meine Verwandten in Rumänien jahrelang in rumänischen Arbeitslagern schuften müssen«, begründete sie.

»Wenn Sie nichts verraten kommen Sie in den USA in politische Haft!«, kündigte der Beamte an und forderte: »Weiter! Beantworten sie meine Fragen! Wer war Ihr unmittelbarer Auftraggeber: Telefonnummer, Anschriften in den USA und Rumänien.«

Nun gestand Georgeta, dass der Auftrag telefonisch vom rumänischen, stellvertretenden Securitate Oberst, Pacirpa, der sein derzeitiges Dienstdomizil in Köln hat, angewiesen wurde. Georgeta Vasilescu kam vorerst in Untersuchungshaft und Christian wurde über ihre Aussage telefonisch informiert.

Helene, Ophelia und Christian flogen am 20. April mit einer Lufthansamaschine nach Düsseldorf und kamen gegen Abend mit der Bahn in Bonn an. Das Taxi brachte sie an den Stadtrand von Bad Godesberg, wo sich Christians Haus befand.

»Endlich sind wir da«, sagte Ophelia übermüdet, ohne ihre Umgebung richtig wahrzunehmen.

Christian und Helene führten sie ins Haus, wo Ophelia sich zurückzog und sofort einschlief.

Helene war zwar auch sehr müde, aber sie stellte trotzdem noch einige Fragen an Christian, während sie am Tisch saßen und gemeinsam Tee tranken.

»Ich frage mich, warum du das alles für uns machst?«, begann Helene vorsichtig.

»Ich fühle mich dir sehr verbunden.

»Bist du oder warst du verheiratet?«, fragte Helene.

»Ich bin seit fünf Jahren geschieden«, lautete seine Antwort.

»Hast du Kinder?«, war Helenes nächste Frage.

»Ja, einen Sohn«, sagte Christian.

»Ist Christian Schleicher dein richtiger Name«, fragte Helene weiter.

»Nein, aber vorerst darf ich dir meinen Geburtsnamen, aus dienstlichen Gründen, nicht verraten.«

Helene sah unglücklich aus, als sie Christian zu erklären versuchte, was momentan mit ihren Gefühlen geschah

»Ich weiß immer noch nicht viel über deine Person. Einerseits mag ich dich, du bist da wenn Ophelia und ich Hilfe brauchen, du scheinst großen Einfluss im politischen Leben deines Landes zu haben, du bist willensstark, trotzdem nicht aufdringlich und andererseits bist du mir dennoch fremd, weil du mich über deine Identität in Unwissenheit lässt!«

Christian hörte zu und schwieg immer noch, als Helene ihre Darlegung beendete. Leise fing er an zu sprechen: »Helene, darunter leide ich selbst auch. Die Ursachen hängen mit meinem

Berufsleben zusammen. Das Doppelleben als Privatperson und BND-Beamter, berührt mein Innerstes zunehmend. Seitdem ich dich und Ophelia kennengelernt habe, beschäftigt es mich noch mehr als vorher und ich verspüre den Wunsch diesen Zustand möglichst bald zu ändern. Bitte lasse mir noch etwas Zeit, dann verrate ich dir alles, worüber ich derzeit, im Sinne unserer Sicherheit und für die von Millionen Menschen, kaum etwas äußern darf.«

Helene schwieg einige Minuten dann unterbreitete sie einen Vorschlag: »Du weißt, dass ich, ohne es zu wollen, mehr über aktuelle politische Zusammenhänge informiert bin als mir recht ist. Was ich weiß, scheint für gewisse Personen so wichtig zu sein, dass inzwischen die Obersten der Securitate mir und meiner Tochter durch ihre Agenten nach dem Leben trachten. Deshalb bitte ich dich, vertraue mir zukünftig das an, was ich wissen muss, um die jeweilige politische Lage richtig einzuschätzen und dich besser verstehen zu können.«

Helene wagte es nicht aufzuschauen: Hier standen sie nun, beide als Spione des anderen Landes und fühlten sich zueinander hingezogen! Klar für sie war es ein Tarnspiel, aber für Christian vielleicht auch? Er hatte sie überredet der Spionagetätigkeit für die Securitate zuzustimmen. Damit er von ihr mehr über die Securitate erfährt? Hm …

Christian streichelte zärtlich ihre Hand, umarmte sie und küsste sie sachte auf ihre Wangen. Dann versprach er: »Du bedeutest mir sehr viel Ich werde mich bemühen dir mehr als bisher entgegen zu kommen. Bitte sprich mich an, wenn ich davon unbeabsichtigt abweichen sollte. Manchmal bin ich so sehr in meine beruflichen Angelegenheiten verstrickt, dass ich das alltägliche Leben etwas vernachlässige.«

»Gut, versuchen wir es auf diese Weise.«

»Versprochen!«, bestätigte Christian.

Ophelias bereits geplanten Konzerte am 6. Juni 1971 in Berlin, 19. September 1971 in London und 14. November 1971 in Köln wurden von den Veranstaltern bestätigt und die Einladungen an das neue Postfach in Bonn versandt. Die in Rumänien vorgesehenen Konzerte sagte Helene, angesichts der inzwischen veränderten Situation, via Telegramm, alle ab.

Ophelia ließ sich an der Musikhochschule in West-Berlin immatrikulieren und zog mit Robert in eine größere Wohnung um. Die freiheitliche Art und Weise der Menschen in der BRD, wirkte sich erleichternd auf die Gestaltung ihres Studiums aus. Dies kam Ophelia sehr entgegen und favorisierte die Durchführung weiterer Konzertauftritte. Andererseits trug es auch zur Entwicklung ihrer eigenen Haltung im gesellschaftlichen Leben bei. Dass sie ständig von einem BND-Beamten beschützend begleitet wurde, beeinträchtigte sie inzwischen nicht besonders. Gleichzeitig konnte Helene ihrer Managementtätigkeit, diesmal von Bonn aus nachgehen und die Konzertplanungen für Ophelia, innerhalb der BRD und im Ausland, weiter betreiben. Christian und Robert erwiesen sich bei dieser Umstellung und Anpassung an das Leben in Deutschland sehr hilfreich.

Ophelia lebte nun schon zwei Monate mit Robert zusammen in Berlin, er machte sie mit dem Studentenleben an der Berliner Musikhochschule vertraut und zeigte ihr Westberlin. Aber Ophelia wollte die Unterschiede zum Studium in Bukarest auch aus eigener Erfahrung kennenlernen. Deshalb informierte sie sich über die Studienpräferenzen und Freizeitgestaltung ihrer Kommilitonen*innen.

Welche Fächer studierst du«, fragte Ophelia ihre Kommilitonin Petra, die sie kürzlich in der Musikbibliothek kennengelernt hatte.

»Violine, hier an der Musikhochschule sowie Biologie und

Musikpädagogik für Sek II, an der Universität Berlin«, antwortete Petra.

»Bist du auch schon als Violinistin aufgetreten«, fragte Ophelia in Gedanken mit sich selbst vergleichend.

»Ich spiele in einem Streichquartett und im Unterhaltungsorchester mit. Wir hatten bisher in Frankfurt am Main eine Aufführung eines Haydn-Quartetts und eine andere in West-Berlin mit Bearbeitungen von Tanzmusik unter der Leitung von James Last«, berichtete Petra stolz.

»Was hast du nach dem Studium vor?«, fragte Ophelia neugierig.

Petra merkte, dass Ophelia das deutsche Schulsystem noch nicht gut kannte und antwortete: »Ich werde wahrscheinlich ins Schulamt gehen, Lehrerin an der gymnasialen Oberstufe, wenn ich Glück habe an einem Gymnasium mit Schwerpunkt Musik«

»Aha!«, äußerte Ophelia scheinbar wissend und erkundigte sich weiter: »Und was machst Du in deiner Freizeit?«

»Partys, Kino, Tanzen und was so kommt …«, führte Petra auf und stellte die Gegenfrage: »Und Du?«

Ophelia wollte nicht überheblich wirken und sagte einfach: »Ich spiele Violinkonzerte.«

»Du bist in der Berliner Musikwelt inzwischen sehr bekannt«, bemerkte Petra anerkennend und erkundigte sich weiter: »Und wie sieht deine Freizeit aus?«

»Die verbringe ich mit meinem Freund, der sich in Berlin gut auskennt«, offenbarte Ophelia ausweichend.

»Du hast einen festen Freund?«, fragte Petra erstaunt.

»Ja, ist das ungewöhnlich?«, entgegnete Ophelia.

»Nein, aber meistens treffen die Mädels hier die richtige Wahl nicht so früh«, erklärte Petra.

»Mag sein, aber wir haben uns schon erkannt«, verriet Ophelia ehrlich.

»Wow«, äußerte Petra und dachte: »Tatsächlich?«

Am Abend berichtete Ophelia ihrem Freund Robert über das Gespräch mit Petra. Für Robert wurde klar, dass er Ophelia die Vielseitigkeit des Berliner Freizeitlebens und deren Hintergründe verständlich machen musste, um ihre gesellschaftliche Erfahrung aus der scheinbaren Naivität zu befreien und um sie mit unterschiedlichen Lebensanschauungen bekannt zu machen.

»Wie fühlst Du dich hier in Berlin?«, fragte Robert während sie zusammen im Bett lagen.

»Anfänglich hatte ich alles, was ich hier wahrnahm, mit dem was ich in Hermannstadt und Bukarest kannte und erlebte, verglichen: Die Menschen, den Zustand der Gebäude, die Straßen, die Art und Weise des Umgangs der Menschen miteinander. Und am meisten beeindruckt mich das gesellschaftlich-kulturelle Leben hier im Westen.«

»Wie meinst du das?«, fragte Robert.

»Also: Wenn man Deutschland realistisch betrachtet, fällt einem hier das ›Wunder des Fortschritts‹ auf, im Vergleich zu Rumänien, wo das, angesichts der dauerhaft einschränkenden gesellschaftlichen Interventionen der KP und ihrer Regierung, anscheinend weitgehend ein viel langsameres Tempo angenommen hat. Der Aufstieg der Massenkultur in der industrialisierten westlichen Welt wirkt sich als unheimliche Bereicherung des Alltags aus, auch für die weniger verdienenden Volksgruppen. Dadurch sind die populären Künste und Vergnügungen, trotz aller Laster die man ihnen vorwerfen mag, zu Stützpfeilern des gesellschaftlichen Status quo aufgestiegen.«

»Du hast das in der kurzen Zeit deines dauerhaften Aufenthalts in der BRD sehr schnell begriffen. Könntest Du einige Beispiele dazu nennen?«, bat Robert.

»Sicherlich: Hier wird auch dem Arbeitslosen die jährliche Urlaubsreise zugestanden, und selbst den Ärmsten der Armen darf der Fernsehapparat nicht gepfändet werden.«

»Und wie interpretierst du die Entwicklungen im Bereich der Unterhaltungsbranchen?«

»Vielleicht kann ich es mit Hinweis auf den ersten Band (1534) von Rabelais' *Gargantua* veranschaulichen. Darin ist die Rede von der Abtei *Thelema*, ein humanistisches Anti-Kloster, in dem die Männer und Frauen nach dem Paragraphen »Tue was Dir gefällt«, lebten. Diese Lebensweise wiederum galt bis Ende des 19. Jahrhunderts für Staaten, Religionen und Volkserzieher als Feindbild. Erst im 20. Jahrhundert änderte sich dies aufgrund der Massenkultur, die wahrscheinlich aus der Kombination zwischen den demokratischen Bestrebungen und dem Populär-Kultur-Markt und ihren Avantgarden hervorgegangen sind.«

Robert war erstaunt über Ophelias Wissen hinsichtlich radikaler gesellschaftlicher Veränderungen in der westlichen Welt. Da er selbst in diese Welt hineingeboren wurde, nahm er das meiste als selbstverständlich wahr und empfand Ophelias bisherige Sichtweise fälschlicherweise als naiv. Dennoch verwies er diesbezüglich auf die Bedeutung der 68-er Bewegung hin und fragte neugierig weiter: »Inwieweit ist es in Rumänien anders?«

Ophelia war stolz, dass sie Robert mit ihren Erfahrungen, die sie von ihrer Mutter und auf Konzerttourneen gesammelt hatte, endlich überraschen konnte. Sie versuchte zu erklären: »Die Machthaber der rumänischen KP waren nach dem Zweiten Weltkrieg an einer Weiterentwicklung der Massenkultur nicht interessiert, auch wenn sie dieses nicht zugaben, weil die dort Mächtigen und Eliten den Aufstieg der populären Lustbarkeiten, die zu freiheitlichem Denken hätte führen können, fürchteten. Die Einflüsse aus dem Westen wurden lange Zeit verpönt als dekadent eingestuft und nicht zugelassen. Die Eliten vermieden die Emanzipation der Massen. Erst durch die Rock-Pop-Musik von Elvis Presley, Beatles, Rolling Stones u.a., die nicht mehr zurückgehalten werden konnte, fanden die einfachen Leute allmählich Zugang zur Öffentlichkeit. Im Vergleich zum Westen Europas war das jedoch in Osteuropa minimal der Fall und außerdem lediglich nur ein kleiner Anfang.«

Von Ophelia angesteckt, fielen Robert nun auch einige Merkmale ein, die zur Machtverschiebung in der westlichen Massenkultur führten: »Der Aufstieg der Populärkultur im Nachkriegs-Deutschland folgte den Verbesserungen der Wohn- und Einkommensverhältnissen der einfachen Leute. Dadurch konnten diese vor allem an den Wochenenden ihren Freizeitbeschäftigungen nachgehen. Aber es war nicht nur der Aufstieg der einfachen Leute. Er fand nämlich auf allen Etagen der sozialen Klassen statt und hatte teilweise sogar eine egalisierende Wirkung. Frauen und Heranwachsende bildeten dabei die Avantgarde beim Erproben und Durchsetzen neuer Freizeitmöglichkeiten. Auch die amerikanischen Einflüsse nach dem Zweiten Weltkrieg, trugen maßgeblich zur kulturellen Vermischung bei. Außerdem entstanden Massenunterhaltungseinrichtungen, die von Konzernen profitorientiert betrieben wurden.«

»Trotz allem ist es verwunderlich, dass das Wahlrecht für Frauen in der BRD, anders als in Rumänien, erst sehr spät eingeführt wurde«, stellte Ophelia nebenbei fest.

Robert bestätigte und ergänzte: »Auch das Recht der Frauen auf ein Bankkonto wurde erstaunlicherweise erst in den 50-er Jahren in Deutschland zugelassen.«

»An der Musikhochschule wird sehr oft die A-Moralität erwähnt, wenn von Populärkultur gesprochen wird«, übernahm Ophelia das Gespräch wieder.

»Dies bezieht sich auf die Populärkultur der NS-Periode, die vollständig dem Reich des Bösen, der Täuschung und Verdammnis zugeordnet wurde«, bemerkte Robert.

Ophelia entgegnete: »Es gab auch in der NS-Zeit berühmte

Persönlichkeiten, wie Zarah Leander, Marika Rökk, Heinz Rühmann u.a., die Spitzenleistungen in der Massenkultur erbrachten, ohne besondere Beziehungen zur NS gehabt zu haben.«

»Übrigens die heutige Massenkultur kann die Aura des moralisch Fragwürdigen, angesichts des Verkaufs von Waffen in Kriegsgebiete, nicht ganz abstreifen«, fügte Robert kritisch hinzu.

»Mag sein, aber man kann populäres Amüsement nicht automatisch mit A-Moralität der Eliten eines Landes in Verbindung setzen«, schlussfolgerte Ophelia.

Robert zuckte mit den Schultern und verwies auf die Entwicklungen wie Alkoholismus, Drogenkonsum, Prostitution, Spielcasinos u.a., im Bereich der Massenkultur der sogenannten kapitalistischen Demokratien, die mit Sicherheit ein hohes Maß an verwerflicher Moralität beherbergen. Dann beendete er das Fachsimpeln mit einem Kuss und einer Einladung ins Theater.

Die Korrespondenz mit Michael, Anna und Josef wurde auf geheimen Wegen weitergeführt: Deren Briefe aus Rumänien und zurück wurden nämlich Touristen anvertraut, die sie anschließend in Deutschland postalisch an Helene weiterleiteten. Auf diese Weise blieben Helene und Christian auf dem neuesten Stand über die alltäglichen Entwicklungen im beruflichen, wirtschaftlichen und politischen Leben in Siebenbürgen, Banat und Bukarest.

Michael berichtete in einem seiner Briefe: »Die ›legale‹ Ausreise von Deutschen aus Siebenbürgen und dem Banat in die BRD nimmt zu, während die Anzahl der Kirchenmitglieder sich dementsprechend verringert.«

Anna äußerte sich kritisch über Missstände in der Lebensmittelversorgung und Bestechungsbetrügereien im Gesundheitswesen sowie in der Verwaltung: »Bei fast jedem Arztbesuch müsse man ›schmieren‹, um überhaupt angenommen zu werden.«

Josef teilte mit: »Es kursieren in Securitate-Kreisen Vermutungen über Menschenschmuggel, wonach zunehmend Juden und Deutsche aus Rumänien ins westliche Ausland ›verkauft‹ werden.«

Diese Nachrichten ließen auch Christian aufhorchen und lockten einige Bemerkungen aus ihm hervor: »Die haben es also doch soweit zuspitzen lassen!«, hörte Helene ihn leise sagen.

»Wen meinst Du?«, fragte sie.

»Die devisengierige rumänische Regierung«, antwortete Christian.

»Und was hat sie zugespitzt?«, bohrte Helene weiter.

Christian blickte sie nachdenklich an und antwortete rätselhaft: »Es geht um die Siebenbürger Deutschen, die Banater Schwaben und die Juden aus Rumänien.«

»Was hat dies mit der rumänischen Regierung zu tun?«, fragte Helene neugierig.

Christian lächelte mitleidig und informierte: »Die deutsche Minderheit in Rumänien möchte, wie du es bereits weißt, größtenteils in den Westen auswandern, weil sie seit dem ersten Weltkrieg so gut wie alle Privilegien, die sie im Laufe von Jahrhunderten erwarb, verloren hat. Seitdem Cervulescu die Macht in Rumänien inne hat, fühlen sich vor allem die Rumäniendeutschen und politisch informierte rumänische Intellektuelle zunehmend diskriminiert, perspektivlos und unter politischer Kontrolle.«

Helene lächelte und fügte hinzu: »Es freut mich, dass inzwischen sogar der BND dies erkannt hat.«

»Es steckt noch mehr dahinter Helene, aber das ist momentan streng geheim, und für die Rumäniendeutschen könnte es im Endeffekt sogar ein ›happy end‹ ergeben. Mehr darf ich jetzt nicht verraten!«, sagte Christian in beschwörendem Ton.

Helene schwieg zwar, aber ihre Neugierde war geweckt, während Christian nachdenklich das Abendessen vorbereitete.

Das Telefon klingelte und Helene nahm ab: »Hallo?«

»Hier spricht Anna, ich möchte dir mitteilen, dass Johanns Enkelsohn tot aus der Donau bei Turnu Severin geborgen, und in einem verschlossenen Alu-Sarg nach Heltau gebracht wurde.«

»Nein!« Totenstille folgte. Nach einer Weile fragte Helene erschrocken: »Ist die Todesursache bekannt?«

»Die Miliz meint, er wäre ertrunken, aber der Sarg durfte nicht geöffnet werden«, präzisierte Anna skeptisch.

»Was sagt Josef dazu?« fragte Helene.

»Josef denkt, dass er, wie Dutzend andere junge Deutsche aus Siebenbürgen und dem Banat, auf der Flucht über die rumänisch-jugoslawische Grenze, beim Überschwimmen der Donau, von rumänischen Grenzsoldaten, erschossen wurde. Johann hatte sich schon früher über Möglichkeiten informiert, das Land zu verlassen, da er nach dem Tod seines Vaters verbittert für sich keine Lebensperspektive mehr in Rumänien sah. So ähnlich sei es bereits auch vielen Banater Schwaben ergangen.«

»Kommt das oft vor?«

»Ja, seit sechs Monaten trifft es immer öfter junge Männer, die das ›Gefängnis Rumänien‹ durch Flucht verlassen wollen«, bestätigte Anna.

Während des Abendbrots informierte Helene über den Inhalt des Telefonats mit Anna.

Christian blickte Helene besorgt an und deutete an: »Das ist traurig, aber wir kennen das Problem von der Grenze zur DDR. Nur … was kann man dagegen unternehmen?«

»Wer soll es denn verhindern?«, fragte Helene scharfsinnig.

Christian rang mit sich, ob er etwas verraten darf. Dann sagte er: »Die westlichen Regierungen mit ihren Geheimdiensten könnten sich des Problems vielleicht annehmen, aber … ist es ihnen so wichtig?

»Christian, diese jungen Männer sind Rumäniendeutsche, die wegen ihres Freiheitswillens, im Auftrag der RKP-Diktatur, getötet werden!«, fügte Helene erbost hinzu.

»Ich weiß Helene, es ist schrecklich, aber es tut sich schon einiges diesbezüglich!«

Helene sah ihn fragend an, aber er schüttelte nur mit dem Kopf und ging in den Garten.

Robert telefonierte am 21. Mai mit Christian: »Ophelia tritt am 6. Juni 1971 mit dem *Violinkonzert e-Moll op. 64* von Felix Mendelssohn-Bartholdy in der Berliner Philharmonie auf. Wir haben für euch bereits zwei Freikarten besorgt. Könntet Ihr dabei sein?«

»Wir werden alles tun, um dabei zu sein«, bestätigte Christian.

Am 5. Juni flogen Helene und Christian mit einer Lufthansamaschine nach Berlin-Tegel. Unmittelbar nach der Landung wurde Christian angerufen. Helene merkte wie sich seine Gesichtszüge während des Telefongesprächs anspannten.

»Was ist los Christian?« fragte Helene besorgt.

»Ich fahre dich zu Ophelia. Sie braucht deine Hilfe bei ihrer Auftrittsvorbereitung«, entgegnete er.

Helene verstand sofort, dass er etwas erfahren hatte, was er ihr nicht mitteilen durfte. Christian bestellte ein Taxi und sie fuhren zur Philharmonie, wo Ophelia sich mitten in der Generalprobe mit dem Sinfonieorchester befand.

»Helene, bitte bleibe in der Nähe deiner Tochter. Ich muss jetzt zu meinem Chef.«

Christian fuhr umgehend ins Präsidium der Berliner Kriminal-polizei, wo der BND-Spitzenbeamte im obersten Stockwerk ein reserviertes Büro hatte.

»Gut, dass du da bist, Christian«, empfing ihn sein Chef.

»Was ist los?«, fragte Christian.

»Wir haben ein Telefonat zwischen Ion Mihai Pacirpa und seinem Chef, Nicolae Dolcaru, dem rumänischen Obersten der Securitate in Bukarest, abgehört.

Christian betrachtete ihn abwartend.

»Pacirpa wurde beauftragt Helene Schön und andere rumä-nische Dissidenten eliminieren zu lassen!«

»Was wurde zu deren Schutz unternommen?«

»Kriminal- und BND-Beamte in Zivil sind bereits unter-wegs, um die Gefährdeten, die davon nichts wissen, zu be-schützen. Die Aktion ist streng geheim, damit die öffentliche Ordnung nicht in Aufruhr gerät.«

»Welchen Auftrag hast du für mich vorgesehen«; fragte Christian ruhig.

»Kümmere dich um Helene und Ophelia!«, sprach sein Chef mit besorgter Stimme und überreichte ihm ein Papier mit wei-teren Details.

Christian hatte verstanden, verließ das Gebäude und fuhr direkt zur Philharmonie wo er sich beim Pförtner als Krimi-nalbeamter auswies.

»Darf hier Jedermann nach Belieben ein- und ausgehen?«, fragte Christian.

»Nein nicht jeder«, antwortete der Pförtner und fügte hinzu: »Nur die Musiker, das Verwaltungs-, Service- und Reinigungs-personal.«

»Ab sofort muss jeder, der das Gelände betritt, genau durch-sucht werden!«, befahl Christian.

»Gibt es weitere Zugänge?«

»Ja, den Bühneneingang«, lautete die Antwort.

»Bitte zeigen Sie mir den Eingang«, forderte Christian.

»Dort«, sagte der Pförtner und zeigte mit seiner rechten Hand in die Richtung eines Portals.

Christian bewegte sich nun direkt auf den Bühneneingang zu. Dort sah er sich kritisch um und dachte: «Wie könnte man sicherstellen, dass man den Leuten, die hier ein und ausgingen, vertrauen kann? Es sind Angestellte, die schon lange ihren Job machen, also kein Interesse hatten, jemandem etwas zuleide zu tun, denn sie würden Ihre Arbeitsstelle aufs Spiel setzen … Es sei denn … und bei dem Gedanken wurde er blass, sie werden mit Geld bestochen oder …?« Spontan fiel ihm noch etwas ein: »Was ist, wenn die Gefahr nicht von langfristig Angestellten ausgeht, sondern von nur kürzlich angeheuerten Bediensteten? Ich muss mir sofort eine Liste der vor kurzem angestellten Personen besorgen.«

Plötzlich sah er eine Frau, die sich suchend, als ob ortsunkundig, umsah. Christian ging auf sie zu und fragte, ob er ihr weiterhelfen könne. Die recht junge Frau sprach Deutsch mit einem osteuropäischen Akzent, was Christian noch mehr beunruhigte. Alles in Ordnung, Herr, ich suche Raum 103 zum Saubermachen. Als Christian sich beim Bühnenmeister weiter nach Personen, erkundigte, die mangelhaftes Deutsch beherrschen, zeigte dieser auf zwei weitere Männer: »Die dort wurden erst heute als Hilfskräfte hierher beordert, wissen Sie, auch wir müssen ständig an Einsparungen denken ….« sagte er.

Christian inspizierte nun unauffällig die Bühne, die Kulissen, den Zuschauerraum und zuletzt den Laderaum. Dabei beobachtete er ständig die neuen Hilfskräfte. Er konnte jedoch nichts Auffälliges bemerken, bis er zufällig an der neuen Jeanshose der Frau, als diese sich bückte, ein neues Etikett sah, das ihm suspekt erschien. Christian gestikulierte mit den Händen und forderte sie auf, sich zu ihm zu begeben. Darauf sahen die Drei sich gegenseitig bestürzt an und einer brachte blitzschnell eine Schalldämpferpistole in Anschlag. Christian vollführte einen Hechtsprung hinter eine Säule und der Schuss verfehlte ihn um Zentimeter. Auf dem Boden liegend brachte er seine eigene Dienstpistole in Anschlag und verletzte den Schützen an dessen rechter Schulter. Der zweite Mann brachte seine Waffe ebenfalls in Schussposition, doch bevor er abschießen konnte, wurde er von Christian am Oberschenkel getroffen. Die Frau ergriff die Flucht und wurde vom Pförtner, der die Schüsse gehört hatte, verhindert, das Gelände zu verlassen. Sie rannte ihn um und lief um die nächste Hausecke. Christian rannte ihr von der Gegenseite entgegen, so dass sie ihm regelrecht in die Arme lief und von ihm überwältigt wurde. Während Christian die beiden Verletzten festnahm, rief er per Funk die Polizei um Unterstützung an.

Dann informierte er den diensthabenden Kommissar, dass es sich mit großer Wahrscheinlichkeit um drei rumänische Spione handeln würde.

Im Konzertsaal setzte er sich in die zweite Sitzreihe neben Helene, die ihn prüfend ansah und merkte, dass er verschwitzt war. Sie fasste seine Hand und drückte sie zärtlich.

»Alles klar Christian?«

»Jetzt hoffe ich, ja«, sagte er erleichtert.

Nach der Generalprobe bestellte Christian ein Taxi, das Ophelia in ihre Wohnung zu Robert und ihn mit Helene ins Hotel, brachte.

»Was war los?«, fragte Helene.

»Drei rumänische Spione, die es wahrscheinlich auf dich und Ophelia abgesehen hatten …«, antwortete Christian verbittert.

»Es scheint, dass wir auch in Deutschland unseres Lebens nicht mehr sicher sind!«, bemerkte Helene mit entsetzter Stimme. Hat der Anschlag in New York nicht gereicht? Werden wir ewig Gejagte bleiben? Auch hier in Berlin? Das Gespenst Angst machte sich breit.

»Mein Chef wird mich noch heute Abend genauer informieren«, sagte Christian leise.

»Ist Ophelia jetzt sicher?«, wollte Helene noch wissen.

»Ja, zwei Polizeibeamte bewachen ihre Wohnung bis morgen früh.«

Christian duschte und bereitete das Abendbrot vor, während Helene mit Ophelia telefonierte.

Christians Dienstfunkgerät summte und sein Chef meldete sich: »Die drei Festgenommenen sind tatsächlich rumänische Spione. Sie hatten den Auftrag Helene und ihre Tochter zu eliminieren. Das Verhör findet noch statt.«

»Wer gab den Auftrag?«, fragte Christian.

»Wahrscheinlich war es der Oberst der Securitate aus Bukarest, Dolcaru.«

»Besteht weiterhin Gefahr für Helene und Ophelia?«

»Momentan nicht, aber Ophelia wird trotzdem ständig beschützt. Ebenso morgen und während des Konzertes. Man kann aber nie ganz sicher sein, denn wir können nicht alle Zuschauer einer Leibvisite unterziehen.«

Christian wirkte bedrückt und Helene schwieg. So hatten sie sich Ophelias Konzertauftritt in Berlin nicht vorgestellt.

»Gut, dass Ophelia davon nichts weiß«, sagte Helene und blickte Christian dankbar an.

Christian lächelte gequält und erwiderte: »Ich denke ständig über Optionen nach, um diese Unsicherheit endgültig zu unterbinden.«

»Das wird erst dann gelingen, wenn der wahre Auftraggeber gefasst und unschädlich gemacht ist«, entgegnete Helene.

Christian umarmte Helene und flüsterte ihr ins Ohr: »Der Auftraggeber sitzt in der Führung der rumänischen Regierung und diese kann momentan nur politisch und wirtschaftlich bekämpft werden! Ich versuche das in verstärkter Weise zu veranlassen!«

Helene sah ihn nachdenklich an und sagte: »Der wahre Täter sitzt also in Bukarest!?«

»Woher weiß er über deine Vermutung, dass du es wissen könntest, dass er in Bukarest zu finden ist?«, philosophierte Christian und zauberte damit ein Lächeln in Helenes Gesicht.

»Ich werde es noch herausfinden!«, entgegnete Helene.

6. Juni 1971, 20:00 Uhr. *Violinkonzert e-Moll op. 64*, Felix Mendelssohn-Bartholdy, Berliner Philharmoniker, Ophelia Schön, Violinsolistin, Herbert von Karajan, Dirigent.

Der Konzertsaal war ausverkauft. Viele Musikfans, die Ophelias Violinspiel bereits 1970 in Berlin erlebten kamen wieder, um das Meisterwerk von Mendelssohn-Bartholdy, diesmal auf einer ›Guarneri‹ gespielt und von Karajan dirigiert, zu genießen.

Ophelia war gut vorbereitet und von den politischen Ereignissen nicht abgelenkt, da ihre Mutter und Christian dies im Vorfeld des Konzertes geschickt vermeiden konnten. Robert brachte ihr viele interpretatorische Details bei, auf die Karajan besonderen Wert legte. Ihre unbefangene Natürlichkeit imponierte sogar dem Menschenkenner Karajan, der die junge Violinvirtuosin mit Neugierde beobachtete. Ophelia trug diesmal ein kurzärmeliges, bordeauxrotes Konzertkleid mit schwarzen und silberfarbenen Konturornamenten im Brust-Profilbereich und farblich passenden bequemen Schuhen mit normalem Absatz. Der Kontrast zu ihren gelocktem, blonden Haaren und zur schlanken Gestalt verstärkte die angenehme, optische Wirkung auf das Publikum.

Nachdem Karajan ihr den Startblick zuwarf, nickte sie fast unmerklich und brachte die ›Guarneri‹ in Spielhaltung für das *Allegro molto appassionato*. Ophelia setzte nach der zweitaktigen Einleitung des Orchesters mit dem schwungvollen Hauptthema ein, das im Hintergrund von den Streichern begleitet wurde. Die Klangfarbe der ›Guarneri‹ kam dabei besonders wirkungsvoll zum Ausdruck. In der darauffolgenden Violin-Kadenz demonstrierte Ophelia ihr virtuoses Können sowohl technisch als auch interpretatorisch und erntete lobende Blicke des Dirigenten. Nach dem Dialog zwischen Violine und Orchester leitete das Fagott übergangslos in den zweiten Satz *Andante*. Das Orchester übernahm, anschließend intonierte Ophelia mit ihrer Violine das sehnsuchtsvolle Thema, von den Streichern begleitet. Das Ende des Satzes markierte Ophelia mit der souverän und trotzdem sensibel geführten friedvollen Weiterentwicklung des Hauptthemas.

Der dritte Satz *Allegro non troppo – Allegro molto vivace* entsprach ganz dem Temperament des Dirigenten. Ophelia, von Robert beraten, kam schon in der Pianissimo-Einleitung und in der heiteren Melodie, nach dem Bläsereinsatz, dem energischen Ausdruck nach. Kraftvolle Akkorde von Violine und Orchester beendeten das Violinkonzert.

Ein riesiger Applaus belohnte Ophelia und das Orchester mit seinem berühmten Dirigenten Herbert von Karajan. Da der Beifall nicht aufhören wollte, bot Ophelia ihre Zugabe an.

»Ich bin neugierig«, sagte Karajan, verließ die Bühne und setzte sich auf einen Stuhl, von dem er Ophelia genau betrachten und gut mithören konnte.

Ophelia bedankte sich beim Publikum und kündigte lächelnd an: »Bitte nennen Sie mir nachher den Titel des Solostücks, das ich Ihnen gleich vorspielen werde.«

Ophelia setzte ihre ›Guarneri‹ an und spielte die *Partita Nr. 1 h-moll BWV 1002* von *J.S. Bach* souverän, selbstbewusst und mit einer bewundernswerten violintechnischen Sicherheit vor.

Dafür wurde Sie gebührend von den Zuhörern belohnt, und plötzlich erschien Robert auf der Bühne mit einem wunderschönen bunten Blumenstrauß, den er ihr überreichte und den Titel des vorgespielten Solostücks nannte. Dann umarmte er sie anerkennend. Auch Karajan kam herbei und reichte Ophelia gratulierend die Hand: »Sie haben fantastisch gespielt, das hatte ich nicht erwartet!

Darf ich Sie und Ihre Mutter zum Essen einladen?«

»Ja, gerne«, nahm Ophelia sein Angebot, freundlich und einnehmend lächelnd, an.

Es wurde ein unterhaltsamer und entspannter Abend mit viel Humor und gutem Essen im *Berliner Hof*.

Die Violinkonzerte am 19. September 1971 in London und am 14. November 1971 in Köln führte Ophelia ebenfalls erfolgreich durch und erntete anerkennende Berichte in der nationalen und internationalen Presse. Aus Sicherheitsgründen musste sie sowohl in London als auch in Köln ständig von lokalen Sicherheitskräften abgeschirmt werden.

Die Entführung

Januar 1972 – April 1973

Helene unterhielt inzwischen Managementbüros für Musiker in Köln und in Berlin. Ophelia wurde zu Konzertaufführungen in Singapur, Tokio, Sidney, Rio de Janeiro, San Francisco, Toronto, Amsterdam, Madrid, Kopenhagen und Island eingeladen. Von den Tantiemen und ihren Honoraren als Soloviolinistin leistete sie sich den Kauf eines Bungalows in der Nähe von Luzern (Schweiz), eine Reihenhauswohnung in Berlin und eine kleine Villa in Andalusien (Spanien). Helene und Christian durften diese Immobilien jederzeit als Feriendomizile benutzen. Gern hätte Ophelia ihren Vater, Michael, ab und an in Deutschland zu Besuch. Aber Michael wollte einerseits lieber als Pfarrer in Heltau bleiben, er nahm seine Aufgabe als Seelsorger und religiöser Begleiter seiner Gemeinde noch immer ernst. Andererseits verweigerte ihm die Securitate jegliche Besuchsreise zu seiner berühmten Tochter nach Deutschland. Wohl auch deshalb, um Ophelia und Helene jederzeit unter Druck setzen zu können.

Ophelias internationale Erfolge als Violinsolistin wurden in der Musikszene nicht ohne Neid zur Kenntnis genommen. Auch die rumänischen Politiker verfolgten ihre Karriere mit ›Argusaugen‹ und die RKP konnte nicht umhin, nach Ophelias definitivem Verbleib in Deutschland, den Verlust von Deviseneinnahmen zu bedauern.

Mai – August 1973
»Hallo! Wer spricht da? Ich kann sie akustisch schlecht verstehen. Wer ist da?«, meldete sich Robert mit lauter Stimme in die Telefonmuschel und versuchte die Stimme zu erkennen.

»Hier ist Anna, Helenes Schwester«, hörte er nach mehrfacher Wiederholung ihre Stimme.

»Hier ist Robert in Berlin«, sagte er und verfolgte die unklare Übertragung gespannt.

»Josef wurde in Hermannstadt verhaftet!«, hörte Robert die Stimme schreien, dann wurde die Leitung brüsk unterbrochen.

Robert dachte konzentriert nach. Ihm wurde bewusst, dass in Hermannstadt irgendetwas Außergewöhnliches geschehen war. Er griff zum Hörer und telefonierte mit Christian.

»Guten Abend Christian, entschuldige bitte, falls ich störe, aber Anna hat gerade aus Heltau angerufen: Josef soll in Hermannstadt verhaftet worden sein!«

»Weißt du mehr?«, fragte Christian sachlich.

»Nein, die Verbindung wurde abrupt unterbrochen«, informierte Robert.

»Das ist zwar tragisch, aber ich habe es erwartet«, bemerkte Christian.

»Bei dem korrupten politischen System ist es kein Wunder«, bestätigte Robert.

»Sind Ophelia und Helene aus Island am Berliner Flughafen Tegel gelandet?«, fragte Christian weiter.

»Nein, der Flug hat anscheinend wegen schlechter Witterung Verspätung«, antwortete Robert und ergänzte: »Ich fahre nachher zum Flughafen und hole sie um 22:30 Uhr ab.«

»Gut, informiere mich sofort nach ihrer Ankunft«, bat Christian.

»Ok!«, bestätigte Robert und legte auf.

Christian spürte intuitiv, dass etwas Ungewöhnliches seinen Lauf nahm. Er griff zum Hörer und wählte die Geheimnummer seines Chefs beim BND in München.

»Hallo?«, meldete sich die bekannte Stimme des Chefs.

»Hier Christian«, sagte er.

»Gibt es Neuigkeiten?«, fragte der Chef.

»Josef, der Onkel Ophelias, wurde in Hermannstadt verhaftet«, antwortete Christian.

»Ich verstehe, das habe ich schon seit geraumer Zeit erwartet!«, äußerte der Chef und atmete gepresst aus.

»Sind Helene und Ophelia schon gelandet?«

»Noch nicht.«

»Bitte rufe mich an, wenn sie am Flughafen sind!«

»Ja, werde ich tun«, versprach Christian. Nach zwei Stunden klingelte das Telefon bei Christian in Bonn.

»Hier ist Robert, Helene und Ophelia sind nicht im Flugzeug gewesen! Der Pilot informierte mich, dass beide nach der Zwischenlandung in Kopenhagen nicht mehr zugestiegen waren!«, sagte Robert mit aufgeregter Stimme. Christian atmete tief durch. Also doch wieder! Jetzt war schnelles Handeln angesagt. Das ging nur über den BND …

»Bleib ruhig Robert, ich brauche bald deine Hilfe. Bitte trage ab sofort das Funktelefon ständig bei Dir. Ich werde Dich laufend informieren!«, versuchte Christian ihn zu beschwichtigen, unterbrach die Leitung und setzte sich via Funk mit seinem BND-Chef in Verbindung.

»Helene und Ophelia sind seit der Zwischenlandung in Kopenhagen verschwunden«, informierte er. Dieser schwieg länger als gewöhnlich, dann hörte Christian ihn sagen: »Ich werde die Sicherheitschefs in Kopenhagen und Interpol benachrichtigen. Bitte überprüfe umgehend, ob der rumänische stellvertretende Geheimdienstchef, Pacirpa, sich noch in Köln befindet. Informiere mich anschließend sofort!«

Christian bestätigte und wusste, dass nun ein Nachtdienst bevorstand. Dann informierte er die Kölner Geheimdienstzentrale über sein Kommen und fuhr mit seinem Dienstwagen von Bonn über die A59 direkt nach Köln, wo er vom diensthabenden Offizier schon erwartet wurde.

»Ist der Chef schon da?«, fragte Christian.

»Ja «, bestätigte der Offizier und zeigte auf die Eingangstür, wo der Kölner Chef gerade eintrat.

Christian fragte ihn: »Ist Ion Mihai Pacirpa derzeit in Köln?«

»Ja, auch dessen oberster rumänischer Geheimdienstchef, Nicolae Dolcaru, ist heute aus Bukarest in der rumänischen Botschaft in Köln, am Rheinufer, eingetroffen. Bei denen scheinen wichtige Entscheidungen bevorzustehen«, vermutete er.

»Konntet ihr schon deren Gespräche abhören?«, fragte Christian.

»Ja, aber sehr unklar. Die Vornamen Helene und Ophelia sind akustisch aufgezeichnet worden. Alles andere wurde von deren Toilettenspülung übertönt.«

Christians BND-Chef aus München meldete sich am Funktelefon: »Ophelias Vater, Michael, und Anna, Helenes Schwester, wurden in Heltau ebenfalls verhaftet«, hörte Christian ihn sagen.

»Wow, das geht diesmal ›Schlag auf Schlag‹ «, stellte Christian fest und informierte ihn über die Anwesenheit von Dolcaru und Pacirpa in der rumänischen Botschaft.

»Es scheinen aufregende Ereignisse im Gange zu sein«, äußerte Christian und stellte eine Gegenfrage: »Ist Dir schon etwas über den Verbleib Helenes und ihrer Tochter in Kopenhagen bekannt?«

»Ja, sie sind wahrscheinlich vom Flughafen Kopenhagen mit einer Tupolev-Maschine der rumänischen Airline nach Bukarest, entführt worden«, antwortete der Chef.

»Das wird ernsthafte politische Komplikationen geben, vermute ich«, sagte Christian und fragte ungeduldig: »Was unternehmen wir jetzt?«

»Überwacht die beiden Obersten der rumänischen Securitate. Bei günstiger Gelegenheit, nehmt die beiden einfach fest. Diesmal brauchen wir einen ›Trumpf in der Hand‹, um gegen die rumänische Regierung vorgehen zu können. Es muss allerdings ganz unauffällig, geheim und gewaltlos stattfinden! Hiermit erteile ich dir diesen Auftrag«, dann unterbrach er die Leitung.

Christian gab die erforderlichen Anweisungen an den Kölner BND-Chef weiter, der umgehend Spezialkräfte beauftragte, die die rumänische Botschaft rund um die Uhr überwachen sollten.

Josef erwachte aus seiner Betäubung am späten Nachmittag in einer Gefängniszelle auf. Sein Kopf ›brummte‹ und er konnte sich nur noch an den Lichtschein einer Taschenlampe in seinem Schlafzimmer erinnern. Jetzt lag er auf einem Bett in einer Zelle. Plötzlich öffnete jemand die Tür, ein Gefängniswärter betrat den Raum und betrachtete ihn.

»Genosse Hermann, sind Sie wach?«, hörte Josef.

»Ja«, bestätigte Josef und drehte sich zur Seite.

»Stehen Sie auf, Sie werden zum Verhör erwartet«, forderte der Wärter ihn auf.

Josef erhob sich, wusch sich am Waschbecken das Gesicht und trat aus der Zelle, gefolgt von dem Wärter. Mit einem Aufzug gelangten sie ins vierte Obergeschoss, wo ihn ein Securitateoffizier im Verhörraum erwartete.

»Nehmen Sie Platz!«, sagte der Offizier und bot ihm eine Zigarette an.

»Danke ich rauche nicht«, lehnte Josef ab und setzte sich auf den Stuhl.

»Wissen Sie, warum wir Sie festgenommen haben?«, fragte der Offizier.

»Nein«, erwiderte Josef.

Der Offizier betrachtete ihn erwartungsvoll und begann nach einiger Zeit das Gespräch.

»Sie sind Securitate-Mitarbeiter, Mitglied der RKP und erfolgreicher Kulturbeauftragter des Kreises Hermannstadt«, begann der Offizier, ein kleiner, untersetzt wirkender Mann mit Schnurrbart und kurz geschorenen schwarzen Haaren.

»Was sie nicht sagen!«, antwortete Josef sarkastisch.

»Trotzdem hatten Sie es gewagt, Frau Helene Schön in Bonn telefonisch zu kontaktieren und sie über geheime, aktuelle, politische Ereignisse in Rumänien zu informieren«, beschuldigte ihn der Offizier.

Josef schwieg, dachte nach, betrachtete ihn mit durchdringendem Blick und fragte: »Was wollen Sie mir konkret vorwerfen, Genosse Offizier?«

»Um was es genau geht erfahren Sie in Bukarest, wohin Sie heute ausgeflogen werden«, informierte der Offizier, erhob sich und beendete das Gespräch.

Helene und Ophelia hatten während der Zwischenlandung in Kopenhagen zwei Stunden Zeit bis zum Weiterflug nach Berlin. Sie nutzten die Zeit, um im Flughafenshop Geschenke zu besorgen. Ophelia hatte ihre wertvolle ›Guarneri‹-Violine aus Sicherheitsgründen mitgenommen. Nach einer Stunde suchten beide die Damentoilette auf. Die Bodyguards warteten draußen. Plötzlich tauchten zwei kräftige, weibliche Personen auf, die sie gewaltsam in die benachbarte Behindertentoilette schoben.

Was soll das? Wer seid ihr«, rief Helene noch, in Schrecken versetzt und nichts Gutes ahnend. Aber ehe sie sich weiter Gedanken machen und sich wehren konnte, wurden sie beide mit einem Formaldehyd-Lappen vor Mund und Nase betäubt. Als sie erwachten, befanden sie sich in einer rumänischen TA-ROM-Maschine im Anflug auf den Bukarester Flughafen ›Otopeni‹. Helene hielt Ophelias linke Hand fest und blickte sie besorgt an.

»Was ist los Mama, warum sind wir hier?«, fragte Ophelia.

»Wir sind entführt worden. Wahrscheinlich von der rumänischen Securitate«, antwortete Helene leise.

»Bitte nicht miteinander sprechen!«, forderte sie eine weibliche Stimme vom hinteren Sitz auf.

Helene drehte sich um und sah in das Gesicht einer Flugbegleiterin mit langen dunklen Haaren.

»Bleiben Sie ruhig sitzen, sonst müssen wir euch Handschellen anlegen!«, forderte die Dunkelhaarige in sanftem Ton.

»Wohin werden wir gebracht?«, fragte Helene.

»Das werdet ihr bald erfahren«, erwiderte die Flugbegleiterin weniger freundlich.

Helene und Ophelia mussten am Bukarester Flughafen *Otopeni* ein Taxi besteigen, das sie, in Begleitung von zwei Uniformierten, zum Frauengefängnis der Parteizentrale der KP, unweit des Bukarester Zentrums brachte. Dort wies man ihnen im Erdgeschoss ein Zimmer mit zwei Betten, vergitterten Fenstern zur Gartenseite, WC und Dusche, zu.

»Wartet hier, bis man Euch ruft«, sagte einer der beiden Wachleute.

Helene und Ophelia waren müde und sehr verängstigt über die Lage, in der sie sich befanden. Plötzlich entnahm Ophelia ihre ›Guarneri‹ aus dem Geigenkoffer, den sie nach vorheriger Durchsuchung behalten durfte, und begann einige Hauptthemen aus Violinkonzerten zu spielen. Helene war von ihrer Tochter überrascht. Wie kam sie trotz der misslichen Lage nur auf den Gedanken Violine zu spielen? Furchtsam sah sie sich um und erwartete jeden Augenblick Wächter, die sie grob zurechtweisen würde Aber desto länger Ophelia spielte, umso mehr gelang es auch Helene sich gedanklich von der scheinbar ausweglosen Situation zu lösen und dankbar auf ihre Tochter zu blicken: Wer so schön spielen konnte, der wird auch bei der Securitate auf Milde stoßen. Vielleicht war doch ein gutes Ende in Sicht. Irgendwann öffnete jemand die Tür. Es war der der Wärter.

»Sie dürfen hier auf ihrer Violine nicht spielen!« sagte er befehlend.

Ophelia unterbrach ihr Spiel als unmittelbar eine Frau und ein Mann den Raum betraten und dem Wärter ein Zeichen gaben. Dann wandte der Mann sich an Ophelia und sprach:

»Wir sind fasziniert von ihrem Violinspiel, bitte spielen sie weiter.« Als der Frau Tränen übers Gesicht kullerten, reichte Helene ihr ein Taschentuch. Ophelia unterbrach ihr Spiel und bot den ›Musikliebhabern‹ an, auf ihren Betten Platz zu nehmen. Dann spielte sie weiter, bis auch dem Wärter die Augen feucht wurden. Auch die neuen Zuhörer mussten sich gedanklich und emotional gegen die strengen Befehle von »oben« wehren. Was können ein so talentiertes Mädchen und ihre Mutter Schlimmes verbrochen haben, dass sie hier in Haft saßen? Der kontrastierende Effekt zwischen himmlischer Musik, einschüchternder Politik und dem eigenen Dienst für ein ungerechtes gesellschaftliches System kam deutlich zum Ausdruck. Ophelia hörte auf zu spielen und Helene fragte: Wer sind Sie?«

»Ich bin der Gefängnisdirektor und diese Dame ist meine Frau. Sie arbeitet hier als psychologische Betreuerin. Wir hörten das Violinspiel und waren so begeistert.

Sie also sind Ophelia Schön?«, fragte er an Ophelia gewandt.

Ophelia nickte und der Direktor sagte mit glänzenden Augen: »Noch nie wurde ich von der Musik so sehr berührt wie heute von ihrem Violinspiel. Wir sind Ihnen so dankbar, dass wir zuhören durften. Bitte spielen Sie so oft und so lange Sie möchten. Es ist wunderbar Ihnen zuhören zu dürfen.«

Bevor sie den Raum verließen bedankten sie sich fast herzlich.

Sie hinterließen eine Mutter und ihre Tochter mit einer der Situation entsprechenden Erleichterung. Ophelia umarmte ihre Mutter und sagte: »Das Allmächtige ist mit uns Mama!«

Christians Funktelefon summte und er nahm ab. Es war sein Chef aus München: »Hallo Christian, Nicu Cervulescu, der

Sohn des rumänischen Staatsoberhaupts, Nicolae Cervulescu, ist soeben mit einer Maschine am Flughafen Köln-Bonn gelandet. Er wird sehr wahrscheinlich in einer halben Stunde bei der rumänischen Botschaft am Rheinufer auftauchen. Seid achtsam, vielleicht ergibt sich eine passende Gelegenheit.«

Die Verbindung wurde unterbrochen und Christian wusste ganz genau, was sein Chef mit ›Gelegenheit‹ gemeint hatte. Es war 6:30 Uhr morgens. Er setzte sich in seinen Dienstwagen und fuhr zur rumänischen Botschaft, wo er in einer Seitenstraße seinen Dienstwagen in einer Seitenstraße parkte. Dann nahm er mit der Kölner BND-Wachmannschaft Funkverbindung auf und informierte sie über den bevorstehenden Besuch von Nicu Cervulescu.

Nach ungefähr zehn Minuten summte sein Funkgerät: »Hallo«, meldete sich Christian.

»Nicu ist angekommen. Der Botschafter hat ihm soeben die Eingangstür zur Botschaft geöffnet«, informierte der wachhabende Kollege.

Nach weiteren zwanzig Minuten summte Christians Funkgerät erneut: »Was ist?«, fragte er.

»Pacirpa, Dolcaru und Nicu haben die Botschaft verlassen und sind zu Fuß in die Straße, wo Sie ihren Wagen geparkt hatten, eingebogen!«

»Folgt ihnen vorsichtig!«, befahl Christian, zog seine Dienstpistole und überprüfte sie mit erfahrenem Blick. Dann stieg er leise aus seinem Wagen, versteckte sich hinter einer Hecke und beobachtete konzentriert die Straße. Eine Frau kam mit ihrem Schoßhund vorbei. Als der ihn wahrnahm, fing er an zu kläffen. Die Frau sah Christian und wurde unsicher. Er machte ihr Zeichen, dass sie weitergehen möge. Sie gehorchte, nahm den Hund an die Leine und ging langsam weiter. Christian atmete tief ein und bemerkte die drei vom BND-Beamten angekündigten Männer, die scheinbar einen Morgenspaziergang unternahmen. Als sie sich auf etwa zehn Meter an sein Versteck angenähert hatten, sprang Christian mit vorgehaltener Pistole auf die Straße und befahl: »Stopp! Hände hoch!«

Die drei Männer waren dermaßen überrascht und gehorchten spontan: »Nicht schießen!«, sagte Pacirpa ängstlich.

»Umdrehen, mit gehobenen Händen!«, befahl Christian.

Pacirpa, der Deutsch verstand, übersetzte leise: »Intoarceţivă cu mîinile ridicate!«

Sie gehorchten. Inzwischen erschienen drei BND-Wachleute, umzingelten sie mit schussbereiten Pistolen und legten Pacirpa, Dolcaru und Nicu Handschellen an.

»Schnell in meinen Dienstwagen mit ihnen!«, flüsterte Christian.

Die ganze Aktion dauerte höchstens drei Minuten. Außer der Frau mit dem Hund schien niemand den Vorfall bemerkt zu haben. Diese starrte nur mit weit aufgerissenen Augen auf das Geschehen und lief aus Angst eilig davon. Nach zehn weiteren Minuten befanden sich Christian, die Festgenommenen und die Wachleute im BND-Gebäude von Köln.

Es war Abend, als jemand an der Tür des Heltauer Pfarrers Michael Schön ungewöhnlich laut anklopfte. Michael sah Anna, mit der er im Esszimmer zusammen das Abendbrot zu sich nahm, an.

»Wer könnte es sein?«, fragte Michael verunsichert.

»Keine Ahnung, ich habe niemanden eingeladen«, antwortete Anna.

Michael stand auf und öffnete die Tür. Drei uniformierte Milizionäre wurden sichtbar.

»Wir haben den Auftrag, Sie zu verhaften!«, sagte deren Vorgesetzter unfreundlich. Packen Sie ein paar dringend benötigte Kleidungsstücke ein und folgen Sie mir!«

Michael fühlte sich nicht nur überrascht, sondern regelrecht überrumpelt. Anna kam herbei und fragte: »Warum?«.

»Lassen Sie die Fragerei«, sagte der Milizionär und ergänzte: »Sie sind ebenfalls verhaftet!«

Anna schluckte den letzten Bissen hinunter, holte ihre Wolljacke und zog die Straßenschuhe an, während Michael seine Jacke, Mantel und Hut an sich nahm.

»Was geschieht mit der Kirchengemeinde, dem Konfirmandenunterricht, der Wohnung und den Restaurierungsarbeiten?«, fragte Michael besorgt.

»Das ist Aufgabe des Presbyteriums«, antwortete der Milizionär barsch.

»Los, geht!«, befahl er.

Nachdem Christian dem Berliner BND-Chef die Festnahme von Pacirpa, Dolcaru und Nicu gemeldet hatte, wurden diese, jeder separat, in einem Sicherheitsraum mit Standardausstattung eingeschlossen.

»Wir wollen mit unseren Rechtsanwälten telefonieren«, forderte Pacirpa.

»Nach der Vernehmung können Sie das tun«, entgegnete Christian und ging in das Büro des Kölner BND-Chefs. Von dort funkte er München an: »Wie verfahren wir weiter Chef?«

»Es bietet sich an, dass du den rumänischen Botschafter in Köln anrufst, ihn über die Festnahme in Kenntnis setzt und bittest, dass er Nicolae Cervulescu informiert.«

»Ok, das werde ich tun, aber ...«, Christian wurde vom BND-Chef unterbrochen, »den deutschen Außenminister und das CIA benachrichtige ich gleich nachher persönlich.«

Christian ließ sich mit dem rumänischen Botschafter verbinden: »Guten Morgen, Sie sprechen mit einem Vertreter des BND. Ich informiere Sie hiermit, dass Pacirpa, Dolcaru und Nicu Cervulescu heute in der Früh vorläufig festgenommen wurden. Bitte nehmen Sie Verbindung mit dem Staatsoberhaupt Rumäniens auf und teilen Sie ihm mit, dass wir auf den

Rückruf seines Büros unter der ihm bekannten Nummer des BND warten.«

Die Nachricht des Botschafters versetzte den rumänischen Staatspräsidenten, Nicolae Cervulescu, in Aufregung. Seine Hände zitterten, er wurde blass und die Mundwinkel zuckten nervös.

»Was ist los?«, fragte seine Frau, Elena, die er in alle Regierungsangelegenheiten einbezog.

»Sie haben Nicu, Pacirpa und Dolcaru in Köln festgenommen!«, antwortete er entsetzt.

»Warum?«, fragte Elena.

»Na, was glaubst du, warum! Weil wir Helene und Ophelia entführen ließen, weißt du noch – diese bekannte Geigerin und Michael, ihren Vater, sowie alle die mit im ›Boot‹ saßen, Anna und Josef, unseren Securitate-Mann, festgenommen haben!«, entgegnete Nicolae Cervulescu erbost.

»Ja und? Was ist denn dabei?«, entgegnete Elena naiv.

»Verstehst du denn überhaupt nichts!?«, entgegnete das Staatsoberhaupt außer sich vor Wut.

»Was?«, fragte Elena verärgert.

»Dolcaru, Pacirpa und unser Sohn Nicu sind über alle unsere Geheimangelegenheiten bestens informiert! Wenn dort auch nur einer über unsere weniger populären Machenschaften berichtet, sind wir geliefert!«, schrie Cervulescu seine Frau an.

Elena schwieg betroffen. Dann entgegnete sie ruhig lächelnd: »Damit haben sie dich jetzt in der Zwickmühle. Was wirst du unternehmen?«

Das Funktelefon summte, der Münchner BND-Chef war dran: »Hallo Christian, das Büro des rumänischen Staatsoberhaupts hat sich bei mir gemeldet. Mit der Festnahme von Pacirpa, Dolcaru und Nicu haben wir eine brauchbare Verhandlungsbasis geschaffen und Nicolae Cervulescu in Zugzwang gebracht. Es wurde ein Treffen in Bonn für Gespräche zur vorläufigen Lösung der Angelegenheit vorgeschlagen. Ich bitte dich daran teilzunehmen, da du die meisten Erfahrungen mit der aktuellen Situation der Rumäniendeutschen, dank Helene, besitzt. Ich werde dich auf dem Laufenden halten.«

Das Verhör von Dolcaru, Pacirpa und Nicu Cervulescu leitete Christian persönlich, in Anwesenheit seines von München angereisten Chefs und des Kölner Rechtsanwalts Hürth.

»Wer von Ihnen erteilte den Auftrag zur Entführung von Helene und Ophelia Schön«, lautete Christians direkte Frage.

Nach langem Schweigen äußerte Dolcaru: »Ich erteilte den Auftrag.«

»Und wer beauftragte Sie dazu?«, bohrte Christian weiter.

Alle sahen bestürzt drein und richteten ihre Blicke fragend auf Nicu.

»Ich war es«, bestätigte schließlich Nicu, der Sohn des rumänischen Staatsoberhaupts.

»Warum haben Sie Helene und ihre Tochter in Kopenhagen entführen lassen?«, insistierte der BND-Chef.

»Weil Helene Schön Informationsträgerin von Staatsgeheimnissen ist, die unsere Regierung und das Staatsoberhaupt gefährden könnten«, antwortete Nicu frech, aber selbstbewusst.

Christian hinterfragte: »Sie meinen, dass Frau Schön weiß, dass Ana Pauker und der damals junge Nicolae Cervulescu veranlassten, dass im Januar 1945 tausende Siebenbürger und Banater Deutsche, also rumänische Staatsangehörige, in die Sowjetunion deportiert wurden, wo wiederum viele von ihnen den Tod fanden? Oder, dass Nicolae Cervulescu es war, der jugendliche Siebenbürger Deutsche in den sechziger Jahren, unter dem Vorwand der Anstiftung eines Aufstandes der Rumäniendeutschen und Ungarn, festnehmen ließ und ins

Arbeitslager am Schwarzmeer-Donaukanal internierte, weil die RKP-Führung den Verlust Transsilvaniens an Ungarn und die Wiederherstellung der Rechte der deutschen Minderheit in Rumänien befürchtete? Meinen Sie vielleicht auch die Tatsache, dass Frau Schön weiß, dass Nicolae Cervulescu befürchtete, dass Ionel Munteanu, der zwei Jahrzehnte sein persönlicher Spion war, wusste, dass Nicolae Cervulescu den Auftrag für die Vergiftung von Pfarrer Georg, der die Deportationszusammenhänge kannte und sich für die Rechte der Siebenbürger einsetzte, erteilte? Könnte es sein, dass Nicolae Cervulescu auch die Aufträge für die Ermordung Ionels und seines Bruders Dumitru gab, um sie als potentielle Zeugen im Falle eines Gerichtsverfahrens auszuschalten?«

Nicu presste seine Lippen zusammen und antworte mit frechem Ton: »Fragen sie doch meinen Vater persönlich!«

Hürth übernahm das Gespräch und entgegnete: »Das werden wir tun, aber aus humanitären Gründen wollen wir das Elend der deutschen Minderheit in Rumänien vorerst nicht übermäßig gefährden!«

»Was meinen Sie? Unsere Minderheiten genießen alle Rechte. Sie sehen ja, dass wir Talente wie Fräulein Ophelia fördern?«, antwortete Nicu provozierend frech.

»Wenn Sie Ihre Frechheit nicht zügeln, werde ich noch schwerwiegendere Anschuldigungen, wie zum Beispiel den Menschenhandel, gegen das rumänische Staatsoberhaupt erheben«, drohte Hürth erbost.

Nicu schwieg nun, aber seine Wut über die offen ausgetragenen Wahrheiten war in seinem jungen aber bereits von Alkohol gezeichneten Gesichtsausdruck deutlich erkennbar.

An Pacirpa und Dolcaru gewandt, merkte Christian in fragendem Ton an: »Ist euch bewusst, dass ihr beide seit Jahren Helfershelfer bei all den vorhergenannten staatskriminellen Handlungen gewesen seid?«

Pacirpa und Dolcaru schwiegen und senkten schuldbewusst ihre Blicke.

»Möglicherweise geht ihr davon aus, dass Helene und Ophelia Schön, Josef, Michael und Anna, die ihr im Auftrag von Cervulescu habt festnehmen lassen, nichts verraten können, wenn sie bald tot sein werden!«, unterstellte Christian vehement und forderte sie auf sich zu verteidigen oder die Anschuldigungen zu entkräften.

Pacirpa und Dolcaru schwiegen, aber Nicu änderte die Redetaktik: »Wie haben nach deutschem Recht einen Anspruch darauf mit unseren Familien zu telefonieren?«, forderte er.

Christian sah seinen Chef an. Der blinzelte zustimmend, so dass Christian die Frage bejahte und ergänzte: »Aber nur unter der Kondition, dass Vertreter der BRD mit den in rumänischen Gefängnissen Festgehaltenen ebenfalls telefonischen Kontakt aufnehmen können.«

»Wo befinden sich übrigens Helene und Ophelia derzeit?«, fragte Christian und sah Pacirpa auffordernd an.

»Im Bukarester Frauengefängnis für politische Gefangene«, antwortete Pacirpa.

»Wie geht es ihnen dort?«, erkundigte sich Christian.

»Sie sind zusammen in einem Zweibettzimmer mit Dusche und WC untergebracht. Ophelia darf sogar auf ihrer Violine spielen«, fügte Nicu sarkastisch hinzu.

»Was für eine Ehre …«, stellte Christian ironisch fest und erkundigte sich nach Josef.

»Er ist im Gefängnis für politische Verräter in Bukarest«, antwortete Dolcaru.

»Und wo sind Anna und Michael?«

»Sie sind noch in Hermannstadt in Untersuchungshaft«, informierte Nicu triumphierend.

Der BND-Chef meldete sich zu Wort: »Ich hoffe, es ist euch bewusst, dass ihr hier so lange festgehalten werdet bis die vorher erwähnten Personen, die von euch verhaftet und entführt wurden, frei und entschädigt nach Deutschland auswandern dürfen.«

»Übrigens: Helene und ihre Tochter Ophelia sind deutsche Staatsangehörige! Mit deren Entführung habt ihr internationales Recht gebrochen!«, drohte Christian abschließend.

Nach dem Verhör werteten Christian und sein BND-Chef dessen Inhalt aus: »Der rumänische Botschafter hat Nicolae Cervulescu umgehend über die Festnahme von Dolcaru, Pacirpa und Nicu informiert«, stellte Christian fest.

»Das ist gut so, und außerdem passt es perfekt in unsere Taktik, dass die Drei mit Cervulescu telefonieren können. Dadurch wird dem Staatsoberhaupt erst richtig bewusst in welcher Zwickmühle er nun steckt«, bemerkte Christians Chef.

Christian bestätigte nickend und ergänzte: »Dadurch weiß er nun, dass wir seine wichtigsten Geheimnisträger in unserer Gewalt haben. Und das übertrumpft seinen kleinlichen Vorteil mit den letzten Festnahmen und Entführten in und nach Rumänien bei weitem!«

»Ja sicherlich, damit kommt die schäbige Blöße von Nicolae Cervulescus Machenschaften zum Vorschein. Hoffentlich wird sie ihm weltweit zum Verhängnis«, meinte der Chef.

»Wir können morgen mit Helene, Ophelia, Anna, Michael und Josef, telefonieren«, merkte Christian lächelnd an.

»Und das ist ein bedeutender Vorteil«, bestätigte der BND-Chef vielsagend.

Roberts Funktelefon summte: »Hallo Robert, hier spricht Christian.«

»Was gibt's Neues?«

»Ich fliege heute Nachmittag nach Berlin Tegel. Bitte hole

mich um 20:30 Uhr dort ab, und nimm dir eine Woche Urlaub. Ich plane eine außergewöhnliche Aktion.«

»Ok, ich bin neugierig«, sagte Robert und unterbrach die Verbindung.

Nach der Landung in Berlin informierte Christian über die letzten Entwicklungen und weihte Robert in seinen Plan ein: »Ich will Helene und Ophelia aus dem Bukarester Gefängnis befreien!«

»Und ich soll dir helfen?«, schlussfolgerte Robert fragend.

»Machst du mit?«, entgegnete Christian.

»Ja, es geht schließlich auch um Ophelia«, bestätigte Robert entschieden.

»Wir fliegen morgen 14:30 Uhr über Budapest nach Bukarest. Wir werden uns in unserem BND-»Kosmetiksalon« einer Schönheitsbehandlung unterziehen, so dass keiner uns wiedererkennen kann. Unsere neuen Reisepässe werden bis spätestens 12:00 Uhr ausgestellt sein.«

»Wie kommen wir aus Bukarest und schließlich aus Rumänien wieder heraus?«, stellt Robert die entscheidende Frage.

»Ein Botschaftsangehöriger und ein deutscher Agent erledigen die Fahrten zum und vom Gefängnis.

»Es hört sich abenteuerlich und nicht ungefährlich an, aber ich bin bereit dazu. Ich gehe davon aus, dass du die Details bis ins Kleinste geplant hast. Ophelia und Helene sind es wert, dass wir für ihre Befreiung unser Können unter Beweis stellen und das Risiko eingehen«, betonte Robert entschlossen.

Am frühen Vormittag des nächsten Tages telefonierte Christian mittels einer verschlüsselten Fernmeldetechnik mit Helene, die im Mithörraum des Gefängnisses den Hörer abnahm. »Hallo, ich besuche euch morgen.« Christian nahm an, dass Helene seine Stimme erkannt hatte, unterbrach die Verbindung und ging mit Robert zur Kosmetikerin im Berliner BND-Gebäude.

»Hat sie deine Stimme erkannt?«, fragte Robert.

»Hoffentlich«, antwortete Christian unsicher.

Als die beiden das Gebäude durch den Hinterausgang verließen, um zum Flughafen Tegel gefahren zu werden, hatten sie das Aussehen von biederen Zivilpersonen auf der Heimreise. Eine Stunde nach der Landung in Budapest befanden sie sich im Warteraum für die rumänische TAROM-Maschine nach Bukarest und sechzig Minuten später schon am Flughafen Bukarest-Otopeni. Die Passagierkontrolle verlief ohne Komplikationen. In der Flughafenhalle erwartete sie bereits ein unauffälliger Mitarbeiter der Deutschen Botschaft, der sie mit einem Pkw zum Botschaftsgebäude fuhr. Dort zogen sie Jeans, schwarze T-Shirts, dunkle Turnschuhe und Baumwolljacken an. Der Botschaftsmitarbeiter fuhr sie gegen 22.00 Uhr in die Nähe des kleinen Frauengefängnisses für intellektuelle politische Gefangene, in dem sich Helene und Ophelia befanden. Sie inspizierten unauffällig das im Schatten von riesigen Platanen befindliche einstöckige Gebäude, dessen Fenster mit eisernem Gitter gesichert waren und stellten auf der Gartenseite fest, dass sich in der Gartenmauer eine Metalltür befand, die mit Christians Spezialwerkzeug leicht geöffnet werden konnte. Ebenso fiel ihnen auf, dass auf der gegenüberliegenden Gebäudeseite, das Wachhäuschen neben dem Haupteingang nicht besetzt war.

Christian und Robert suchten dann an der Viktoriastraße eine Imbissstube auf und als es zu dunkeln begann, überzeugten sie sich noch einmal vom unerklärlichen Fehlen des Wachpostens. Dann postierten sie sich in eine günstige Lage auf der Straßenseite gegenüber der Gartentür.

Bei Dunkelheit, kurz nach 23:00 Uhr, während der Verkehrslärm auf der parallel verlaufenden *Calea Victoriei*-Straße noch anhielt, wandte sich Christian an Robert: »Jetzt geht's los! Bitte bleibe hier auf Beobachtungsposten. Ich werde jetzt in den Garten eindringen. Falls du etwas Auffälliges bemerken solltest, blinke dreimal mit der Taschenlampe. Der schwarze Mercedes Combi, dort am Parkplatz auf der rechten Straßenseite, ist unser Fluchtauto.

Christian näherte sich nun vorsichtig der Gartentür und legte seinen dunkelbraunen Rucksack leise auf den Boden. Daraus entnahm er eine kleine, schallgedämmte Elektro-Metallsäge mit Akku und zertrennte schnell die beiden Sicherungsketten. Die Tür war nicht abgeschlossen, aber ziemlich verrostet. Er fand das Elektrokabel der Alarmanlage auf Anhieb und durchschnitt es problemlos mit einer isolierten Kabelzange. Als Robert warnend mit der Taschenlampe blinkte, tat Christian so, als ob er gegen die Wand urinieren würde. Um die Straßenecke tauchte ein eng umschlungenes Liebespaar auf, das Christian ignorierte und langsam weiterging. Mit einem leichten Stoß öffnete Christian nun die Tür einen Spalt, sah sich um, schlüpfte geschwind in den Garten und stieß die Tür hinter sich zu. Dann versteckte er sich sofort hinter einem Strauch und nahm durch die Büsche die Gefängnisfront ins Visier. Ein Fenster war geöffnet. Im gedämmten Licht der Innenbeleuchtung konnte er Ophelia, die auf ihrer Violine spielte, sehen und hören. Er betrachtete die anderen Fenster, wo sich anscheinend nichts bewegte und alles dunkel war. Dann blinkte er kurz mit seiner Taschenlampe. Der Klang von Ophelias Violine verstummte und das Licht im Zimmer wurde ausgeschaltet. Christian näherte sich leise dem Fenster im Schutze der Büsche. Als er nahe genug war flüsterte er: »Helene?«

»Ja, ich bin's«, flüsterte sie zurück.

»Ich muss das Fenstergitter lösen«, flüsterte Christian.

»Ist nicht mehr nötig, das habe ich schon mit einem stumpfen Messer geschafft. Du musst nur noch leicht ziehen«, flüsterte sie.

Christian tat was Helene sagte, hielt plötzlich das Gitter in den Händen und legte es sachte unter einen Busch.

»Hier, nimm den Violinkasten«, flüsterte Helene und unterstützte Ophelia auf der Fensterbank von wo ihr Christian sachte herunterhalf.

»Leg dich auf den Boden Ophelia!«, flüsterte er und nahm Helene geschwind von der Fensterbank, in seine Arme.

»Los, hinter die Büsche! Folgt mir!«

Nachdem Robert das Freizeichen mit seiner Taschenlampe signalisierte, schlüpften sie durch die Gartentür und huschten geschwind auf den Mercedes zu, in welchem sie schnell Platz nahmen. Robert kam angerannt, kletterte geschwind in den Kofferraum und der Wagen setzte sich langsam in Bewegung. Ophelia ergriff seine Hand, hielt sie mit beiden Händen fest und sagte leise: »Danke Robert.« Der Fahrer fuhr mit mittlerer Geschwindigkeit in Richtung Snagov und beachtete dabei strikt alle Verkehrszeichen. Nach vierzig Minuten bog der Wagen auf ein ebenes Feld und fuhr in die Nähe eines wartenden Kleinflugzeuges. Sie bestiegen die Maschine, der Mercedes entfernte sich und das Flugzeug startete in Richtung Donaudelta.

Nachdem Josef von Hermannstadt ins Bukarester Gefängnis für ›Staatsverräter‹ gebracht wurde, führte man ihn dem Staatsrichter vor. In Anwesenheit von zwei führenden Vertretern der Securitate und einem Mitglied des Zentralkomitees, wurde die Klage wegen Staatsverrat von einem Staatsanwalt vorgelesen: »Genosse Hermann, Sie haben mehr als 25 Jahre für die RKP treue Dienste im Rahmen ihrer Kultur- und Geheimdiensttätigkeit erbracht. Was hat Sie veranlasst von ihrer bisherigen Einstellung abzuweichen?«

Josef sah den anwesenden Vertretern der RKP schweigend in die Augen und begann sein ›Plädoyer‹: »In der von Ihnen genannten Zeit hatte ich genügend Gelegenheiten über die betrügerischen und freiheitseinschränkenden Methoden der rumänischen Regierungen seit Ana Pauker, Gheorghe Gheorghiu Dej und schließlich Nicolae Cervulescu, nachzudenken. Gleichzeitig habe ich mein Gewissen immer wieder befragt, ob das wozu ich von der Securitate unzählige Male veranlasst wurde, human vertretbar gewesen ist.«

»Zu welchem Schluss sind Sie gelangt?«, fragte der Staatsanwalt.

»Das wunderbare Violinspiel meiner Nichte Ophelia hat bei mir, im Rahmen vieler Konzerte, zu einer grundlegenden Änderung meiner Lebens- und Weltanschauung geführt. Aus einem Atheisten wurde ich zu einem Deisten, der die bisherige Lebensweise und die kommunistische Ideologie vollständig ablehnte. Die betrügerischen Machenschaften unserer Regierung, an der Spitze mit Nicolae Cervulescu und seinen Helfershelfern, hat mir letztendlich die Augen geöffnet, um die realen Verhältnisse unseres gesellschaftlich-politischen Systems zu durchschauen. Die subversive Diskriminierung meines Volkes, die Siebenbürger Sachsen, aus denen ich hervorging, ist mir im Laufe der Zeit immer deutlicher bewusst geworden. Ich will nicht sterben bevor ich mich gegen ihre wirtschaftliche Enteignung aufbäumen werde, bevor ich an dieser Situation etwas ändern kann, was noch veränderbar ist. Ophelia hat mir durch ihr ›himmlisches‹ Spiel auf ihrer Violine, die ich ihr anlässlich eines Weihnachtsfestes schenken durfte, das wahre Wunder unserer menschlichen Existenz auf Erden vorgespielt und empfinden lassen. Für mich war und ist sie ›meine Tochter‹, der ich all dies verdanke. Helene, ihre Mutter, hat durch ihre Wahrheitsliebe ebenfalls sehr viel dazu beigetragen. Auch wenn ihr mich nun zum Tode verurteilen werdet, das Allmächtige allein kennt die volle Wahrheit und es kennt auch eure wahren Gedanken und Gefühle, euer Streben, eure Lügen und Betrügereien. Das sind die Gründe, die mich zur Umkehr bewegt haben, um das Gute für meine Mitmenschen und mein eigenes Bewusstsein anzustreben.«

Die Anwesenden hörten gebannt, betroffen zu, einige in ihrer Eitelkeit verletzt, andere beschämt, dass jemand es wagte, sie an ihre privilegierte Stellung aufgrund ihrer politischen Prostitution zu erinnern. Wieder andere gestikulierten wild und riefen – »Unverschämt! Was erlaubt sich dieser freche Kerl?« Viele wirkten aber auch sehr nachdenklich über Josefs ehrliche, emotional überzeugende Äußerungen. Nach langem Schweigen erklärte der Richter die Sitzung, zwecks Beratung, für geschlossen und vertagt.

Michael und Anna wurden dem Richter am Kreisgericht Hermannstadt vorgeführt. Anwesend waren der oberste Kreisrichter, zwei Rechtsanwälte der Securitate und ein angeblich ziviler Verteidiger.

»Wisst ihr warum die Miliz euch festgenommen hat?«, fragte einer der beiden Rechtsanwälte.

»Nein«, antwortete Michael und entgegnete: »Wir hoffen es von ihnen zu erfahren.«

Der Kreisrichter richtete seinen Blick auf den beisitzenden Rechtsanwalt, der sich räusperte und zu sprechen begann: »Sie, Herr Pfarrer, konnten es nicht sein lassen mit ihren provozierenden Aufforderungen zur Wiederherstellung der Rechte der Siebenbürger Deutschen. Ähnlich wie ihr Vorgänger, Georg, pochten sie immer wieder auf alten Rechten aus der Zeit des besiegten Faschismus, aus einer Zeit, wo die Privilegierten, darunter auch die Siebenbürger Sachsen, das Sagen hatten und nicht die Arbeiterklasse! Die Zeiten haben sich geändert! Schließlich hatten sie auch die Todesursache der Jugendlichen, die an der Donau starben, skeptisch hinterfragt und das Verbot unserer Staatsführung zur freien Ausreise der deutschen Minderheit nach Deutschland kritisiert.

»Was war denn falsch daran?«, fragte Michael.

»Die Auflagen und Forderungen unserer Regierung dürfen

nicht in Frage gestellte werden!«, antwortete der Rechtsanwalt kategorisch.

»Warum nicht? Nach welchem Paragraphen wurde in Rumänien die freie Meinungsäußerung komplett abgeschafft? Wieso mischt sich die RKP in die freie Religionsausübung der siebenbürgischen Evangelischen Kirche so bestimmend ein?!«, entgegnete Michael erbost über die Position des Rechtsanwalts.

Der Kreisrichter beendete durch ein Handzeichen Michaels Aussage und zeigte auf Anna, die nun vom Rechtsanwalt befragt wurde: »Und was denken Sie, warum sind Sie verhaftet worden?«

Anna sah den Kreisrichter sehr misstrauisch an und antwortete: »Es ist mir klar, dass ihr als Ankläger im Auftrag der RKP und der Regierung, deren Anweisungen erfüllen müsst, um die Privilegien, die euch im Gegenzug gewährt werden, nicht zu verlieren. Deshalb ist es egal was ich zu meiner Verteidigung hervorbringen würde, denn im Endeffekt bin ich gegenüber dem Zentralkomitee und dessen Oberhaupt, genau wie auch ihr, völlig machtlos. Also schweige ich lieber, aber dem was Pfarrer Michael Schön geäußert hat, schließe ich mich bedingungslos an. Und dem mir formal gestellten Verteidiger bin ich für sein Schweigen ebenfalls dankbar, denn er untersteht ebenso der autoritären Gewalt in diesem Land und könnte zu meiner Verteidigung überhaupt nichts ausrichten.«

Der Kreisrichter beendete das Verhör, ohne Widerrede, und ließ die Verhafteten kommentarlos abführen.

Es dauerte noch eine Woche, bis die rumänische und deutsche Delegation sich auf einen Termin und eine Tagesordnung in der Entführungs- und Festnahme-Angelegenheit geeinigt hatten. Bundeskanzler Willy Brandt wurde darüber nicht informiert, um die von der BND-Zentrale in München verordnete Geheimhaltungsstufe gegenüber der Presse einhalten zu können. Schließlich trafen sich die vom rumänischen Staatsoberhaupt und vom BND ernannten je drei Vertreter am 23. Juni 1973 zu den streng geheimen Verhandlungen im Steigenberger Grand Hotel & SPA Petersberg in Königswinter bei Bonn. Von deutscher Seite wurden der BND-Chef, sein Stellvertreter Christian Schleicher und der Rechtsanwalt Heinz-Günther Hürth, beauftragt. Die rumänische Delegation bestand aus zwei Cervulescu-Vertrauten Majoren der Securitate, Anton Petrescu und Petru Cioabă sowie dem Securitate-Agenten, Alexandru Mârculescu.

Heinz-Günther Hürth eröffnete die Verhandlungen: »Wir sind hier, um uns auf einen *Modus Vivendi* in der politischen Angelegenheit zu verständigen und Lösungsmöglichkeiten zu beschließen. Dazu müssen die unterschiedlichen Standpunkte in der Sache zur Sprache gebracht werden. Ich bitte Herrn Mârculescu die Position der rumänischen Regierung darzulegen.«

»Frau Helene Schön und ihre Tochter Ophelia, die jahrelang die besonderen Privilegien des rumänischen Staates genossen haben, wurden entführt, weil ihnen Staatsgeheimnisse der rumänischen Regierung bekannt sind und das Staatsoberhaupt befürchtet, dass diese zum Nachteil Rumäniens missbraucht werden könnten«, begründete Alexandru Mârculescu.

Christian meldete sich zu Wort und entgegnete: »Ihre Darlegung ist sehr allgemein formuliert und enthält keine konkrete Begründung, die eine derartige Entführung unter Missachtung internationaler Konventionen rechtfertigt. Anscheinend wollen sie die Hauptfigur, die hinter den kriminellen Handlungen steckt, vertuschen.« Wie soll denn Frau Schön an Staatsgeheimnisse gekommen sein?

Petru Cioabă gab zu bedenken, dass nur die Aussagen von Helene und Ophelia Schön zu konkreten Ergebnissen beitragen könnten.

Christian lächelte vielsagend und ergriff das Wort: »Dem,

was Herr Cioabă gesagt hat stimme ich gern zu und möchte dazu beitragen, dass dessen Bedenken sofort Abhilfe geleistet wird.« Dann erhob er sich, ging zur Tür, bat zwei weibliche Personen in den Verhandlungsraum und sagte: »Hier stelle ich ihnen Frau Helene Schön und ihre Tochter Ophelia Schön vor. Hören wir uns doch ihre Aussagen zur Sache an!«

Die Vertreter der rumänischen Delegation sahen sich verdutzt an, konnten ihren Augen nicht trauen und wurden durch die Anwesenheit der beiden Zeuginnen äußerst nervös. Anton Petrescu äußerte Zweifel an deren Identität. Christian forderte nun die Damen auf ihre BRD-Personalausweise und –Reisepässe als Beweise vorzulegen. »Ihre Identität ist schon von den Beamten überprüft worden, aber … bitte schön!« Nachdem die Identität erwiesen wurde, fragte Mârculescu, noch immer verwundert, wie das möglich sei, denn seines Wissens befinden sich die beiden Frauen momentan im Bukarester Gefängnis.

Der BND-Chef bat nun die Damen, um persönliche Stellungnahmen.

»Ich bin Helene Schön und diese junge Dame ist meine Tochter, die Soloviolinistin Ophelia Schön. Als Beweis, dass wir es tatsächlich sind, wird Ophelia ihnen jetzt eine außergewöhnliche Aufführung präsentieren. Ophelia entnahm ihre ›Guarneri‹ dem Violinkasten, setzte ihre Violine an und spielte eine Partita von J.S. Bach vor. Das Violinspiel beeindruckte die Anwesenden so sehr, dass anschließend keiner etwas Gegenteiliges zu sagen wagte.

Schließlich fragte Helene: »Sind sie jetzt von unserer wahren Identität überzeugt?«

Mârculescu bestätigte: »Ich war im Bukarester Rundfunksaal anwesend als Ophelia dort ihr Violinkonzert von Max Bruch aufführte. Wer immer noch Zweifel hegt, kann sich die TV-Übertragung ansehen.«

Pacirpa, der in seiner Jugend Klavier und Violine studierte

und Ophelias Konzerte in Bukarest ebenfalls besucht hatte, bestätigte Mârculescus Aussage.

»Aber sie müssten doch jetzt im Gefängnis sein«, wandte Cioabă trotzdem entrüstet ein.

»Leider verläuft nicht alles so, wie Sie es sich vorstellen, Herr Cioabă«, entgegnete Christian und bat Helene um persönliche Auskunft über die Entführung in Kopenhagen. Nach Helenes Aussage, die auf Magnettonband festgehalten wurde, übernahm Christian wieder das Wort: »Wie Helene und Ophelia sich aus dem Bukarester Gefängnis befreien konnten, um hier auszusagen, wird später vor dem internationalen Gericht offenbart.«

Herr Hürth bat nun Helene ihr persönliches Anliegen vorzutragen.

»Ich bitte darum, Pfarrer Michael Schön, meine Schwester Anna Hermann und Herrn Josef Hermann aus der rumänischen Haft zu entlassen und ihnen von der rumänischen Regierung die legale Ausreise aus Rumänien zu genehmigen. Wenn dies innerhalb von drei Wochen nicht geschieht, werde ich die Regierung Rumäniens und ihr Staatsoberhaupt beim internationalen Gericht in Den Haag anklagen und alles aussagen was mir über die hintergründigen höchst fragwürdigen kriminellen Staatshandlungen bekannt ist! Außerdem bitte ich Sie dafür zu sorgen, dass Ophelia und ich zukünftig von ihren Securitate-Agenten endgültig verschont bleiben! Informieren sie ihr Staatsoberhaupt und sagen sie ihm, dass ich es im Sinne aller wahrheitsliebenden Menschen, sehr ernst meine und auch die Weltöffentlichkeit informieren werde, falls meine Bitte nicht respektiert wird! Alle weiteren politischen Verhandlungen überlasse ich den legitimen Vertretern Deutschlands und Rumäniens, die sich hoffentlich für das Wohl ihres eigenen Volkes zuständig erweisen!«

Der BND-Chef bedankte sich anerkennend bei Helene und Ophelia. Dann geleitete er sie aus dem Verhandlungsraum.

Nach langem Schweigen meldete sich Mârculescu kleinlaut und geknickt zu Wort: »Könnten wir uns trotz allem auf ein *Modus Vivendi* einigen?«

Hürth schlug eine Beratungspause vor, die von beiden Seiten akzeptiert wurde.

Nach der halbstündigen Unterbrechung meldete sich Mârculescu zu Wort: »Ich habe soeben mit Nicolae Cervulescu per Funktelefon gesprochen. Er erteilte uns den Befehl, dass wir Ihren Konditionen bedingungslos zustimmen sollen.«

Der BND-Chef trug die Konditionen der deutschen Seite vor: »Anna Hermann, Michael Schön und Josef Hermann müssen umgehend aus der Haft entlassen und ihre definitive Ausreise nach Deutschland mit gültigen Reisepässen der rumänischen Behörden genehmigt werden. Das Vermögen der genannten Personen darf von der rumänischen Regierung nicht konfisziert werden. Die Einstellung der Verfolgung dieser Personen durch den rumänischen Spionagedienst muss von Nicolae Cervulescu persönlich und schriftlich garantiert werden. Wir werden die Einhaltung dieser Forderungen im Detail überprüfen!«

»Bitte nennen Sie jetzt ihre eigenen Bedingungen«, forderte Hürth die Gegenseite auf.

Mârculescu äußerte: »Auf Anweisung von Nicolae Cervulescu bitten wir im Gegenzug, um die Freilassung von Nicu, Pacirpa und Dolcaru.«

Christian bestätigte: »Ihrer Forderung werden wir nachkommen, wenn unsere Konditionen von der rumänischen Seite vollständig erfüllt sind.«

Hürth ergänzte: »Weil wir unseren Deutschen Brüdern und Schwestern in Siebenbürgen und Banat ihre Zukunftsperspektiven nicht verbauen wollen, verzichten wir vorerst auf weitere Anschuldigungen an die Adresse der rumänischen Regierung! Bitte interpretieren sie meine Worte als ernsthafte Warnung an Ihr Staatsoberhaupt!«

Am 10. Juli 1973 erwarteten Helene, Ophelia, Christian und Robert ihre Verwandten und Freunde, Anna, Michael und Josef am Berliner Flughafen Tegel. Als sogenannte Spätaussiedler wurden sie, auf politischen Druck des BND, aus rumänischer Haft entlassen und durften demnach legal aus Rumänien in die BRD ausreisen.

Ion Mihai Pacirpa, Nicolae Dolcaru und Nicu Cervulescu durften im Gegenzug, unter Einhaltung der Vereinbarungen vom 23. Juni 1973 in Bonn-Königswinter, am 11. Juli 1973 vom Flughafen Köln-Bonn mit einer rumänischen TAROM-Maschine nach Rumänien ausgeflogen werden.

Ophelia beendete ihr Studium an der Musikhochschule Berlin, heiratete den Dirigenten Robert Winter und setzte ihre berufliche Karriere als Violinsolistin erfolgreich fort.

Helene betätigte sich weiterhin als Kulturmanagerin und Christian als führender BND-Mitarbeiter.

Anna ließ sich von Josef einvernehmlich scheiden und heiratete Michael, der vorher von Helene ebenfalls im Einvernehmen geschieden wurde und in Karlsruhe eine evangelische Pfarrerstelle besetzte.

Josef suchte nach einer Perspektive unter den neuen gesellschaftlichen Bedingungen in Deutschland. Er hatte Glück und wurde von Christian als Mitarbeiter des BND eingestellt.

September – Dezember 1973
Die Verhandlungen des BND mit der rumänischen Regierung Cervulescu wurden fortgesetzt, weil die Bundesregierung langfristig bestrebt war, die befreiende Ausreise der Deutschen aus Rumänien zu unterstützen.

Der Vereinbarungsbruch

Januar – Juni 1974

Josefs Verhältnis zu Michael verbesserte sich, nachdem er seine Veränderung vom »Saulus zum Paulus« erkennen ließ. Sein langsamer sozialpolitischer Wandel, vom kommunistischen Anhänger zur realitätspolitischen Anschauung, vollzog sich parallel zu seiner Abkehr vom Atheismus zum kritischen Deismus und Annäherung zum Protestantismus. Eine wesentliche Rolle dabei spielte Ophelias Entwicklung vom talentierten Wunderkind zur virtuosen Violinsolistin, die er auch weiterhin tatkräftig unterstützte, politisch protegierte und ihr zahlreiche öffentliche Aufführungsmöglichkeiten ermöglichte. Ophelias außerordentliche Gabe, mittels Violinspiel, ergreifende Emotionen zu wecken und andere Menschen damit zu beeinflussen, hinterließ auf Josef prägende Auswirkungen. Auch ihre respektvolle und dankbare Verhaltensweise trug dazu bei, dass er sie wie seine eigene Tochter behandelte.

Seit seiner Entlassung aus der politischen Haft in Bukarest und dank der Befreiung aus dem diktatorisch regierten Rumänien, strebte er ein neues Leben in der BRD an. Hier engagierte er sich intensiv für die humanitären Rechte der Menschen, insbesondere der Siebenbürger Sachsen, die immer noch im autoritären Rumänien ausharren mussten. Als Mitarbeiter des BND hatte er nun Zugang zu politischen Informationen und weltweiten Entwicklungen, die ihm vorher in Rumänien vorenthalten wurden.

Drei Monate vor seiner Verhaftung in Rumänien, lernte Josef in Hermannstadt die verwitwete Gymnasiallehrerin, Maria Liebig, kennen und lieben. Nach seiner Entlassung und Ausreise am 10. Juli 1973 in die BRD bemühte er sich, um die definitive Ausreise von Maria und deren 18-jährigen Sohn, Werner, aus Rumänien nach Deutschland. Obwohl er während seiner Besuche als deutscher Staatsangehöriger in Hermannstadt von der Securitate noch intensiver als früher beschattet wurde, flog er trotzdem dorthin, um Maria zu treffen.

Mitte Juni 1974 organisierten Maria und ihr Sohn, Werner Liebig, eine Siebenbürgen-Reise, zusammen mit Josef Hermann, Christian Schleicher, Helene Karmen (post divortium), Michael Schön und Anna Schön (post divortium), Robert Winter und Ophelia Schön-Winter (post nuptiae). Anlass der Reise war das rein touristische Interesse an Rumänien. Sie wollten einfach mehr über die Kulturen Rumäniens (Kirchen, Klöster, Kirchenburgen und Schlösser) erfahren und vor Ort besichtigen. Dazu mieteten sie am Bukarester Flughafen Otopeni, wo Maria und Werner sie erwarteten, zwei Toyota-Kleinbusse.

Die Touristen-Gruppe erschien am 17. Juni 1974 in fröhlicher Stimmung, mit Koffer und Rucksack bepackt, am Gästeterminal, wo Maria und Werner sie mit einem selbstgemachten Holundersaft und Kuchen begrüßten. Christian und Josef stellten bereits zu Beginn der Reise fest, dass ihre Ankunft von zwei rumänischen Geheimdienstlern beschattet wurde.

»Du weißt, dass der größenwahnsinnige Nicolae Cervulescu sich am 28. März 1974 zum Staatspräsidenten Rumäniens ernennen ließ?«, fragte Josef seinen BND-Kollegen Christian.

»Das ist mir nicht entgangen«, antwortete Christian.

»Es ist mir unerklärlich wieso die Westmächte Cervulescus vorgegaukeltes Spiel noch immer nicht ganz durchschaut haben«, erweiterte Josef die politische Frage.

»Du meinst, dass Cervulescu 1971 die Verbindungen zum KGB unterbrach und diplomatische Beziehungen zur BRD aufnahm, um den Westen für seine geschäftlichen Machenschaften entgegenkommender zu stimmen?«, fragte Christian.

»Ja«, bestätigte Josef.

»Nun, der Westen hat das schon bemerkt, aber nicht ausreichend interveniert, weil ihm Rumänien bisher nicht so wichtig erschien«, erklärte Christian.

Sie unterbrachen das Gespräch, da sie in den Flughafen-Transferbus einsteigen mussten. Mit diesem fuhren sie in die Nähe des Parkplatzes, wo sich ihre Mietbusse befanden. In den von Josef zu fahrenden Kleinbus stiegen Maria, Werner, Michael und Anna ein. Den anderen Bus, den Christian fahren sollte, bestiegen Helene, Robert und Ophelia. Da Josef die Straßenverhältnisse in Rumänien besser kannte, einigte man sich darauf, dass Christian seinem Bus folgte und sie bei Bedarf per Funk miteinander in Verbindung blieben.

Zum Start der Reise bot sich eine kleine Besichtigungstour durch Bukarest (Altstadt, Alter Hof, Lipscani-Straße, Athenäum, Königspalast, Herberge des Manuc, Stavropoleos Kirche und Schloss Mogoşoaia) an. Beim Abendessen im Hotelrestaurant *Continental*, wurden, bei lustiger Runde, Erinnerungen ausgetauscht. Josef und Christian meinten, dass ihre Tour ständig von einem Securitate-Fahrzeug, begleitet worden sei. Anschließend besuchten sie die Bukarester Wohnung von Helene und Ophelia auf der Straße Ştirbei Vodă am *Cişmigiu-Park*, in der Nähe der Musikhochschule »Ciprian Porumbescu«. Die Wohnung befand sich in sehr gutem Zustand, da Maria und Werner sie während ihrer regelmäßigen Bukarester Aufenthalte immer wieder säubern oder bei Bedarf renovieren ließen.

Als nächste Sehenswürdigkeit steuerte die Gruppe am 18. Juni 1974 das in die Karpatenkulisse eingebettete ehemalige königliche *Schloss Peleş* im Prahovatal bei Sinaia an. Ein beträchtlicher Teil des Schlosses diente dem rumänischen Diktator als Urlaubs- und Jagdsitz. Auch hier tummelten sich viele Securitate-Wachleute auf dem Gelände, wo Josef einen Bekannten wiedererkannte: »Wie geht's Dir Nicuşor?«, fragte er ihn im Vorbeigehen.

»Bist Du es, Josef?«, wunderte der sich.

»Ja, ich bin zu Besuch hier«, klärte Josef auf und fragte höflich: »Und Du?«

»Nun Du weißt ja, Wachpflicht für …«, antwortete Nicuşor und zeigte missbilligend mit dem Finger auf ein Bild des Diktators. Dann ging er näher auf Josef zu und flüsterte: »Bitte geh‹ zur Herrentoilette, ich muss Dir etwas Wichtiges anvertrauen!«

Josef folgte Nicuşors Bitte und schritt gemächlich in Richtung Toilettentür. Der kam nach, ging an ihm langsam vorbei und flüsterte: »Sei vorsichtig, sie wollen Dich töten!«

Josef zuckte leicht zusammen und ging zu seinem Bus. Christian, dem der Vorfall nicht entgangen war, wurde von Josef informiert.

An der *Klosterkirche Sinaia* im Prahovatal, dem Ort *Buşteni* mit seiner fantastischen Karpatenkulisse und an dem dortigen *Schloss Cantacuzino* vorbei, fuhren die beiden Busse nun in Richtung Siebenbürgen/Transsylvanien, wo sie in *Kronstadt* (Braşov), in einem Restauranthotel in der Nähe der *Schwarzen Kirche*, das Mittagessen einzunehmen gedachten. Ungefähr zehn Kilometer vor Kronstadt bog Josef, nach Christians Funkruf, auf einen Parkplatz im Waldgebiet gelegen ein, da die Damen vorhatten frische Luft zu schnappen.

»Wir wurden verfolgt!«, raunte Christian an Josef gewandt und ergänzte: »Hast du die schwarze Wolga-Limousine gesehen? Gerade eben ist sie im Wald verschwunden!«

Josef wurde wachsam und sagte: »Ich traue denen alles zu! Auch Mord! Die sind bewaffnet, wir nicht!«

Christian sah ihn lächelnd an und entgegnete: »Ich habe vorgesorgt und drei kleine Pistolen in meinem Gepäck verstaut: Eine für dich, eine für Robert und eine für mich.«

Josef sah ihn verwundert an und fragte: »Wie hast du das geschafft?«

»Nicht ich, sondern ein BND-Mitarbeiter der deutschen Botschaft in Bukarest hat sie mir gestern Abend in der Toilette des *Continental*-Hotels heimlich ausgehändigt. Er meinte: »Für alle Fälle!«

»Hier, die ist für dich, sie ist geladen! Dazu eine Packung Munition«, Christian reichte ihm eine Stoffhülle.

Josef nahm die Hülle entgegen, sah Christian dankbar an und ging auf seinen Bus zu. Plötzlich fiel ein Schuss aus dem Wald, der Josef, um wenige Zentimeter, verfehlte. Christian schrie instinktiv: »Alle in Deckung!!!«, dann lief er mit gezogener Pistole in den Wald, wo er sich von Baum zu Baum in die Richtung aus der der Schuss abgegeben wurde, bewegte. Robert tat es ihm von der gegenüberliegenden Seite des Waldes nach, während Josef sich um den Schutz der Damen kümmerte. Nach einigen Minuten fielen zwei weitere Schüsse, gefolgt von einem schmerzerfüllten Schrei. Alle verblieben in Deckung, bis Robert auftauchte und mit dem Zeigefinger vor dem Mund signalisierte, dass man still sein sollte. Nach dem dritten Schuss erschien Christian und gab Entwarnung: »Es muss sich um Securitate-Agenten gehandelt haben. Einen, der wahrscheinlich Josef im Visier hatte, habe ich durch einen Schuss an der Schulter verletzt. Es waren drei Männer, die es plötzlich eilig hatten, nachdem sie bemerkten, dass wir bewaffnet sind.«

»Jetzt könnte die Securitate uns wegen unerlaubtem Waffenbesitz verhaften«, gab Josef, der Glück hatte, dass der ihm gegoltene Schuss nicht traf, besorgt zu bedenken.

»Das ist mir bewusst, deshalb werde ich gleich per Funk mit der BRD-Botschaft sprechen«, beruhigte Christian und ging zum Bus, wo sich die Funkeinrichtung befand.

Nach dem Funkgespräch informierte er: »Der Botschafter

telefoniert gerade mit Dolcaru, dem Securitate-Chef, den er
auffordert, seine Agenten zu disziplinieren und sich an die
schriftliche Vereinbarung vom 23. Juni 1973 in Bonn zu halten. Er wird mich anschließend zurückfunken.«

Die Damen wirkten sehr verängstigt und hilflos. Helene
fragte: »Was geschieht jetzt mit diesen Pistolen?«

Christian entgegnete gelassen: »Die behalten wir vorerst, um
uns verteidigen zu können. Der Botschafter wird dafür eine
Sondergenehmigung zu unserem eigenen Schutz, während des
touristischen Aufenthalts in Rumänien, erwirken. Die Securitate-Mitarbeiter scheinen in diesem Land gelegentlich eigen-
mächtig zu handeln.«

Die beiden Busse setzten sich in Bewegung und erreichten
Kronstadt am späten Nachmittag. Dort hielten sie an der Straßenseite, gegenüber der *Johannes-Honterus-Statue.*

Robert fragte: »Wer war Johannes Honterus?«

Pfarrer Michael wusste Bescheid: »Honterus war ein Huma-
nist, der 1542/43 im Burzenland (Kronstadt) die Reformation
vollzog. Diese wurde dann 1557 vom Landtag zu Thorenburg,
im Rahmen der Religionsfreiheit, bestätigt. Unter diesen Vor-
aussetzungen traten die Siebenbürger Sachsen geschlossen zum
Evangelischen Glauben Augsburger Bekenntnisses über und
befreiten sich dadurch aus der päpstlichen Abhängigkeit. Ein
Reformator, in Martin Luthers Schuhen also.«

Die Gruppe besuchte nun den großräumigen Kronstädter
Marktplatz mit dem mittig positionierten mittelalterlichen
Rathaus der Kronstädter Siebenbürger und in unmittelbarer
Nähe die Evangelische »Schwarze Kirche«, der bedeutendste
gotische Kirchenbau Siebenbürgens und Südosteuropas.

Abends im Hotelrestaurant gab es genügend Gesprächsstoff,
bevor die Müdigkeit alle in die zugewiesenen Hotelzimmer ver-
bannte. Am 19. Juni 1974 beim Frühstück, informierte Christian über die beruhigende Nachricht des Botschafters, wonach

die Sondergenehmigung für den befristeten Waffenbesitz von Dolcaru genehmigt wurde.

Die weitere Busfahrt führte zum *Schloss Törzburg* (Castelul Bran), dem sogenannten »Dracula«-Schloss Siebenbürgens. An der *Kirchenburg Jakobsdorf* bei Agneteln vorbei, gelangten sie dann zur *Kirchenburg Honigberg*, die im 12. Jahrhundert vom Deutschen Ritterorden gegründet wurde. Über Fogarasch erreichten die Busse am späten Abend das Hotelrestaurant »Römischer Kaiser« in Hermannstadt, wo sich Helene und Josef bestens auskannten.

Am Vormittag des darauffolgenden Tages (20. Juni 1974) zeigten Maria und Werner den begeisterten bundesdeutschen Gästen die *Evangelische Stadtpfarrkirche*, die mittelalterlichen Häuser am *Großen-* und am *Kleinen-Ring*, das *Brukenthal-Museum*, das *Alte Rathaus*, das *Zeughaus*, die *Liegenbrücke*, die *Katholische Kirche*, die *Orthodoxe Kathedrale*, das ehemalige *Dominikaner Ursulinenkloster* und die Reste der Stadtmauern und Wehrtürme von Hermannstadt. Während der Mittagsmahlzeit im »Römischen Kaiser« wurden Helene, Ophelia und Josef von Bekannten, aber auch von Securitate-Agenten begrüßt und angesprochen. Nicu, der Sohn von Nicolae Cervulescu, erschien ebenfalls im Speisesaal und suchte das Gespräch mit Josef. Der alkoholisiert wirkende Nicu fragte mit lallender Stimme: »Was sucht ihr hier in Hermannstadt!?«

»Wir besuchen als Touristen die Sehenswürdigkeiten unserer Vorfahren in dieser schönen Stadt«, antwortete Josef lächelnd.

»Sie wird bald uns gehören, wenn die Siebenbürger weg sind!«, sagte Nicu mit lallender Stimme.

»Sie gehört euch jetzt schon«, korrigierte Josef.

»Ja, aber zu viele Deutsche sind noch da«, grölte Nicu zurück.

Josef schwieg, aber Nicu missfiel dies.

Nicu provozierte weiter: »Hast Du etwas dagegen?«

Josef schwieg immer noch und Nicu fing an zu schimpfen:

»Diese Deutschen sollte man aus unserem »Römischen Kaiser« hinauswerfen!«

»Was Sie behaupten ist falsch. Sie scheinen vergessen zu haben, dass der »Römische Kaiser« einst von Siebenbürger Sachsen, die Sie jetzt ›hinauswerfen‹ wollen, erbaut wurde«, entgegnete Josef in ruhigem Ton.

Mehrere Kellner und Nicus Securitate-Wachleute umringten inzwischen den Mittagstisch, als Nicu laut zu schreien begann: »Schmeißt diese Hunde hinaus!«

Einer der anwesenden Securitate-Wachleute sah Josef an und signalisierte den Gästen, dass sie ruhig bleiben sollen. Erst ließen sie Nicu weiter beleidigen und toben, dann wurde er von zwei seiner Bodyguards gefasst und aus dem Restaurant geführt. Der Restaurantdirektor ging sichtlich beschämt zu den Gästen und entschuldigte sich in aller Form: »Ich bedauere, dass Sie diese unangenehme Erfahrung im »Römischen Kaiser« machen mussten. Wir konnten leider auch nicht schneller eingreifen, denn Sie wissen ja, … mit wem wir es zu tun haben …«

Den frühen Nachmittag verbrachte die von Nicus Verhalten unangenehm betroffene Touristengruppe in der nahegelegenen Kleinstadt Heltau, wo Michael bis Juni 1973 das Amt des Evangelischen Pfarrers bekleidet hatte. Die relativ gut erhaltene Kirchenburg Heltau mit der Walpurgiskirche, der Burgmauer mit den eingebauten Gaden und dem riesigen Glockenturm vor der Karpatenkulisse, imponierte den Gästen gewaltig. Der folgende Besuch des nahe gelegenen siebenbürgischen Dorfes Michelsberg, mit der gut erhaltenen ehemaligen Benediktiner-Burgruine *Michelsburg* auf dem kegelförmigen Burgberg, gewährte einen schönen Blick auf das Dorf der Michelsberger Siebenbürger.

Christian, der einen geschärften Blick für Schnüffler hatte, wandte sich an Josef und flüsterte: »Auch hier sind wir vor den

Securitate-Leuten nicht gefeit. Ich verstehe nicht, ob die uns beschützen wollen, oder einfach Befehle ausführen. Könnte es sein, dass unsere Gruppe als Gefahr eingestuft wird?«

»Eher das zweite Motiv«, bestätigte Josef.

Vier Kilometer entfernt von Michelsberg lag das rumänische Dorf *Rășinari*, wohin die Gäste einen Abstecher machten, um auch einen Eindruck von rumänischer Dorfkultur wahrzunehmen. Den sommerlichen Abend verbrachten sie dann mit einem Bummel durch das Stadtzentrum von Hermannstadt. Dabei hatten sie noch einmal Gelegenheit den alkoholisierten Nicu am *Großen Ring* zu erleben: Er vergriff sich an einer jungen, hübschen Studentin, die er einfach küssen wollte und sich dafür eine deftige Ohrfeige von der Dame einholte. Den Fall erledigten wiederum seine eigenen Bodyguards, die die unangenehme Aufgabe hatten, den angetrunkenen Nicu zu begleiten, bzw. ihn zu »schützen« War das des Präsidenten Sohn? Bei vielen Touristen, die diese Szene miterlebten, entstand der Eindruck, dass Nicus regelmäßiges Auftreten im alkoholisierten Zustand als Symbol für den Gesamtzustand des taumelnden rumänischen Regierungssystems zu deuten sei.

Am Vormittag des nächsten Tages (21. Juni 1974) durchfuhren die beiden Busse *Großscheuern* und mehrere Dörfer, die sich teilweise in einem verwahrlosten Zustand befanden. Auffallend waren die renovierungsbedürftigen Kirchenburgen in diesen Dörfern. *Frauendorf* bot eine der imposantesten Wehrkirchen aus dem 14./15. Jahrhundert. Die in den meterdicken Burgmauern eingebauten Gaden dienten in Zeiten feindlicher Angriffe als Lebensmittellager. Auf der Wegstrecke in Richtung Mediasch, wo die Gruppe im Zentrum anhielt besichtigte die Gruppe die Evangelische spätgotische *Margarethenkirche* mit ihrem schiefen Turm.

Der nächste Abstecher führte am Nachmittag zur gut erhaltenen *Kirchenburg/Wehrkirche Birthälm* (1283), dem ehemaligen Bischofsitz (1572-1867) der Siebenbürger Sachsen. Schon beim Betreten des Innenhofes durch das massive Tor in der Burgmauer stellte Josef fest, dass sie auch hier von fünf bewaffneten Securitate-Mitarbeitern beschattet wurden. Während der Besichtigung des Inneren der Wehrkirche mit seinen drei Portalen blieben ihnen die Geheimdienstler auf den Fersen und beeinträchtigten durch ihre Anwesenheit die ungezwungene Atmosphäre in der Gruppe beim Besichtigen dieses wertvollen historischen Bauwerks.

Als Josef, Maria und Werner sich von der Gruppe entfernten, um die Toiletten aufzusuchen, verfolgte sie einer der Schnüffler. Josef wurde ungehalten und redete ihn in rumänischer Sprache an: »Warum verfolgen Sie uns ständig?

»Weil ihr Spione des Westens seid«, entgegnete der Mann.

»Und was könnten wir hier im ehemaligen Bischofsitz der Siebenbürger Sachsen ausspionieren, das Rumänien gefährlich werden könnte?«, fragte Josef.

»Wir haben den Auftrag unser Kulturgut vor ausländischen Spionen zu bewahren«, begründete der ignorante Geheimdienstler.

»Sie wissen, dass es sich um Kulturgut handelt, das die Siebenbürger Sachsen aufgebaut hatten?«, fragte Josef.

»Mag sein, aber jetzt gehört es uns!«, lautete dessen höhnische Antwort.

»Danke, dass Sie unser Kulturgut so streng beschützen«, entgegnete Josef ironisch und öffnete die Toilettentür.

Helene und Christian betrachteten und fotografierten den Außenbereich der Burgmauer mit dem eisenbeschlagenen Eingangstor, als ihnen eine Frau aus einem gegenüberliegenden Wohnhaus entgegenkam. Helene fragte sie: »Wo befindet sich die ehemalige Wohnung des Bischofs?«

Die Frau verstand kein Deutsch, also wiederholte Helene die Frage in rumänischer Sprache.

»Ich weiß es nicht. Ich war noch nie innerhalb der Burgmauer«, sagte die Frau.

»Ach so, Sie wohnen erst seit kurzer Zeit hier?«, stellte Helene fragend fest.

»Nein, seit zwanzig Jahren«, behauptete die Frau.

»Was? Und Sie waren nie neugierig auf das Innere dieser bedeutenden Kirchenburg?«, fragte Helene erstaunt.

»Nein, es ist Kulturgut der Siebenbürger Sachsen. Das geht mich nichts an!«, entgegnete die Frau in abweisendem Ton.

»Trotzdem sehen Sie es jeden Tag aus ihrem Fenster …«, bemerkte Helene verwundert über die Einstellung der Frau.

Helene war konsterniert von dieser Ignoranz, schüttelte verständnislos den Kopf und wandte sich von ihr ab.

Am späten Nachmittag fuhren die beiden Busse weiter Richtung *Schäßburg*. Schon beim Betreten durch das Tor, in der Nähe des imposanten *Stundturms*, dem Wahrzeichen Schäßburgs, durch die Straßen der Altstadt, hatten sie das Gefühl in eine mittelalterliche Zeit einzutauchen. Über die *Schülertreppe* (1642) gelangten sie zum *Schulberg* mit der *Bergschule* und der *Bergkirche* sowie zum angrenzenden alten, deutschen Friedhof. Dort setzte sich die Gruppe auf eine Reihe von Bänken, mit Blick auf das Portal der Bergkirche, um auszuruhen und ihr Picknick einzunehmen. Nach einigen Minuten erschien eine in siebenbürgische Trachten gekleidete Mädchen-Tanzgruppe auf dem Kirchenvorplatz und führte einen anmutigen Tanzreigen vor, bis die tanzenden Mädchen von fünf asozialen Kerlen unsittlich angefasst und in rumänischer Sprache verspottet wurden. Als die Mädchen sich zu wehren versuchten, verstärkten die Grobiane ihre Provokationen. Josef erhob sich angesichts dieses Verhaltens, ging auf diese zu und forderte sie auf den Platz zu verlassen. Stattdessen wurde er ausgelacht und nun auch selbst angegriffen. In Notwehr versetzte Josef dem ihm nächststehenden Angreifer einen Kinnhaken und dem Nachfolgenden einen Fußtritt gegen das Schienbein. Die hinter ihm angreifenden Kerle wurden von Robert, mittels Karategriffen, in Sekundenschnelle besiegt. Als einer sich vom Boden erhob und ein Messer zückte, fasste ihn Werner am Handgelenk und versetzte ihm einen kräftigen Stoß mit dem Knie ins Gemächt. Ein Milizionär erschien und die Mädchen erklärten den Vorfall, während ein Geheimdienstler abseits stand und lässig zusah.

»Es wird immer ›abenteuerlicher‹ mit unserer Transsylvanien-Tour«, äußerte Helene besorgt.

»Unsere Männer haben uns bisher tapfer beschützt«, stellte Ophelia voller Stolz fest.

Dann gingen Christian und Maria auf die verängstigten Tanzmädchen zu und baten sie den Tanz, zusammen mit der Touristengruppe, fortzusetzen. Das klappte sehr gut und die inzwischen versammelte Menschenmenge applaudierte mit bemerkenswerter Anteilnahme.

Die Übernachtung im sogenannten Schäßburger »Dracula«-Hotel war erholsam und verlief ohne Zwischenfälle.

Das Nösnerland mit seiner Kreishauptstadt *Bistritz* durchfuhren Josef und Christian einige Stunden nach dem Frühstück (22. Juni 1974), um durch den Tihuţa-Pass die Ostkarpaten zu durchqueren. Die Fahrt führte über einen Umweg durch eine enge Schlucht mit teilweise über hundert Meter hochragenden Felswänden, in die *Bicaz-Klamm*. Die letzten zehn Kilometer vor der Stadt *Bicaz*, verengte sich die Klamm, hier auch »Höllenschlund« genannt, auf sechs Meter Breite. An dieser Stelle wurden die beiden Busse von drei querstehenden Fahrzeugen und sechs bewaffneten Milizionären angehalten.

»Aussteigen!«, forderte einer, der sich als Offizier ausgab.

Verwundert, aber auch etwas angespannt stieg Josef aus, vermutete eine Verkehrsbehinderung durch heruntergefallenen Felsteile, er stieg aus und erkundigte sich nach dem Grund für diese plötzliche Unterbrechung der Fahrt.

»Das werden Sie am *Roten See* erfahren. Dort warten Genosse Nicu Cervulescu und seine Bodyguards auf Euch«, sagte der Offizier in unfreundlichem Ton.

»Folgen Sie unserem Wagen!«, befahl er dann und setzte sich an die Spitze der Kolonne.

Angesichts der engen Schlucht und fehlender Wendemöglichkeit blieb Josef und Christian nichts anderes übrig als dem Befehl Folge zu leisten, da das dritte Fahrzeug ihnen folgte. Während der Fahrt forderte Christian Josef über Funck auf, seine Pistole schussbereit in Greifnähe zu halten.

»Das ist eine Entführung! Es wird immer gefährlicher mit diesem Nicu!«, äußerte Helene entrüstet, aber aufgeschreckt und beängstigt um sich schauend.

»Anscheinend hält sich die rumänische Regierung nicht an die Vereinbarung vom 23. Juni 1973 in Bonn-Königswinter am Petersberg«, stellte Christian sichtlich verunsichert fest.

»Was will dieser Nicu eigentlich von uns?«, fragte Ophelia.

»Wenn ich das wüsste …«, antwortete Christian leise.

»Möglicherweise ist es ein privater Racheakt dieses hysterischen Typen«, vermutete Helene.

»Du meinst er könnte, entgegen jeder Vernunft, eine private Aktion mit seinen Bodyguards geplant haben?«, fragte Christian.

»Ja, das meine ich. Und dies macht die Sache sehr gefährlich für uns. Nicu ist unberechenbar, er mutet sich Regierungsgewalt an und glaubt wahrscheinlich jetzt seinen Vater aus der politischen Zwickmühle befreien zu können«, vermutete Helene scharfsinnig.

»Deine Gedankengänge könnten zutreffend sein, denn nach wie vor sind Josef und du für Nicolae Cervulescu die gefährlichsten Wissensträger und Zeugen über seine regierungskriminellen Handlungen«, bestätigte Christian.

»Jetzt stecken wir also in der Klemme«, stellte Helene bedrückt fest.

»Wir hätten diese Reise nach Rumänien nicht wagen dürfen«, äußerte Ophelia.

»Wir stecken in der ›Höhle‹ des ›wahnsinnigen Löwen‹, Nicu, der wahrscheinlich nur durch unseren Tod eine Lösung für seinen diktatorischen Vater und in seiner Selbstherrlichkeit auch für seine eigene Zukunft sieht«, äußerte Robert und überprüfte seine Pistole.

Christian funkte den BRD-Botschafter in Bukarest an und informierte ihn über die entstandene Situation. Der versprach sofort mit Dolcaru, dem obersten Securitate-Chef, Verbindung aufzunehmen, um Nicu in seinem Wahn zu stoppen. Die Zeit wurde knapp denn in zehn Minuten würde der Konvoi am *Roten See* in die Hände von Nicu und seinen Schergen fallen.

Christian funkte Josef an: »Josef halte dich bereit für ein Gefecht. Nicu will sich in seinem Wahnsinn wahrscheinlich an dir und Helene rächen, um seinen Vater aus der Zwickmühle zu befreien.«

»Das heißt es geht in den nächsten Minuten um Notwehr, also um Leben und Tod«, antwortete Josef ungewöhnlich kühl und besonnen.

»Ja, Josef! Bitte sei vorsichtig!«, bestätigte Christian warnend.

»Keine andere Lösung?«, fragte Josef.

»Wenn Dolcaru es nicht schafft, Nicu rechtzeitig umzustimmen, müssen wir uns wehren und um unser Leben kämpfen!«, presste Christian hervor und ergänzte: »Einen Trumpf habe ich noch ›im Ärmel‹. Ich besitze zur permanenten Sicherheit sechs Minigranaten, die ich notfalls einsetzen werde!«

Die Fahrzeugkolonne hielt plötzlich an und der Offizier näherte sich Josefs Fahrertür.

»Aussteigen!«, forderte er.

»Warum?«, fragte Josef ganz ruhig.

»Das werden Sie gleich erfahren!«, entgegnete der Offizier grob.

»Ich steige nur dann aus, wenn Sie mir einen plausiblen Grund dafür nennen«, entgegnete Josef.

Christian und Robert, die das Vorgehen im vorderen Fahrzeug verfolgten, kurbelten auf ihrer Seite die Fenster herunter und hielten ihre Pistolen schussbereit in Sitzhöhe. Zudem legte Christian sich eine Minigranate zurecht, reichte Helene und Ophelia ebenfalls je eine und zeigte auf den Entsicherungsknopf.

Im Hintergrund näherten sich Nicu und sechs seiner mit Maschinenpistolen bewaffneten Bodyguards. Nicu befahl den Milizionären sich zurückzuziehen. Dann ging er auf Josefs Fahrzeug zu und schrie: »Du Verräter, wenn du nicht aussteigst, schießen wir dich heraus!«

Josef blieb trotzdem ruhig, kurbelte sein Fenster herunter und fragte in ruhigem Ton: »Was wollen Sie?«

»Raus!«, schrie Nicu.

Josef bewegte verneinend seinen Kopf und kurbelte die Fensterscheibe wieder hoch. Der wütende Nicu erteilte seinen Bodyguards den Befehl Josef mit Gewalt aus seinem Fahrzeug heraus zu holen. Die Bodyguards versuchten vergeblich die von innen verschlossene Fahrertür zu öffnen. Dann bedrohten sie Josef, Maria, Werner, Michael und Anna mit ihren Maschinenpistolen. Als dies nichts bewirkte, beschoss einer das Türschloss auf der Fahrerseite.

Christian zielte und traf den schießenden Mann am rechten Unterarm. Der schrie schmerzvoll auf und sein Hintermann schoss nun auf Christians Fahrzeug. Josef zielte und traf den Schützen an der rechten Schulter. Nicu zog darauf seine Pistole, schoss und traf Josef am Kopf. Maria hielt Josefs Kopf fest und legte ihr Taschentuch auf die stark blutende Wunde. Werner nahm Josefs Pistole in seine Hand, zielte auf Nicu und traf ihn an der rechten Schulter. Michael und Anna verschanzten sich auf den Hintersitzen. Die restlichen Bodyguards beschossen nun Christians Fahrzeug. Christian warf eine Minigranate und drei Bodyguards wurden vom Explosionsdruck hochgeschleudert.

Nicu schrie immer noch mit schmerzverzerrtem Gesicht: »Tötet Helene!«

Der letzte Bodyguard ließ seine Waffe fallen und ergab sich mit erhobenen Händen.

Nicu zielte mit seiner in der linken Hand haltenden Pistole auf Christian, der ihm notgedrungen die Pistole aus der Hand schoss und dann mit vorgehaltener Waffe aus dem Wagen ausstieg. Robert folgte ihm, packte Nicu und hielt ihn als Schild vor sich.

Die Milizionäre hatten sich hinter ihren Fahrzeugen verschanzt und wagten es nicht einzugreifen, obwohl sie von dem irrsinnig schreienden Nicu, den sie nicht mehr ernst nahmen, ständig dazu aufgefordert wurden.

Helene bat nun die Milizionäre in rumänischer Sprache um Hilfe für die Verletzten. Da Christian und Robert ihre Waffen auf den Boden richteten, näherten die Milizionäre sich vorsichtig und leisteten die erbetene Hilfe.

Maria weinte und schrie verzweifelt: »Josef ist schwer verletzt, aber er atmet noch!«

Christian funkte den Botschafter an und informierte ihn über die entstandene Situation während ein Milizionär einen Hubschrauber herbeifunkte, der nach zwanzig Minuten mit zwei Sanitätern erschien. Josef und Nicu wurden sofort ins Krankenhaus von Bicaz geflogen. Zwei größere Helikopter tauchten auf und brachten die restlichen acht BRD-Touristen zum Sitz der Miliz in Bicaz. Aus dem Hubschrauber funkte Christian den Botschafter in Bukarest an und berichtete über die von Nicu verursachte Schießerei am *Roten See*.

»Ich werde sofort mit Dolcaru telefonieren«, versprach der Botschafter.

Bei der Landung der beiden Hubschrauber in Bicaz erwartete sie bereits der Major der lokalen Miliz und ließ die Touristengruppe im Hotel ›Bicaz‹ einquartieren. Er berichtete auch, dass Dolcaru angerufen und veranlasst habe, dass die Gruppe am nächsten Tag von einem Militärflugzeug abgeholt und nach Bukarest geflogen wird, um beim ZK, in Anwesenheit des BRD-Botschafters, Aussagen der Beteiligten zu Protokoll abzugeben.

»Wie geht es Josef?«, fragte Maria ihn.

»Er befindet sich im Krankenhaus. Sein Zustand ist sehr kritisch. Deshalb wurde Josef in künstliches Koma versetzt«, erklärte der Offizier.

»Wo bleibt Josef, wenn wir morgen nach Bukarest ausgeflogen werden?«, erkundigte sich Maria.

»Er wird im Krankenbett mitfliegen, um in Bukarest von Gehirnspezialisten operiert zu werden«, informierte er.

Christian stellte im Hotelzimmer Helenes innere Unruhe fest und fragte: »Kann ich dir irgendwie helfen Helene?«

Sie sah ihn missmutig und niedergeschlagen an, dann antwortete sie: »Ich habe Angst und bin verunsichert. Vielleicht bin ich die Nächste, die erschossen wird. Außerdem weiß ich immer noch nicht, welches dein richtiger Name ist und wer du eigentlich bist!«

Christian umarmte sie und offenbarte: »Mein richtiger Name ist Roland Winter und Robert ist mein leiblicher Sohn. Ich bin stellvertretender Chef des BND München. Aus Sicherheitsgründen führe ich die berufliche Bezeichnung eines Intendanten, obwohl ich diesen Beruf seit Jahren nicht mehr ausübe.«

Helene war zufrieden, bedankte sich und sagte lächelnd: »Alles Weitere werde ich schon noch von dir herauskitzeln.«

Am 23. Juni 1974 landete das Militärflugzeug in Bukarest-Otopeni. Der im Koma befindliche Josef wurde, in Begleitung von Maria und Werner, sofort zur Operation ins Krankenhaus eingeliefert. Christian, Helene, Robert, Ophelia, Michael und Anna fuhren mit einem Militärfahrzeug in die Zentrale der Bukarester Securitate, wo man ihnen ein Mittagessen anbot, und sie nachher in einen Konferenzraum geleitete. Auch Heinz-Güther Hürth und der BND-Chef persönlich waren aus Deutschland angereist. Von der rumänischen Seite erkannte Christian die Securitate-OberSten, Nicolae Dolcaru und Ion Mihai Pacirpa, die Securitate-Majore, Petru Cioabă und Anton Petrescu sowie den Cervulescu-Vertrauten, Alexandru Mârculescu.

Heinz-Günther Hürth zog Christian zur Seite und fragte ihn: »Weißt Du, dass Ion Mihai Pacirpa und Nicolae Dolcaru viele Jahre sowjetfreundliche Entscheidungen getroffen hatten?«

»Das ist mir bekannt, aber ich weiß auch, dass Pacirpa zeitweise BND- und CIA-Mitarbeiter war«, offenbarte Christian.

Hürth blickte ihn überrascht an und sagte: »Merkwürdig, die Politik scheint eine ›Hure‹ zu sein!«

»Diesbezüglich könntest du recht haben«, stimmte Christian ihm bei.

Der BND-Chef eröffnete die Lagebesprechung mit einer Anschuldigung: »In Vertretung der BRD-Regierung erhebe ich hiermit Anklage gegen die rumänische Regierung und ihren Staatspräsidenten. Der Vorwurf lautet: Entgegen der Vereinbarung vom 23. Juni 1973 hat die rumänische Securitate unsere Touristengruppe, während unserer Besichtigungsreise in Rumänien, ohne triftige Gründe, ständig beschattet, belästigt und gewalttätig angegriffen. In der Nähe von Kronstadt wurde sie beschossen und in Hermannstadt von Nicu angepöbelt sowie beleidigt. In der *Bicaz*-Klamm sind die beiden Kleinbusse von drei Milizfahrzeugen gestoppt und gewaltsam zum *Roten See* entführt worden. Dort hat Nicu Cervulescu mit seinen sechs Bodyguards deren Fahrzeuge, mit der Absicht Josef Hermann und Helene Schön zu töten, beschießen lassen, sodass sie sich wehren und um ihr Leben kämpfen mussten. Trotz Notwehr wurde Josef Hermann, ein deutscher Staatsangehöriger, von Nicu durch einen Schuss am Kopf schwer verletzt. Die rumänische Regierung beging also eindeutig Vertrauensbruch. Über die dadurch verursachten politischen Implikationen und Entschädigungsforderungen werden auf Regierungsebene noch viele Entscheidungen zu treffen sein!«

Mârculescu bezog dazu Stellung: »Ihre Touristengruppe hat sich gegen die Maßnahmen unserer Securitate-Mitarbeiter gewehrt.«

»Welches war der Sinn und Zweck ihrer Securitate-Maßnahmen?«, entgegnete der BND-Chef fragend.

Die rumänischen Vertreter wunderten sich, dass ihre Maßnahmen überhaupt hinterfragt wurden. Sie sahen sich gegenseitig mit unverständlichen Blicken an und Mârculescu antwortete:

»Das sind Staatsgeheimnisse über die wir hier keine Auskünfte geben dürfen.«

Christian entgegnete: »Diese Ausrede können wir nicht mehr akzeptieren. Schließlich ging es unseren Staatsbürgern ums Überleben und sie wurden gezwungen in Notwehr zu handeln! Die von ihnen genannten angeblichen verschleierungstaktischen Staatsgeheimnisse sind der westlichen Welt übrigens schon längst bekannt. Um Wissende zu eliminieren beauftragte das rumänische Staatsoberhaupt seine Securitate, die schließlich die letzten Zeugen, Josef Hermann und Helene Schön, töten sollte!«

Ein Wachmann betrat den Konferenzraum, ging auf Dolcaru zu, sprach flüsternd auf ihn ein und verließ den Raum.

Dolcaru wurde blass, erhob sich und sagte: »Josef Hermann ist während der Gehirnoperation im Krankenhaus gestorben.«

Die deutsche Gruppe erhob sich spontan und Michael betete für Josef. Die rumänischen Vertreter blickten betroffen zu Boden. Mehrere Minuten stellte sich tiefes, betroffenes Schweigen ein.

Die rumänische Regierung beglich zwangsweise alle Entschädigungs- und Wiedergutmachungsforderungen der BRD. Maria und Werner durften legal nach Deutschland ausreisen.

Nicolae Cervulescu stürzte Rumäniens Planwirtschaft, aufgrund seiner willkürlichen und launenhaften Entscheidungen, kontinuierlich in Schulden. Gegenüber dem westlichen Ausland, das er mit seinen unverbindlichen Ankündigungen vorübergehend für sich gewinnen konnte, schaffte er es seine privaten Machenschaften mit dem Menschenhandel jahrelang geheim zu halten. Seine Auffassung aus dem Jahre 1968, die er während Verhandlungen gegenüber Heinz Günther Hürth geäußert hatte, lautete: »Unser Erdöl, die Deutschen und Juden Rumäniens sind meine lukrativsten Exportartikel.« Diesen Handel nutzte der rumänische Staatspräsident, um seine Staatsschulden zu minimieren und sich selbst über geheime Bankkonten in der Schweiz zu bereichern.

Die westlichen Politiker mussten jedoch bald feststellen, dass Nicolae Cervulescus Ankündigungen sich als unverbindlich erwiesen, seine Unterschriften nicht zählten, sein Ehrenwort nichts wert war und seine Versprechungen leer ausgingen. Seinen Gesten der Wahrhaftigkeit konnte man kaum noch Glauben schenken. Durch seine staatskriminellen Handlungen und dem kontinuierlichen Missbrauch von grundlegenden Menschenrechten erwies er sich in vielen Fällen als Lügner und Betrüger, der seine Achtung im internationalen politischen Kontext zunehmend einbüßte.

Epilog

Einige Figuren, die in diesem Roman eine Rolle spielen, sind historisch belegt. In der Aufstellung *Dramatis Personae* sind diese mit einem Sternchen (*) gekennzeichnet. Dies sind die Spitzenpolitiker der rumänischen Autokratie (1952-1974): Staatsoberhaupt und dessen Sohn, Oberste des Geheimdienstes u.a.

Authentisch ist, das in unterschiedlichen Szenen erwähnte autoritäre rumänische Regierungs- und Securitate-System, die Gewalt an Kindern, die Deportation Deutscher aus Siebenbürgen und Banat zur Zwangsarbeit in die Sowjetunion, Veranlassungen zu Spionageaufträgen und Bespitzelung, Menschenhandel, Hinrichtungen und Verfolgung von Zeugen staatskrimineller Handlungen und von Grenzflüchtlingen, moralisches Fehlverhalten und kriminelle Taten der Regierungs- und Securitate-Eliten.

Die fiktiven Roman-Protagonisten, Ophelia, Helene, Michael, Anna, Josef, Christian, Robert, Maria, Werner u.a. sowie das Handlungsgeschehen, die Auftritte mit Violinkonzerten in Kulturmetropolen, sind aus eigener Fantasie entstanden. Diese beruhen jedoch auf Erfahrungen, Ereignissen und Erinnerungen des Autors aus seiner Gymnasial- und Studienzeit in Hermannstadt, Bukarest, Köln und Berlin.

Ethische, musikalische, religiöse, politische Betrachtungen und Auseinandersetzungen basieren auf realexistierenden Zusammenhängen und Ortsangaben. Sie wurden in den historischen Handlungszusammenhang fiktiv und fantasiebereichernd integriert.

Tatsache ist, dass es die im Kapitel *Der Vereinbarungsbruch* beschriebenen Szenen tatsächlich nicht gegeben hat. Damit habe ich versucht, die Irrationalität von machtbesessenen rumänischen Regierungseliten symbolisch zu veranschaulichen.

Die geheimen Maßnahmen zur Ausreiseerleichterung der deutschen Minderheit aus Rumänien setzte die BRD-Regierung nach 1974 in verstärkter Weise fort, da die führenden »Betonköpfe« der Cervulescu-Regierungsdiktatur die gesellschaftspolitischen und wirtschaftlichen Ereignisse in Europa ignorierte und am autokratischen Kurs festhielt. Das sich abzeichnende dramatische Regierungsende führte letztendlich zu einem erlösenden Neuanfang mit mehr freiheitlichen Rechten, die von den betroffenen Bürgern Rumäniens sehnlichst erhofft und vorausgeahnt wurden.

Dramatis Personae

Aufstellung der wichtigsten Romanfiguren, wobei die historischen Personen mit einem Sternchen (*) gekennzeichnet sind.

Ophelia Schön	Solo-Violinistin, Hermannstadt/Sibiu, Bukarest, Berlin
Helene Schön, geb. Karmen	Ophelias Mutter, Pianistin, Konzertmanagerin, Heltau, Hermannstadt/Sibiu, Bukarest, Köln, Bonn, Berlin
Michael Schön	Ophelias Vater, Evangelischer Pfarrer, Heltau
Anna Hermann, geb. Karmen	Helenes Schwester, Haushälterin, Erzieherin, Heltau, Hermannstadt/Sibiu
Josef Hermann	Kulturreferent, KP-Mitglied, Securitate-Mitarbeiter, Heltau, Hermannstadt/Sibiu, Bukarest
Christian Schleicher	Intendant, BND-Mitarbeiter, München, Köln, Bonn
Robert Winter	Dirigent, Berlin
Heinz-Günther Hürth*	Rechtsanwalt, Köln, Bonn
Maria Liebig	Gymnasiallehrerin, Hermannstadt/Sibiu
Werner Liebig	Gymnasialschüler, Hermannstadt/Sibiu
Isaac Moisim	Hochschulprofessor für Violine, Bukarest
Nicolae Cervulescu*	Staatsoberhaupt, Bukarest/Rumänien
Nicu Cervulescu*	Sohn des rumänischen Staatsoberhaupts, Bukarest, Hermannstadt/Sibiu

Nicolae Dolcaru*	Oberst der Securitate, Bukarest, Köln
Ion Mihai Pacirpa*	Stellvertretender Oberst der Securitate, Bukarest, Köln
Ionel Munteanu	Doppelagent, Bukarest, Hermannstadt/Sibiu
Dumitru Munteanu	Doppelagent, Bukarest, New York
Alexandru Mârculescu*	Cervulescu-Vertrauter, Bukarest

Zum Autor

Richard Witsch wurde 1952 in Heltau bei Hermannstadt, Siebenbürgen/Rumänien, geboren. Um als Deutscher den Repressalien des damaligen rumänischen Regimes zu entgehen, siedelte er 1977 nach Deutschland um. Er studierte Musik und Philosophie in Bukarest und Köln. 2004 promovierte er an der Technischen Universität Berlin im Fachgebiet Musikwissenschaft. Beruflich war er als Kulturmanager, Gymnasiallehrer und Instrumentalmusiker tätig. Außerdem beteiligte er sich an Notendrucken, CD-Produktionen, Druckschriften, Orgelrestaurierungsprojekten, internationalen Symposien sowie als Referent und Journalist.